*Salvador Robles Miras*

# *Una voz en la noche*

Un nuevo caso de la subinspectora Cecilia Fresnedo

*narrativa*

*M.A.R. Editor*

Primera edición: Abril 2019
http://www.mareditor.com
ISBN: 978-84-17433-15-4
Depósito legal: M-5836-2019
Diseño de la colección: M.A.R. Editor
Maquetación: Estudio Rojo Pistacho
Impreso en España

*A los seres queridos que ya partieron, alguno antes de lo previsto, rumbo a lo desconocido.*

*A los que confieren sentido a la vocación del escritor: los lectores.*

*A Carmen y Germán, ahora y siempre.*

*A mi padre, 'don Manolo', por su magnífico ejemplo de honradez, superación y coraje.*

*"Lo que te define como hombre es*
*lo que haces cuando estalla la tormenta".*
Alejandro Dumas

*"Los verdugos también prefieren ser anónimos,*
*por eso llevan una capucha negra".*
Wislawa Szymborska

*"En épocas oscuras, el arte aceptable sería aquel que localiza*
*y efectúa una reanimación cardiopulmonar sobre aquellos*
*elementos mágicos y humanos todavía vivos y resplandecientes,*
*a pesar de la oscuridad de los tiempos".*
David Foster Wallace

# PRÓLOGO

## UNA TENTACIÓN IRRESISTIBLE

Hace muchos años descubrí en un compañero periodista a un gran escritor. Por aquel entonces Salvador Robles Miras, Salva, tenía publicados ya unos cuantos libros, escritos con una gran sensibilidad. Durante el tiempo que estuvimos trabajando a escasas mesas de distancia, me fue mostrando poco a poco esa obra literaria, que no ha parado de crecer. Ahora, liberado de sus tareas profesionales, dedica aún más horas si cabe —su vida— a su gran pasión, las palabras, perfectamente elegidas, para crear historias llenas de sentimientos, que llegan al corazón.

En esta nueva etapa vital, siempre que tengo noticias de él, y ocurre con bastante frecuencia, es porque tiene alguna novedad. Infatigable, se pasa el año recorriendo el país para acudir a ferias, conferencias y presentaciones de sus libros, con muy buena acogida, por cierto, y mientras tanto sigue escribiendo. Siempre tiene proyectos en marcha que anuncia con una contagiosa ilusión. Ya va por la treintena de libros (entre novelas, ensayos y relatos) y ¡más de 10.000 microrrelatos!, con los que ha conseguido numerosos premios. No necesita grandes campañas de publicidad; él solo se basta para multiplicar el número de seguidores con sus frecuentes narraciones y reflexiones a través de las redes sociales, con las que traspasa fronteras.

Entre las muchas obras que he leído de él, destacaría la primera que puso en mis manos, la emotiva *Noche clara*, sobre la relación por carta entre una madre y su hijo. También *Contra el cielo*, la conmovedora lucha de un padre para demostrar que su hija, muerta en la explosión de un coche cargado con dinamita, no era una terrorista. Y, por supuesto *La luz del silencio*, su trabajo más personal, una ficción inspirada en su tío materno, que tras una meningitis quedó postrado en cama de por vida, al cuidado de su cariñosa madre (la abuela del autor), con la que sólo podía comunicarse con la mirada.

Pero he de reconocer que tengo debilidad por la novela negra, un género que Salvador Robles ha cultivado en los últimos años con una fórmula muy personal, con un estilo único, totalmente reconocible. El narrador hace siempre un *spoiler* y no duda en mostrar las cartas al lector, que ya desde las primeras páginas descubre la identidad del criminal. Es más interesante ver cómo se desarrolla la investigación y sobre todo conocer en profundidad a los personajes, a través de sus minuciosas descripciones y de la disección de sus pensamientos, que invitan a la reflexión.

Me fascinó el primero de la saga, *La exclusiva del asesino*, sobre el asesinato de una cotizada modelo, las exclusivas de un periodista de sucesos y la presunción de culpabilidad. De aquel libro, le destaqué a Salvador mi simpatía por el policía Telmo Corrales. Qué ilusión me hizo cuando me anunció que se convertiría en una trilogía sobre el delito en nuestro entorno, protagonizada por el ya inspector Corrales. Es un privilegio poder comentar con el autor mis impresiones sobre sus textos y recibir adelantos de lo que tiene entre manos, que me ponen los dientes largos. Los otros dos títulos, igual de recomendables, son *Troya en las urnas*: el asesinato de una actriz de cuarta fila, supuesta amante del líder del Partido Progresista, a quien se pretende involucrar en plena campaña electoral, y *El delantero centro se niega a jugar*, que denuncia la corrupción en el fútbol, con amaños en los partidos. Me encantó, y eso que no me gusta nada ese deporte… Pero faltaban más historias, aquellos personajes (algunos reales) de la imaginaria ciudad de Metrópoli, tan familiares para sus lectores, merecían seguir vivos. Y lo hicieron a través de la subinspectora Cecilia Fresnedo, la mano derecha de Telmo Corrales. Salvador ha creado a una mujer dura, inteligente, que trabaja con tesón y minuciosidad, poseedora de buen olfato para 'calar' a las personas, y una experta en interrogatorios, en los que pone trampas a los sospechosos. Con ella al mando de la Brigada contra el Crimen, llegó *Aurora en la oscuridad*, que trata sobre los abusos sexuales por parte del profesor de un colegio, quien acaba matando a una de sus alumnas.

Ahora, Salvador presenta *Una voz en la noche*, un caso disfrazado de violencia de género, que no es sino un robo sencillo que se convierte en una carnicería. Esta nueva entrega contiene todos los ingredientes del género negro, empezando por su sugerente título, que proviene del grito estremecedor de una de las víctimas en un intento desesperado de pedir auxilio. La trama depara sorpresas y contiene asesinatos, infidelidades, deseo, culpa, sexo, ambición, adicciones, vergüenza y muchas mentiras por parte de algunos personajes, en contraposición a los nobles valores de otros.

En esta ocasión, el mal toma cuerpo en la figura de Narciso (el nombre no es casual), un tipo que está encantado de conocerse, consciente de su atractivo ("gusto mucho a las mujeres y, como usted comprenderá, no voy a ser tan idiota como para desaprovechar el potencial viril que poseo"), de buena posición (subdirector de un banco), pero movido por la codicia. Sus grandes vicios (las mujeres y la cocaína) le llevarán a saltarse la ley y renunciar a sus principios: roba en casa de sus padrinos el dinero y las joyas que ese mismo día habían retirado de su entidad bancaria, una tentación irresistible para él. Pero el golpe no sale como tenía planeado y, al ser descubierto, opta por matarlos. Una situación extrema, no prevista, que lo cambia todo y a partir de ahí lo único que le importa es su supervivencia, no acabar entre rejas. Ni siquiera sentirá remordimientos. Al actuar bajo los efectos de la droga, sin calma y de forma precipitada, Narciso comete errores. Sin embargo, no hay pruebas que lo incriminen. ¿Cómo conseguirán resolver el caso Cecilia Fresnedo y su equipo? ¿De quiénes sospecharán?

Disfruten de la historia. Yo me he quedado con ganas de más, como ocurre con algunas (adictivas) series de televisión. Para cuando terminen de leer esta novela, posiblemente ya no será la última de Salvador. Seguro que en su rápida y creativa mente bullen las ideas para dar forma a nuevas tramas. ¿Qué candente tema abordará? ¿Quién será el próximo asesino?

Salva, que nunca te abandonen las musas.

Marta Abad, periodista, una fiel lectora salvadoreña.
Bilbao, octubre de 2018.

# 1

## "¡HA MATADO... A LOS DOS!"

*"Este hombre es un imbécil. ¡Ha matado... a los dos! Se trataba de entrar con sigilo en la casa de un par de ancianos desvalidos, quienes con toda seguridad estarían durmiendo a pierna suelta, y arramblar con las joyas y el dinero. Un robo sencillo y sin complicaciones, y el tío, quien iría de cocaína hasta las cejas, va y se carga a los dos viejos. Al menos ha tenido la suficiente frialdad para disponer el escenario como si se tratara de un caso más de violencia de género. Aunque la prensa se ha tragado el camelo sin masticarlo y mucho menos digerirlo, se rumorea que la subinspectora Cecilia Fresnedo está husmeando en el asunto porque hay cosas que no le cuadran. Es una discípula aventajada del famoso inspector jefe Telmo Corrales, por lo que no sería extraño que finalmente descubriese alguna prueba que diese un giro radical al caso y lo situara en el sendero que conduce a la verdad. Por si las moscas, le diré a Narciso que, durante un tiempo, conviene que nos veamos lo menos posible, sólo el necesario para guardar las apariencias. Si es cierto lo que él asegura, o sea, que no dejó ni una sola huella en la casa y llevó siempre la cabeza oculta bajo una capucha para conjurar la posible identificación de algún vecino, quizás la Fresnedo, por muchas sospechas que albergue, se vea abocada a un callejón sin salida, y no le quede más remedio que aceptar que Jacobo Irízar mató a su mujer antes de cortarse las venas."*

## 2

## CRÍMENES SOBRE LA MARCHA

La noche era gélida en Metrópoli y caía una fina lluvia fustigada a ráfagas por el viento del Norte; en la calle se distinguían más coches que peatones, y los automóviles escaseaban. Las manecillas del reloj de la Catedral del Buen Pastor acababan de cruzar la frontera de la medianoche. Un nuevo día nacía en la Villa, un día en el que los metropolitanos volverían a estremecerse por la crueldad ejercida por uno de sus conciudadanos. Esta vez aparentemente el crimen constituía un caso más de violencia de género. Aparentemente, porque los escépticos, que menudeaban entre los habitantes de Metrópoli, mantenían ciertas reservas al respecto. Las mascaradas en la Villa estaban a la orden del día; ciertos sujetos fingían ser de una manera hasta que los hechos los dejaban en evidencia. Eran la antítesis de lo que aparentaban. Así, en el reciente pasado, metropolitanos que habían recibido los parabienes de sus congéneres durante años, se habían revelado a la postre como unos desalmados. La experiencia, por tanto, aconsejaba mantener la cautela. Violencia de género… mientras no se demostrase lo contrario. Y lo contrario podía demostrarse en cualquier momento.

El asaltante, enfundado en una gabardina oscura que le llegaba hasta las pantorrillas, las manos enguantadas y un macuto a la espalda, abrió la puerta del portal número 6 de la calle de la Mansedumbre, ascendió en dos saltos los seis escalones que le separaban del descansillo, vaciló un par de segundos delante del ascensor, y finalmente optó por entrar en la cabina. Si lo sorprendiese algún vecino en el rellano de la escalera, se presentaría como un familiar de los Irízar Puente que debía transmitir un recado urgente al matrimonio; el golpe, entonces, sería aplazado, tal vez suspendido de manera definitiva.

En la tercera planta, ladeó el cuello a izquierda y derecha con el fin de descartar la presencia de algún residente noctámbulo; luego, se embutió los zapatos en unas fundas de plástico, extrajo un pasamontañas del bolsillo y se lo encasquetó. Acababa de adquirir la apariencia de un ladrón de película, sin imaginarse en esos momentos ni siquiera un atisbo de lo que sería capaz en los ulteriores minutos: engendrar la tragedia más atroz de todas las tragedias atroces.

Introdujo una llave en la cerradura del piso tercero izquierda y abrió con sumo cuidado el cerrojo inferior; a continuación, con una segunda llave, hizo lo propio con el cerrojo de arriba. Desde el umbral, asomó la cabeza para escrutar el interior de la vivienda mientras aguzaba el oído. Cuando comprobó que la oscuridad y el silencio prevalecían en el ambiente, encendió una linterna minúscula y entró de puntillas en la casa. De inmediato, le sacudió el inconfundible olor a lavanda que utilizaba como ambientador la dueña de la casa, Leonor Puente, desde tiempos inmemoriales. El sujeto se movía con soltura, como si hubiera visitado el piso muchas veces. Alargando la zancada, de puntillas, recorrió el estrecho pasillo y, al fondo, a la derecha, entró en un pequeño estudio. Sin encender la luz de la estancia, sirviéndose sólo de la linterna, examinó los cajones del escritorio de madera noble; en el último, encontró una de las cosas que codiciaba: una voluminosa carpeta tamaño folio A-3 dentro de la cual había unos cuantos sobres. Extrajo todo su contenido: decenas y decenas y decenas de fajos de billetes de quinientos y cien euros, y lo metió en el macuto. Después, emprendió la búsqueda de su segundo objetivo, el más apetecible: un saquito de tafetán repleto de joyas. Examinó las estanterías y el interior de un armario empotrado. Miró detrás de la fotografía familiar enmarcada que colgaba de la pared. Nada. En el estudio no se hallaba lo que buscaba. Salió de la pieza y, moviéndose con extraordinario sigilo, se encaminó al espacioso salón comedor. Apartó los libros de los estantes, registró cajones, retiró cuadros… Nada. "El cabrón del viejo habrá guardado las joyas en su habitación: hasta es posible que duerma abrazado a ellas". No obstante, no descartó que Jacobo Irízar, de 80 años, el copropietario de la casa, las hubiese escondido en el sitio más insospechado, en previsión de que alguien allanase su morada con la intención de robarlas. Registraría el resto de la vivienda, y, si no encontraba lo que buscaba, ya vería lo que hacía. Incluso, amparándose en el anonimato que le proporcionaba la capucha, estaba dispuesto a irrumpir en el dormitorio y, blandiendo uno de los cuchillos de la cocina, el de hoja más afilada, obligar a los dos viejos a que le entregasen las joyas bajo la amenaza de rajarles el cuello. No podía irse con las manos vacías.

Entró en la cocina; cuando se disponía a abrir el armario situado sobre el fregadero, percibió el sonido inconfundible de unos pies desnudos que se deslizaban a oscuras por el pasillo de madera. Aguantando la respiración, apagó la linterna y pegó la espalda contra los azulejos que revestían la pared. Los pies se habían introducido en el cuarto de baño… Por la delicadeza de movimientos del cuerpo al que pertenecían los pies, el sujeto del pasamontañas dedujo que se trataba de la mujer de la casa. Ruido de cisterna. El corazón del intruso, en contra de la voluntad de éste, palpitaba con frenesí, como si adivinara lo que sucedería al cabo de un par de minutos.

Y, en efecto, lo adivinó. Una mano pulsó el interruptor de la luz de la cocina…

Leonor Puente, de 77 años, la mujer de la casa, se quedó paralizada por el susto, al borde del colapso.

—¿Quién es usted? —acertó a preguntar retóricamente después de unos segundos de aturdimiento, una vez que dilucidó que había aterrizado en la realidad, terrible realidad, y que ya no flotaba en la ingravidez plácida del sueño.

"Usted". Incluso en unas circunstancias tan adversas, Leonor no renunciaba a su esmerada educación.

—¿Qué es lo que quiere? ¡Jaco…!

No pudo pronunciar la última sílaba del nombre de su marido. Además, la intención de la mujer era elevar el volumen de voz como nunca lo había hecho en su vida, y, sin embargo, lo que emergió de su boca fue un sonido mortecino, como un estornudo. El grito había sido ahogado por el miedo… El miedo a morir. El desconocido le cubrió la boca con una mano enguantada mientras que con la otra presionaba su garganta. La anciana intentó desembarazarse de la tenaza que la asfixiaba. A la desesperada, clavó sus desgastados dientes en el dorso de la mano enguantada del asaltante al mismo tiempo que proyectaba con todas sus fuerzas el codo izquierdo hacia atrás y lo estampaba contra el abdomen de su agresor; el hombre, sorprendido por la resistencia corajuda de la mujer, con la adrenalina encabritada, cavilando a una velocidad vertiginosa, o sea, a trompicones, tomó a bote pronto una decisión que lamentaría el resto de su vida. En la encimera, recién lavados, sobre una bayeta, había varios utensilios. Entre ellos un cuchillo de trinchar carne. Alargó el brazo y… Acababa de traspasar la frontera que separaba la penumbra de la oscuridad, una oscuridad de la que nadie jamás ha retornado. Cuando se mata, se mata para siempre.

La mujer, al sentir el cuchillo penetrar en sus entrañas, como si el acero hendiese un bloque de mantequilla, supo que había llegado su final. Y qué final. Había imaginado múltiples muertes: caída fortuita, atropello, cáncer, infarto, ictus… Pero nunca se le había ocurrido pensar que moriría acuchillada, en su propia casa, a manos de un cobarde desalmado que ocultaba sus facciones bajo una capucha. Y menos mal que no llegó a saber quién la mataba, porque, si lo hubiera sabido, su peregrinaje hacia el reino de las tinieblas seguramente se habría convertido en un viacrucis eterno.

El agresor, tras hundir hasta el fondo la hoja en la blanda superficie, amordazó a la mujer agonizante con una servilleta de tela; para conjurar que, en una reacción desesperada, lograra desembozarse y advertir a gritos a la vecindad, le ató las manos con un trapo. Luego, limpió concienzudamente en el fregadero el cuchillo ensangrentado, lo secó, lo introdujo en el bolsillo interior de la gabardina y cerró la puerta de la cocina; en el pasillo, se detuvo súbitamente, extrajo el teléfono móvil, marcó de manera atropellada un número, aguardó unos segundos y, al no obtener respuesta, se dirigió a saltos, casi levitando, al dormitorio conyugal; las rayas de cocaína que había esnifado minutos antes comenzaban a agudizar su percepción (los estragos vendrían más tarde, el detonante de una nueva dosis, más sustanciosa que la anterior). Encendió la luz y, sin levantar la voz, casi en susurros con el fin de que no le oyera ningún vecino, sacudió al anciano durmiente por los hombros instándole a que se incorporara.

El ex joyero Jacobo Irízar, quien tomaba somníferos, se despertó sobresaltado ante los violentos zarandeos a que le sometían unas recias manos. ¿Un sueño pesaroso? No. Una realidad de pesadilla.

—¿Qué sucede? ¿Quién…? ¿Qué pretende? ¿Cómo ha entrado en la casa?

—A callar. Escúchame bien lo que te voy a decir porque no te lo repetiré una segunda vez —a Jacobo le llamó la atención que el hombre del pasamontañas lo tratara como si fuera un familiar o un camarada—, y ni se te ocurra gritar, o lo lamentarás, tú y Leonor —el asaltante blandió el arma que ocultaba en el bolsillo interior de la gabardina.

"Leonor. Este desalmado nos conoce —reflexionó Jacobo—. Su voz… su voz".

—¿Dónde está mi mujer? ¿Qué hace usted con ese cuchillo?

—¿No me has oído? Si quieres volver a ver con vida a Leonor, haz lo que te digo, porque si no lo haces, la mataré despacio, muy despacio.

—¿Matarla? ¿La has secuestrado?

—Está atada y amordazada en la cocina. No vuelvas a interrumpirme o agotarás mi paciencia. Dime dónde guardas las joyas, y dímelo ahora mismo.

—¿Qué joyas?

—Sabes a qué joyas me refiero. Si no me lo dices en los próximos quince segundos, degollaré a Leonor y después iré a la casa de tu hija, Natalia, y la mataré a ella también, y quizás haga lo mismo con tu nieta, Rocío. Sé muy bien dónde viven. Además, antes de matarlas, quizá me entretenga un rato con ellas. Empiezo a contar…

El anciano no se lo pensó dos veces. Ante una situación de vida o muerte, las joyas no valen nada porque nada vale lo que se puede intercambiar por dinero.

—Están en el mueble bar del salón comedor, detrás de las dos botellas de *Johnnie Walker*.

—Vete delante de mí sin hacer una pizca de ruido y cógelas.

El anciano se caló las gafas que tenía sobre la mesita de noche y, calzado con unas pantuflas, arrastrando los pies como un condenado que se dirige al patíbulo, cruzó la habitación alfombrada sintiendo sobre su espinazo la punta del cuchillo que empuñaba el asaltante. En el pasillo, Jacobo Irízar dirigió la vista hacia la cocina, cuya puerta estaba entreabierta y la luz apagada. Su senil corazón dio un vuelco. Había percibido lo que los sentidos del viejo no podían captar.

—La has dejado a oscuras… Leonor, Leonor… Déjame verla.

—Como vuelvas a abrir la boca, te corto el pescuezo. Estás acabando con mi paciencia. Primero, entrégame las joyas. Después, ya veremos.

El saquito de tafetán con varios anillos, pulseras, pendientes, broches, gargantillas y medallas estaba en el fondo del mueble bar, como había dicho el anciano, detrás de las dos botellas de whisky.

El asesino metió el saquito en el macuto, luego cogió una botella de *Johnnie Walker* y un vaso alargado.

—Y, ahora, volvamos al dormitorio.

El anciano, en el corto trecho que separaba el salón de la alcoba, en una especie de terrorífica epifanía, supo que la venturosa historia de los Puente Irízar les reservaba un final terriblemente cruel. Iba a acabar de la peor forma posible: en su propia casa y a manos de un cobarde que ni siquiera era capaz de dar la cara.

—Muy bien, siéntate —el asesino señaló la cama con un gesto de la barbilla.

Jacobo Irízar hizo lo que el criminal le ordenaba. Mientras tanto, el hombre del pasamontañas extrajo al azar de la estantería que había situada junto a la ventana del dormitorio un libro de pasta dura, el cual, como si se tratara de un sarcasmo del diablo o bien un aviso del ángel de la guarda, resultó ser la novela *Crimen y castigo*, y arrancó la primera página, en la que figuraban el título y el nombre del autor: Fiodor Dostoievski.

—Las vidas de tu mujer, tu hija y tu nieta dependen ahora de lo que escribas en este papel y de lo que hagas a continuación.

—Me has dicho que si te decía dónde…

—¡Silencio! Escribe: “Perdonadme. Os quiero”, y firma.

Jacobo dudó unos segundos, como si en un fogonazo premonitorio hubiese vislumbrado un avance cinematográfico del futuro inminente de los Irízar Puente, ya sin él, un futuro siniestro en el que el inmenso espacio que les correspondía en la memoria de sus seres queridos estaría ocupado por un agujero negro, el del horror. Cuando quisieran recordarlos sus hijos y su nieta, el espanto nublaría su recuerdo. En unos microsegundos se vio a sí mismo chapoteando entre la sangre, vadeando las cloacas que los asesinados deben remontar para llegar al otro mundo, el eterno.

En cuanto firmó el papel que le entregó el hombre de la capucha, éste le tendió el vaso rebosante de whisky.

—Toma, bebe.

—¿Ahora? No me apetece.

—Bebe.

—Hay demasiado. Además, yo solo pruebo el alcohol, en pequeñas cantidades, en días señalados.

—Hoy es el día más señalado de todos. Bebe el whisky del vaso, todo, sin dejar una gota.

—Pero…

—Estás acabando con mi paciencia. Cuento hasta tres. Una, dos…

El anciano se bebió el licor de dos tragos. La garganta, poco acostumbrada a trasegar semejantes cantidades de alcohol, reaccionó al ardor con una secuencia de toses. Pero la garganta era la menor de las preocupaciones de Irízar, ya que el intruso, tras agarrar por sorpresa el antebrazo del ex joyero, le acababa de propinar un tajo en la muñeca. Cuando el viejo quiso reaccionar, el agresor ya le había segado las venas de la otra muñeca; la sangre empezó a abandonar al anciano, como si buscara fuera lo que ya no encontraría dentro: la vida.

—Y, ahora, si quieres salvar a tu mujer, a tu hija y a tu nieta, mantén la boca cerrada.

El hombre, a la desesperada, con el dolor físico fulminado por la angustia, consciente de que lo más probable era que su mujer también estuviese muerta y de que las amenazas contra su hija y su nieta constituyesen una baladronada (y si no lo eran, sólo podría truncar los propósitos del asesino tomando la iniciativa), con las últimas fuerzas que le quedaban, pugnó por que el grito más estremecedor de sus casi 81 años de existencia emergiese de su sofocada garganta; pero de su boca únicamente salió un melifluo "¡Socorro!" que, sin embargo, en el silencio de la noche, semejó un chillido desgarrador. Sólo dos personas oyeron la petición de auxilio de Jacobo: el asesino e Isabel Alonso, la vecina del piso segundo izquierda; también dos perros, que se pusieron al unísono a ladrar sembrando de zozobra el sistema nervioso del asaltante.

La mano enguantada del ladrón asesino cubrió de inmediato la boca de Jacobo mientras la sangre que expelían las venas del anciano formaba un charco creciente en el suelo, en torno a las patas de la silla.

—Si vuelves a abrir la boca, mataré lentamente a tu hija y a tu nieta después de haberlas violado de todas las formas posibles. Te juro que lo haré.

El viejo calló para siempre. Aunque hubiese querido, no habría podido volver a gritar. Ya no le quedaban energías. Su hálito vital daba las últimas boqueadas. "Llegar hasta aquí para morir de esta forma...", fue la última frase que enunció el pensamiento de Jacobo Irízar antes de sumergirse en un letargo irreversible.

El asaltante colocó el cuchillo sobre la palma derecha del anciano y presionó los dedos contra el mango. En este punto cometió su mayor error, ya que no se percató de que el viejo había escrito la nota inculpatoria con la mano izquierda; además, tampoco cayó en la cuenta de que si pretendía hacer creer a la Policía que Jacobo Irízar se había matado después de matar, su mano izquierda asimismo tendría que haber aferrado el arma. A continuación, tras pegar un buen trago a la botella de whisky, la depositó, abierta, sobre la mesita de noche, junto al vaso vacío.

Cuando certificó que el anciano estaba agonizando, inquieto por los furibundos ladridos de los perros, se dirigió con rapidez a la cocina. En medio del pasillo, un sonido lo paralizó. Era el timbre de la puerta de la calle. Supuso que se trataba de algún vecino que había oído el grito apagado del viejo. Aguantó la respiración mientras contraía los puños. El vecino husmeador golpeaba ahora la puerta con los nudillos. El hombre temió que las estruendosas palpitaciones de su corazón llegasen hasta el oído del visitante, y pugnó por moderarlas visualizándose flotando panza arriba en la piscina de la urbanización del piso de veraneo. Cuando se aprestaba a afrontar lo peor, oyó el sonido de unos pies bajando los escalones. Suspiró aliviado. El vecino curioso seguro que se habrá imaginado que se trataba de un sueño del viejo o una alucinación suya. Ya más tranquilo, el ladrón asesino arrastró el cadáver de la mujer hasta el pasillo. Luego, cogió varios utensilios de limpieza y procedió a frotar frenéticamente la sangre del suelo de linóleo de la cocina y la madera del pasillo, ya que, por alguna extraña razón, consideraba que, si dejaba el cadáver de la anciana en la cocina, perdería consistencia la hipótesis de un nuevo caso de violencia de género. Pretendía que los investigadores, en cuanto estudiaran el escenario del crimen, pensaran que el viejo había alcanzado a la mujer en el pasillo después de que ésta huyera del dormitorio conyugal al apercibirse de las intenciones homicidas de su cónyuge. La limpieza concienzuda del cadáver y del escenario del crimen se explicarían por el arrepentimiento del viejo, o acaso porque se trataba de un crimen concebido con el fin de que los hijos de la pareja lo entendieran como un acto de amor. Morir antes de que la muerte los matara lentamente. Cuando dejó todo dispuesto para dar pábulo a su versión particular, el criminal, ya más calmado ante el silencio de los perros, volvió a recorrer la vivienda para cerciorarse de que no dejaba algún indicio o prueba que alertase a la Policía sobre lo que realmente había ocurrido. Cuando revisó por última vez las dependencias, a las dos y dos minutos de la noche, el hombre, tras escrutar la negritud del rellano a través de la mirilla, abrió sigilosamente la puerta y bajó de puntillas las escaleras del inmueble en tanto los dichosos chuchos reanudaban sus ladridos, alertados con toda seguridad por la presencia de la maldad en el edificio.

En el rellano de la primera planta, el asesino oyó que se entreabría la puerta de una de las viviendas, probablemente la del piso segundo. La voz susurrante de una mujer parecía hablar… a los perros: "No hay nadie. ¿Lo veis? ¿A quién ladráis, tunantes?" El hombre, con los músculos en tensión, y el macuto convertido en escudo, acaso en arma arrojadiza, se acurrucó en la escalera. Si los perros salían de la vivienda, estaba perdido. Olfatearían su presencia y se lanzarían escaleras abajo. Y sólo podría defenderse a macutazos y a patadas. No tendría nada que hacer ante dos fieras cuyo olfato ha percibido que se enfrentan a un bípedo peligrosísimo, el que acaba de eliminar impunemente a dos semejantes indefensos.

—No son horas de salir a la calle. Quietos ahí —oyó musitar a una voz de mujer.

Se quedó paralizado, con el alma en vilo, en tanto alzaba los ojos. La puerta del piso superior se cerró. Suspiró aliviado. Se quitó el pasamontañas y las fundas de plástico de los zapatos y, arrimándose a la pared, descendió a saltos los escalones hasta llegar al vestíbulo del edificio; allí entreabrió con cautela la puerta del portal y, cuando comprobó que no venía nadie ni en una dirección ni en la otra, se alejó por la acera, transformado en un noctámbulo que regresa a casa después de una de sus habituales francachelas; no se percató de que, a unos metros, desde un portal del otro lado de la calzada, una mujer lo observaba. Una mujer que lo conocía muy bien.

# 3

## EL SUPERVIVIENTE

Narciso Franco entró con sigilo en su casa, en el tercer piso del número 12 de la calle de Las Guirnaldas, a las dos y media de la noche, y se dirigió de inmediato al cuarto de baño a vaciar la vejiga; procuró no apuntar al centro del inodoro para evitar que Yolanda, su esposa, con el sonido hidráulico, se despertase y, perfecta traductora del lenguaje sin palabras, se barruntara retrospectivamente que el hombre había cruzado el umbral del inframundo, el de la maldad absoluta. Luego de lavarse las manos con más jabón que nunca, abrió la puerta del cuarto de baño con extremo cuidado y, de puntillas, se dirigió a la habitación de invitados; tras asomarse a la ventana y escrutar la calle solitaria, como si temiese que alguien lo estuviera vigilando, se desvistió y, en paños menores, sin pijama, se introdujo en la cama. Pese a que la temperatura reinante era fresca, sentía un calor insoportable, como si en su interior se hubiese desatado un incendio inextinguible.

Poco a poco, el cuerpo recuperó la normalidad, no así la mente, que faenaba a destajo. No sentía ni un leve remordimiento, lo cual a Narciso le intrigaba sobremanera. Al final, optó por atribuir el mutismo de la conciencia a las rayas de cocaína que había inhalado minutos antes de entrar en la casa de sus padrinos. A lo largo de las siguientes cinco horas, en las que apenas durmió unos cuantos minutos, revivió un sinfín de veces lo sucedido en la casa de sus tíos y padrinos. Se daba cuenta de que había jugado con fuego al permanecer en la vivienda varios minutos después de que alguien llamase a la puerta. Ese alguien podría haber avisado a la Policía propiciando la presencia de una patrulla en la casa mientras él, en una impulsiva e insensata decisión (ahora se percataba de ello), se esmeraba en limpiar inconscientemente el pasillo. Por suerte, esto no sucedió. Visualizó por enésima vez el momento en el que aferraba el cuchillo y lo clavaba en el estómago de su tía... No estaba orgulloso de lo que había hecho, pero tampoco se maldecía por ello. Un amante de los animales no se jactaría de haber matado a un leopardo, pero no se culparía si había disparado al felino para salvar su propia vida. Las circunstancias le habían obligado a actuar en contra de sus principios, porque hasta los primeros minutos del miércoles, 3 de noviembre, Franco consideraba una villanía ejercer la violencia contra una persona inocente. El respeto a la vida humana —era un gran aficionado a la fiesta taurina y, si se terciaba, también a la caza— constituía el eje sobre el que pivotaba su ética. Una ética muy particular porque a Narciso Franco no le importaba engañar a su cónyuge un día sí y otro también, a su santa madre y a quien hiciera falta por aplacar las dentelladas de su insaciable apetito carnal; asimismo justificaba los fraudes a Hacienda, los suyos —"bastantes retenciones me aplican"— y ciertos tejemanejes de los políticos con mando en plaza —"es lógico que roben, se les paga una miseria"—; ahora bien, el asesinato le parecía abominable.

Esa noche, la que medió entre el 2 y el 3 de noviembre, la que marcó un antes y un después en su vida, Narciso descubrió que los principios éticos enunciados mentalmente o en una conversación entre amigos, sólo enraizaban en el alma del ser humano cuando superaban la prueba decisiva: la de habérselas con una situación extrema. Esa noche, la de la tormenta en el alma, Narciso Franco fundó una nueva ética: la vida humana es sagrada siempre y cuando uno no se encuentre en el disparadero; arrastrado por las imponderables vitales a ese punto, no queda más opción que ser práctico y obedecer el único principio válido en tales circunstancias: obrar de la manera más apropiada para asegurarse la supervivencia. Y en este concepto, el de asegurarse la supervivencia, también incluía Narciso el riesgo de ser condenado a una larga temporada en cautiverio, porque se conocía lo suficiente para saber que, si lo encarcelasen, no saldría caminando del presidio, lo sacarían con los pies por delante.

Cuando sonó el despertador, a las 7.30 de la mañana del día 3 noviembre, seis horas después de perpetrar la ignominia, Narciso, que se había adormilado hacía un rato, se incorporó con el cuerpo exhausto y la conciencia asombrosamente relajada. No era un asesino; era un superviviente.

# 4

## LA VÍSPERA DEL DOBLE ASESINATO

A las nueve de la mañana del día 2 de noviembre, con densos nubarrones cubriendo gradualmente el firmamento de Metrópoli, Jacobo Irízar, ataviado con un terno gris y una corbata negra, sosteniendo un maletín en la mano derecha y un bastón en la izquierda —era zurdo—, entró en la sede principal del banco *El Ahorro Seguro*, ubicada en la calle de Las Leyendas, con la intención de recoger la cantidad en metálico que, días antes, había solicitado que le tuviesen dispuesta y también las joyas y el otro dinero clandestino que atesoraba en una caja de seguridad del banco desde el mismo día, casi tres lustros atrás, que traspasó por jubilación la joyería *Irízar*, a la sazón la de más abolengo de la Villa.

Lo recibió en el despacho el sobrino de su mujer, Narciso Franco, de 35 años, el subdirector, quien, después de entregarle el voluminoso sobre con casi la mitad del dinero que el anciano guardaba en diversas cuentas de ahorro, acompañó a su tío político a la cámara que albergaba las cajas de seguridad de los clientes más selectos de *El Ahorro Seguro*. Sabía de buena fuente Narciso el motivo por el cual Jacobo Irízar había tomado la decisión de retirar una parte de sus recursos de los depósitos bancarios. La razón no estribaba en que, descontento con el trato económico dispensado por el banco, quisiera trasladar su dinero a otra entidad. No. Tenía la intención de repartir en vida una porción de la herencia entre sus dos hijos, ya que el menor, Marcos, de 34 años, necesitaba imperiosamente varias decenas de miles de euros para sufragar las deudas que amenazaban el futuro inmediato del restaurante *En su punto,* el cual, hacía dos años, había inaugurado en el centro de Metrópoli, en la calle del Buen Ladrón, frente a la sede del Partido Conservador, y que en su primer bienio de existencia, pese a que el establecimiento se había hecho con unas decenas de entusiastas clientes que divulgaban por doquier las bondades culinarias de *En su punto*, no ingresaba lo suficiente para enjugar los gastos que generaba, sobre todo los del alquiler del local. Lo que no le había confesado Marcos a su padre es que, llevado por la temeridad, había fundido casi todos sus ahorros en el casino *La Fortuna* y, después, con la desesperación arrastrándole al otro lado de la racionalidad, había pedido un préstamo a un cliente habitual del restaurante, un hombre de negocios llamado Saúl Rozas, un personaje turbio, quien ahora le exigía la devolución inmediata de la cantidad prestada: treinta mil euros, más los correspondientes intereses acumulados por el retraso: diez mil. Aunque no había firmado ningún documento con el tal Rozas, el acuerdo verbal con ese sujeto era poco menos que sagrado. Marcos tenía pensado saldar la deuda con el importe de lo que recaudase por la venta de las joyas familiares que le correspondiesen en el reparto, y reservar el dinero de la herencia para remendar los agujeros por entre los que se le escurrían todas sus ilusiones como pequeño empresario.

—Vas a llevar encima demasiadas cosas de valor, tío Jacobo. ¿Quieres que te acompañe a casa?

—Gracias, Narciso. No hace falta. En este maletín, con cadena y cerrojo incorporados, irá todo muy seguro.

Narciso Franco, separado lateralmente unos tres metros, con el rabillo del ojo, observó cómo su tío político introducía una bolsita de tafetán y varios sobres abultados en el maletín. Según las informaciones que había recopilado de una fuente muy fiable, los sobres contenían miles de euros y en la bolsita había unas joyas de muchísimo valor, las que Jacobo y su mujer habían atesorado años atrás, cuando traspasaron la joyería que regentaron durante más de un cuarto de siglo en la Gran Vía de Metrópoli. Una tentación irresistible para un hombre codicioso, mujeriego y consumidor habitual de cocaína.

El anciano había citado en la casa familiar a sus dos hijos al día siguiente, miércoles, 3 de noviembre, a media tarde, para proceder a entregarles una parte de la herencia, acto que sería ratificado por un notario. Narciso Franco, por lo tanto, debía dar el golpe la víspera, o mejor, en los albores del nuevo día, o sea, al cabo de unas horas, poco después de la medianoche, cuando sus tíos estuvieran profundamente dormidos, ya que se metían en la cama, como muy tarde, a las once de la noche, y le constaba que ambos tomaban somníferos. Todo estaba preparado. Cuando le interpelase la Policía para ratificar la versión del viejo, negaría que éste hubiera sacado algo de la caja de seguridad o acaso declararía no saber nada sobre ese particular. Confirmaría que había retirado una fuerte suma de dinero de sus diversas cuentas, porque no podía negar lo que había quedado constancia de ello; pero de lo otro no diría ni pío. Sería su palabra contra la de su padrino. Eso tenía pensado declarar Narciso antes del golpe. Una vez consumada la inesperada tragedia, cuando le interrogasen, manifestaría lo que tenía pensado, pero no para ratificar la versión póstuma del anciano, sino la de los hijos. "Los muertos no hacen declaraciones", se dijo Narciso Franco obviando que algunos sí que las hacen, a posteriori, con la estela que han dejado sus actos. Los silencios también hablan.

## 5

## EL DESCUBRIMIENTO DE LOS DOS CADÁVERES

Natalia Irízar Puente, como hacía cada mañana, llamó por teléfono a sus padres a las ocho y media para desearles un maravilloso día. Le extrañó que no contestasen ni al fijo ni a ninguno de los dos móviles, ya que sus progenitores rara vez se levantaban más tarde de las siete y media. "Quizás hoy excepcionalmente se han quedado dormidos", se dijo para infundirse tranquilidad ante el runrún de mal agüero que empezaba a tomar cuerpo en su interior. Sin embargo, de inmediato le sobrevino otra lapidaria pregunta: "¿Los dos a la vez?", que le indujo a volver a marcar sucesivamente los tres números telefónicos, el fijo y los dos móviles. Persistió hasta que se dio por vencida. Algo raro había sucedido. Presa del nerviosismo, apremió a Rocío, su hija, de nueve años, a que se vistiese con rapidez.

—Mami, todavía son las ocho y media.

—Hoy, saldremos unos minutos antes. A la vuelta he de pasar por la casa de los abuelos para un asunto importante.

—Pero…

—No hay peros que valgan. Apresúrate.

El tono perentorio empleado por la mujer silenció las protestas de la niña. No era normal que su madre le hablase en ese tono. Una sensación extraña, desconocida hasta ese momento, sembró la preocupación en Rocío. "¿Les habrá pasado algo malo a los abuelitos?"

Treinta minutos después de dejar a su hija en el colegio *Aprender para la Vida*, Natalia llegó al portal de la vivienda de sus padres, a unos ciento cincuenta metros de su domicilio, en la calle de la Mansedumbre.

En el portal del edificio se encontró con Isabel Alonso, la amable vecina del segundo izquierda, una mujer de mediana edad cuyo cutis luminoso reflejaba con fidelidad la belleza interior que engalanaba su proceder habitual, si bien esa mañana las sombras entenebrecían el fulgor de sus rasgos.

—¡Natalia! Precisamente iba ahora en tu busca. Acabo de llamar a la casa de tus padres, y siguen sin responder.

—¿Siguen?

—Perdona. Te explico los antecedentes…

Isabel quiso articular el aluvión de palabras que conformaban en su pensamiento la crónica de lo que ocurrió la noche anterior, a saber, que oyó una voz pidiendo socorro alrededor de la una y media. Además, sus dos perros, *Khull* y *Yuna*, ladraron al unísono durante unos cuantos segundos, y ellos no suelen ladrar de noche salvo que olfateen la presencia de algo extraño… o indeseable. Era una voz de hombre que parecía provenir de la casa de los Irízar Puente, podría ser la del padre. La hija de Isabel, Josefina, que pasa unos días con ella mientras persisten las obras de reforma en su apartamento, con el alboroto que montaban los perros, también se despertó. Con el fin de cerciorarse de que no había ocurrido ninguna tragedia, subieron las dos a la casa de los Irízar Puente. Tocaron el timbre un par de veces y no hubo respuesta. Luego, Isabel llamó a la Policía, pero no debieron concederle demasiada importancia a lo que les contó, porque, salvo que lo hicieran de manera clandestina, no enviaron ninguna patrulla a comprobar si sucedía algo anómalo, y la mujer no concilió el sueño hasta bien entrada la madrugada, de ahí que, más tarde, oyera unos ruidos en el techo del pasillo, o sea, que procedían del suelo de la casa de los Irízar Puente, como si estuvieran arrastrando algún objeto. Con perplejidad creciente, Isabel dudó entre llamar de nuevo a la Policía o volver a subir a la casa de los vecinos, o incluso, en el caso de que no obtuviera una respuesta satisfactoria, desplazarse hasta el domicilio de Natalia; pero al final ella y su hija, en contra de las evidencias, se obligaron a pensar que probablemente el anciano había sufrido una pesadilla y que el ruido posterior se debía a que algún líquido se había derramado en el pasillo y lo estaban limpiando con la fregona. Así que las dos mujeres optaron por dejar correr el asunto y volvieron a la cama a tratar de conciliar el sueño. En contra de las evidencias, sí, porque *Khull* y *Yuna*, que estaban bien enseñados, continuaron ladrando un ratito más, y sólo el primero ladró en una ocasión a una hora parecida a la de anoche: cuando, un año atrás, llamaron a Isabel de madrugada para comunicarle el fallecimiento de una amiga íntima en un accidente de tráfico; y ayer lo hicieron ambos con insistencia pese a que les conminaron a que se callaran.

Todo esto quiso explicar Isabel a Natalia; sin embargo, urgida por las circunstancias y el nerviosismo, se limitó a decirle:

—Anoche, a la una y pico, a mi hija y a mí nos pareció oír una voz pidiendo socorro proveniente de la vivienda de tus padres. Subimos al piso y pulsamos el timbre con insistencia. No nos contestó nadie. Llamamos a la Policía para informar del incidente, pero, como no volvió a oírse ninguna voz, supusimos que se trataba de una pesadilla. Hace unos minutos, a las ocho y media, hora en la que me consta que tus padres llevan ya tiempo levantados, he vuelto a llamar a su puerta sin resultado alguno.

Ha sido entonces cuando me he decidido a desplazarme a tu casa.

Algo empezó a tambalearse en los abismos de Natalia al ver la expresión del rostro de Isabel Alonso, la cual traslucía la tragedia que la mujer visualizaba en su imaginación; los cimientos sobre los que se sustentaba la vida entera de la hija de los Irízar Puente se resquebrajaban amenazando con desplomarse del todo.

—Acompáñame, Isabel, por favor.

Las dos mujeres cruzaron el vestíbulo del portal a la carrera y entraron en el ascensor casi de un salto; menos mal que la vecina la acompañó, ya que la hija, sola, no hubiese podido soportar el cuadro macabro que contemplarían sus desorbitados ojos en la vivienda familiar. Natalia e Isabel estuvieron a punto de tropezarse literalmente con el cuerpo sin vida de Leonor, tendido en el pasillo, increíblemente sin apenas restos de sangre pese al tajo que presentaba en el estómago, un segundo antes de que exhalaran, casi al unísono, un grito desgarrador que estremeció el corazón de los vecinos del edificio. A continuación, persuadidas de que la pesadilla no había hecho más que comenzar, Natalia e Isabel, apoyándose en la pared, lastrada una por la angustia y la otra por la empatía, con las facciones desdibujándose vertiginosamente, se dirigieron al dormitorio conyugal, adonde llegaron dando bandazos. Las dos mujeres, al agarrarse de las manos, lograron sostener a duras penas el equilibrio entretanto, magnetizadas por el horror, observaban atónitas el cuerpo desangrado de Jacobo Irízar.

La tragedia había entrado como un torbellino en los dominios de la familia Irízar Puente… para siempre.

## 6

## UNA VOZ EN LA NOCHE

Roberto Lemos, el miembro más joven de la Brigada contra el Crimen, quien estaba de guardia la noche del martes y la madrugada del miércoles, se interesó por el contenido de la llamada que había atendido, sobre la una y media, el agente Bienzobas en la Comisaría Central de Policía. A Lemos le picó la curiosidad tras ser testigo de los ímprobos esfuerzos verbales que hacía su compañero para tranquilizar a la persona que se hallaba al otro lado del hilo telefónico.

—Se trata de una mujer que dice haber oído una voz, procedente del piso de arriba de su domicilio, pidiendo ayuda. Pero seguramente todo es fruto de un mal sueño, no de ella, sino del vecino. Después de consultar con el comandante de guardia, le he sugerido que nos llame de inmediato si vuelve a oír algo raro.

Por la mañana, al término de su jornada nocturna, Roberto Lemos se enteró de que en un piso de la calle de la Mansedumbre habían aparecido los cadáveres de dos ancianos, marido y mujer. El agente, sin ninguna razón lógica que vinculara los dos hechos, guiado por la intuición, asoció la llamada de hacía unas horas con la muerte de los dos ancianos, y decidió informar a su jefa, la subinspectora Cecilia Fresnedo, responsable interina de la Brigada contra el Crimen, quien en esos momentos se disponía a trasladarse al lugar de autos.

—¿Sigue en la Comisaría el agente Bienzobas? —preguntó Fresnedo.

—Está en los vestuarios, cambiándose de ropa.

—Dile que venga.

Rufino Bienzobas confirmó a la subinspectora que la mujer que llamó a la Comisaría avanzada la noche, en torno a la una y media, dijo que la voz lánguida de un hombre había pronunciado la palabra "socorro". Daba la impresión de querer y no poder gritar; a la mujer le pareció el timbre de voz del vecino del piso superior, Jacobo Irízar.

—Como sólo se oyó un *socorro*, a instancias del cabo de guardia, le sugerí que volviera a llamarnos de inmediato si percibía algo anómalo. No lo hizo, por lo que el cabo supuso que el vecino había gritado "socorro" en el curso de una pesadilla.

—¿Desde dónde llamó la mujer?

—Acabo de comprobar que fue desde una vivienda de la calle de la Mansedumbre.

—Pelayo, Borja, al coche, rápido. Roberto, vete a casa a dormir. Te necesito despejado. Me barrunto que se nos avecina muchísimo trabajo en los próximos días.

En cuanto la subinspectora Cecilia Fresnedo, responsable provisional de la Brigada contra el Crimen de Metrópoli, y los agentes Borja Castillo y Pelayo Asensio (el prometido de la subinspectora), se apearon del coche policial, fueron rodeados por media docena de periodistas provistos de sendos micrófonos de desigual tamaño, alguno descomunal, quienes se habían presentado en el número 6 de la calle de la Mansedumbre luego de ser advertidos por alguna fuente clandestina del horripilante cuadro con el que se había topado Natalia Irízar al entrar en la vivienda de sus padres. Fresnedo, en tanto Pelayo y Borja apartaban los micrófonos a manotazos, se abrió paso al grito de: “Haremos una declaración oficial más tarde”.

Natalia Irízar e Isabel Alonso se encontraban en el rellano de la escalera, junto a la puerta de entrada del piso tercero izquierda, acurrucadas en el suelo, incapaces de mantener la verticalidad, atendidas por dos sanitarios y confortadas por Josefina Isabel Cervantes, la hija veinteañera de Isabel, quien susurraba palabras cariñosas a las dos mujeres. En los escalones, mantenidos a raya por dos policías, se agolpaban casi todos los vecinos del inmueble. Ninguno de ellos había oído ni visto nada la noche anterior.

Cecilia Fresnedo se aproximó a las tres mujeres.

—Soy la subinspectora Cecilia Fresnedo, la responsable interina de la Brigada contra el Crimen de Metrópoli. ¿Son ustedes familiares de los difuntos?

Natalia, noqueada por la conmoción, ni oía ni hablaba. Quien respondió fue Isabel Alonso.

—Natalia, aquí presente —Isabel señaló con el índice a la mujer que se hallaba entre sus brazos, como si fuera una niña aterrada por un sueño diabólico—, es hija de los fallecidos; yo soy Isabel Alonso, la vecina del piso segundo. Josefina —Isabel señaló con la barbilla a la muchacha— es mi hija.

—¿Es usted la persona que llamó alrededor de la una y media de anoche a la Comisaría Central de Policía?

—En efecto.

—Han sido ustedes las primeras personas que han visto los cadáveres, ¿no?

Isabel asintió.

—¿Estaba la puerta del piso abierta?

—No. Ha abierto Natalia con sus llaves —respondió Isabel. Natalia quiso decir algo, pero de su boca sólo emergió un gemido; incapaz de apartar del pensamiento las imágenes de sus padres masacrados, con los ojos enrojecidos de tanto llorar, simbolizaba el dolor a la enésima potencia encarnado en un mortal. El cuadro dantesco (y en semejantes circunstancias sí que estaba justificada la recurrente expresión) que había quedado impreso en la memoria de Natalia Irízar Puente le perseguiría hasta la tumba y más allá también. Los efectos de la muerte de un ser querido no se extinguen jamás; pierden parte de su devastador poder con el discurrir de los años, pero sólo una parte, y, a veces, ínfima. Este dolor sólo muere con la muerte de los dolientes; si éstos perviven en el otro lado, en cuerpo o en alma, tampoco allí desaparecerá del todo el dolor, aunque el espectro de turno no sepa de dónde procede la punzada permanente que muerde el corazón de su espíritu.

—¿Estaba cerrada con doble cerrojo? —inquirió Cecilia Fresnedo.

—Pues…

La subinspectora miró a Natalia.

—La acompaño en el sentimiento, Natalia —Cecilia, luego de estrechar la mano de la hija de los Puente Irízar, quien más que una persona parecía una marioneta desmadejada, observó las dos cerraduras de la puerta blindada del piso, separadas verticalmente por unos quince centímetros—. Le ruego que haga un esfuerzo y procure recordar si ha necesitado abrir los dos cerrojos para acceder a la vivienda. Es muy importante.

Natalia alzó lentamente la cabeza hacia la subinspectora, y por un instante sus ojos relampaguearon; la marioneta recuperaba su humanidad.

—Una y sólo tenía un pestillo echado. No habían cerrado por dentro.

—Lo cual le resulta extraño, ¿verdad?

—Sí, porque mis padres, por la noche, siempre cierran..., cerraban quiero decir, con varias vueltas los dos cerrojos.

—Tal vez franquearan ellos la puerta al visitante.

—Antes de abrir, echaban un vistazo por la mirilla; eran muy precavidos, por la noche, con mayor motivo.

—Quizá lo que vieron delante de la puerta les inspiró confianza.

—¿Se está refiriendo a que el visitante pudo haber sido alguien conocido?

—O muy conocido.

De la cabina del ascensor salieron un hombre y una mujer. Él, sin pronunciar una palabra, con los ojos vidriosos y el rostro lívido, se acuclilló de inmediato y dio un abrazo fulgurante a Natalia, como si aferrara las bridas del sentimiento para impedirle que derivara en sentimentalismo. Su acompañante, una mujer muy atractiva de unos treinta y pocos años, enfundada en un vestido negro, un abrigo del mismo color y zapatos de altos tacones, después de saludar con un escueto "hola" a todos los presentes y posar la mano en el hombro de la atribulada hija entretanto le expresaba sus condolencias, se mantuvo en un segundo plano, sin exteriorizar ninguna emoción, acaso porque se impuso mantener la compostura a despecho del dolor que mordía sus entrañas.

—¿Quién es usted? —preguntó Cecilia Fresnedo al hombre.

—Me llamo Marcos Irízar, soy hijo del matrimonio muerto..., asesinado, quiero decir. No me creo lo que dicen en algunos informativos —Cecilia dedujo que su acompañante era su esposa.

El hombre no la presentó.

—¿Ya han empezado con la matraca? —ironizó Fresnedo.

—Así me lo han hecho saber algunos allegados.

—¿Y qué dicen?

—Que mi padre ha matado a mi madre de una cuchillada en el estómago antes de cortarse las venas. Qué barbaridad.

Cecilia Fresnedo hizo una mueca de disgusto. Un sector importante de la prensa, con su falta de rigor informativo, al mismo tiempo que destruían honores y reputaciones, colaboraban involuntariamente con los asesinos, ya menos perceptibles por sus conciudadanos. La atención se centraba en los inocentes ultrajados.

—Les dejo a ustedes con su dolor. Les reitero mi pésame. Hablaremos más adelante. —A continuación, la subinspectora se dirigió a Isabel Alonso y Josefina Cervantes entre susurros—. ¿Podemos hablar en otro lugar menos concurrido?

Isabel, incorporada, con el beneplácito de su hija, invitó a Cecilia Fresnedo y a los dos policías a que la acompañaran a su casa.

—Vivimos en el segundo izquierda.

—Dentro de un rato bajaremos. ¿Pueden esperarnos?

—Tenemos que ir a trabajar, yo al colegio, en donde ejerzo de maestra de Primaria; Josefina, a la empresa de producción cultural en la que presta sus servicios.

—¿No pueden llamar y pedir de nuestra parte que les permitan hoy entrar unos minutos más tarde? Si es necesario, les escribiré un justificante.

—Llamaremos —respondió Isabel—. No obstante, les ruego que no tarden.

—Estaremos en su casa dentro de una hora como máximo.

## 7

## LAS PRISAS DE LA PRENSA

Aunque la Policía, a la espera de los resultados de las autopsias y las investigaciones de los agentes de la Científica y la Brigada contra el Crimen, no confirmó oficialmente que la muerte del matrimonio formado por Jacobo Irízar y Leonor Puente se debiese a un nuevo caso de violencia machista, la prensa multimedia, a lo suyo, luego de unas deliberaciones fulgurantes basadas en meras conjeturas y en las confidencias de algún vecino o un policía lenguaraz y en varias pruebas circunstanciales, ató cabos aquí, allí y allá, y estableció tópicas y nefastas conclusiones que mancillaron la reputación 'post mortem' de Jacobo Irízar y, por ende, de sus dos hijos. El daño ya estaba hecho; las rectificaciones, si se producían algún día, difícilmente neutralizarían los demoledores efectos de los infundios divulgados a los cuatro vientos.

En las horas siguientes al suceso, la prensa informó profusamente sobre la muerte violenta de los Irízar Puente, un matrimonio muy popular y respetado en la Villa. Los periódicos y las cadenas de radio y televisión, sin una sola excepción, consideraron el truculento doble crimen como un caso más de "violencia machista", con el adjetivo "supuesto" de avanzadilla para espantar eventuales demandas de los familiares en el caso de que el precipitado diagnóstico fuese refutado por el trabajo policial; en definitiva, que, para la prensa, Jacobo Irízar, dominado por una enajenación mental transitoria, había matado a su mujer de una cuchillada en el estómago y, a renglón seguido, abrumado por su espantosa acción, se había cortado las venas. Todo ello, después de meterse entre pecho y espalda un lingotazo de whisky, seguramente para tratar de escabullirse de los tentáculos del arrepentimiento que empezaban a enroscarse en el corazón de su conciencia, propósito que no consiguió.

Eso sí, los plumillas se hicieron eco del estupor expresado por conocidos y vecinos de las víctimas, dado que los cónyuges eran muy apreciados en la zona, entre otras razones, por su exquisita gentileza y por la ternura que se dispensaban en público. Además, si algún periodista albergaba dudas acerca de las circunstancias que rodeaban al suceso, se disiparon por completo cuando Paula Casado, la periodista estrella de Metrópoli, presentadora del programa de más audiencia de la televisión del país: *Pero ¿qué me estás diciendo?,* aseguró en su blog, *La jaula de cristal,* que Jacobo Irízar había dejado sobre el lecho conyugal una nota inculpatoria firmada. Era un secreto a voces que Paula alimentaba sus tesis con filtraciones de fuentes dignas de todo crédito, incluidas las policiales. Por su parte, ella se encargaba asimismo de suministrar a sus informantes estímulos tan variados como suculentos. No obstante, en los días que precedieron a la emisión de fin de semana de *Pero, ¿qué me estás diciendo?*, una vez que la subinspectora Cecilia Fresnedo y su equipo entraron en acción, el suceso varió radicalmente su fisonomía. Donde antes presentaba el aspecto de un flagrante caso de violencia de género, se especuló después con que quizá se trataba de un robo que, por una concatenación de funestas casualidades, degeneró en un doble asesinato.

Los patios bordeados de jardines que se extendían delante de los números 6, 20 y 24 de la calle de la Mansedumbre, en cuyos edificios vivían respectivamente el matrimonio formado por Jacobo Irízar y Leonor Puente, y sus hijos: Natalia, profesora universitaria, y Marcos, cocinero y dueño del restaurante *En su punto*, fueron tomados por un nutrido grupo de reporteros y periodistas que acarreaban toda la parafernalia que suele acompañarles en estos morbosos quehaceres: impresionantes cámaras de fotos y de televisión, micrófonos de todos los calibres, grabadoras, tiendas de campaña… y griterío incesante.

## 8

## EL LUGAR DEL DOBLE CRIMEN

Cecilia Fresnedo, en el umbral de la entrada de la vivienda del matrimonio Irízar Puente, paseó la vista por el rellano de la escalera antes de volver a examinar con detenimiento las dos cerraduras de la puerta de madera noble del piso; después, anduvo unos metros, descendió varios escalones, subió otros cuantos..., como si calculara las distancias remedando los movimientos recientes del posible asesino. Porque, aun sin examinar la casa ni los cadáveres, su intuición, galvanizada por la voz que Isabel Alonso oyó en la noche, le aseguraba que los dos ancianos habían sido asesinados por un ladrón (o varios), en un doble crimen provocado por acontecimientos imprevistos. El objetivo era robar, no matar; pero las circunstancias hicieron inevitable el asesinato para poder cumplir el propósito primario.

Una vez que los policías científicos abandonaron la vivienda sin encontrar en principio nada significativo, y no hallar nada, paradójicamente era encontrar mucho, entretanto dos médicos forenses terminaban de inspeccionar los cuerpos violentados de los ancianos, y Borja Castillo y Pelayo Asensio recababan información entre los vecinos, Cecilia Fresnedo, luego de inspeccionar las escaleras comunales y las cerraduras de la puerta de la casa, protegidos los pies y las manos por fundas de plástico, se adentró en la vivienda en donde se había producido la tragedia. En principio, y teniendo en cuenta el texto lacónico firmado por el anciano (a saber en qué condiciones lo había escrito el pobre, y en esas "condiciones" la subinspectora también incluía el whisky, cuya virtual presencia en el organismo de la víctima atribuyó a la coacción ejercida sobre su voluntad, no al deseo), la doble muerte se presentaba como un caso de violencia de género; pero Fresnedo confiaba en descubrir pronto las pruebas o, en ausencia de estas, los indicios que encaminaran las investigaciones por los vericuetos apropiados: los que conducirían a identificar al autor o autores de la masacre.

—¿Así estaba el cadáver? —preguntó la subinspectora a Leandro Cabezudo, el forense que inspeccionaba el cuerpo de Leonor Puente.

—Tal cual.

—¿Sin sangre alrededor?

—Sin sangre. Por lo visto, el viejo, antes de quitarse la vida y después de tomarse una buena ración de whisky, tuvo la delicadeza de limpiar a conciencia el cuerpo de su mujer. ¿Para qué? Cualquiera sabe, tal vez con el propósito de que arribara lo más acicalada posible al otro mundo. Si la anciana padecía alguna enfermedad terminal o un deterioro irreversible de su estado físico, el hombre seguro que estaba convencido de que no cometía un crimen, sino que llevaba a cabo un acto piadoso. La autopsia lo determinará. Por el *rigor mortis* que presentan ambos cuerpos, calculo que llevan muertos unas ocho o nueve horas.

—Es posible que matara a su cónyuge por un acto de amor, o no. Si el viejo fue víctima y no victimario, entonces nos hallaríamos ante un robo con doble asesinato y un fugaz arrepentimiento sofocado de inmediato por el instinto de supervivencia; probablemente en ese instante, tirando de astucia y una sorprendente frialdad, el asesino dispuso el decorado para que pareciese un crimen machista —elucubró Cecilia antes de reanudar la inspección ocular del resto de la vivienda.

La cocina y el cuarto de baño estaban impolutos, con los suelos relucientes, como si los hubiesen limpiado a conciencia recientemente. Recientemente, acaso hacía unas pocas horas.

La subinspectora, jefa interina de la Brigada contra el Crimen de Metrópoli, se dirigió después a la alcoba donde la otra forense, Monserrat Cabello, buscaba restos que contuvieran ADN impropios en el cuerpo desangrado del anciano. Cecilia y Montserrat mantenían una excelente relación, la cual, de manera paulatina, estaba fraguando en una prometedora amistad.

—¿Crees, Montse, que el cuchillo que presuntamente utilizó el anciano para cortarse las venas es el mismo que acabó con la vida de la mujer?

—Diría que sí.

—¿Has percibido algo llamativo en lo que has examinado hasta ahora?

—Sí. Los cortes de las venas me parecen demasiado profundos para habérselos proferido él mismo. Además, si el viejo era diestro, lo cual habrá que corroborarlo, lo lógico es que el corte de la izquierda tuviese más profundidad que el de la derecha, ya que éste habría debido hacerlo con la mano menos hábil y fuerte; y, sin embargo, diría que los dos cortes tienen similar hondura.

—Como si los tajos los hubiese hecho un ambidextro, ¿no?

—Exacto.

—O que el anciano hubiese sido víctima de un asesino y, por consiguiente, tengamos una escena amañada.

—Esa es una opción más verosímil. Imaginemos que el viejo se produjo los cortes. Lo normal es que el corte segundo, hecho con una mano herida, fuese más superficial que el otro. Y, sin embargo, las dos incisiones son similares.

—Avísame en cuanto tengáis los resultados de las autopsias.

—Así lo haré.

## 9

## *KHULL* Y *YUNA* REFUERZAN LAS SOSPECHAS DE CECILIA FRESNEDO

Después de inspeccionar las piezas de la vivienda durante casi una hora y proveer de fundamentos a lo que hasta hacía un rato sólo constituía una mera corazonada, Cecilia Fresnedo bajó al piso segundo izquierda acompañada por Pelayo Asensio, su prometido en la vida personal y su subordinado en el ámbito profesional. (De las entrevistas con los otros residentes del número 6 de la calle de la Mansedumbre, Pelayo y Borja no habían obtenido nada reseñable, tan sólo la confirmación de que los dos fallecidos eran muy apreciados en la comunidad). Mientras tanto, Borja Castillo se quedó examinando la casa de los Irízar Puente por si acaso reparaba en algún detalle que hubiera escapado al escrutinio de la subinspectora. La experiencia le había enseñado a Fresnedo que, cuanto más conocieran a las personas con las que se había relacionado en los últimos días de su vida la víctima de un asesinato, más cerca estarían del asesino.

Isabel Alonso y Josefina Isabel Cervantes recibieron a los policías como si acogieran en sus dominios a dos peregrinos que buscan hospedaje en una fría y lluviosa noche de invierno. Entre sonrisas les condujeron a un salón decorado con estilo minimalista; las paredes de estuco, impolutamente blancas y casi desnudas, multiplicaban la luz que entraba por los amplios ventanales orientados al sur. Isabel invitó a los dos policías a que se sentaran en el sofá de cuero blanco anacarado. La madre y la hija tomaron asiento enfrente, delante de una mesita acristalada anular, en sendos sillones que armonizaban con el sofá. Isabel y Josefina habían cambiado de indumentaria, acaso lucían en esos momentos la vestimenta con la que acudirían ulteriormente a sus respectivos centros de trabajo, y su aspecto se asemejaba más a lo que eran en realidad que a lo que parecían en los minutos previos, cuando los efectos del angustioso suceso vivido hacían estragos en sus facciones. Recrearse en la contemplación de las dos mujeres constituía un regalo para los sentidos. De ojos castaños vivaces, perfilados los contornos en ambos casos con una delgada línea negra, un cutis que denotaba la madurez juvenil de la madre y la juventud madura de la hija y provistas de una mirada empática y acogedora, Isabel y Josefina invitaban a sus interlocutores a extraer lo mejor de sí mismos, y eso es lo que hicieron Cecilia y Pelayo en los siguientes minutos: mostrar sus mejores galas policiales, también las personales.

De la cocina provenían unos gañidos lastimeros.

—¿Les molestan los perros? —preguntó Isabel.

—En absoluto.

—Estos no son unos perros corrientes. Imponen mucho respeto al común de los mortales.

—Más bien suscitan miedo, mamá —puntualizó Josefina cuya ropa: pantalón vaquero ceñido y blusa con discreto escote, manifestaba los agraciados atributos naturales que la bata de los minutos previos había mantenido latentes.

—Caen en el error de siempre —continuó la madre—, o sea, juzgar por lo que se ve, sin escarbar en la superficie. Aunque uno es un 'pitbull' y la otra, una 'doberman', les aseguro que son unos animales mansos y afectuosos.

—Sólo se transforman cuando husmean la presencia de la maldad, como probablemente hicieron anoche, por eso ladraron tanto —agregó Josefina.

Los perros, sabedores de que estaban hablando de ellos, trocaron los gañidos en ladridos y algún que otro golpeteo en la puerta, como si pretendieran transmitir a sus dueñas que ardían en deseos de saludar a los visitantes, pero midiendo bien sus actos para no importunar en demasía.

—Nos llaman. ¿Voy en su busca?

La madre se encogió de hombros. Cecilia Fresnedo y Pelayo Asensio asintieron.

Al ver Pelayo de cuerpo entero a la muchacha, le vino a la mente la imagen de Alma Serra, la novia de Telmo Corrales. Aunque sus facciones eran muy diferentes, los cuerpos de ambas mujeres guardaban bastantes similitudes. A Cecilia no le pasó inadvertida la mirada de Pelayo, pero no le molestó. Era una mirada inocente, la del buen hombre que admira la belleza, sin ninguna connotación lasciva.

Josefina Isabel Cervantes regresó con los dos animales, uno gris y otro negro, agarrados de sus respectivos collares, y, en efecto, imponían respeto, y mucho. Si no estuvieran presentes sus dueñas, Cecilia y Pelayo, cayendo en las redes de los prejuicios, hubieran echado instintivamente mano de las pistolas que ocultaban en la sobaquera antes o después de salir corriendo. El carácter de los perros es un reflejo del de sus amos, y, si pertenecen a dos mujeres amables y empáticas como era el caso, a despecho de su imponente aspecto, actúan en consecuencia con lo que ven y olfatean. Y lo que *Khull* y *Yuna* veían y husmeaban a diario en sus dominios era el buen rollo humanitario.

—Tumbaos —les ordenó Josefina.

Y *Khull* y *Yuna*, agitando incesantemente sus menudos rabos, se echaron en el suelo de madera, sin quitar ojo a los desconocidos invitados. Les gustaba lo que veían, pero, por si las moscas, no descuidaban la vigilancia.

—*Khull* es el mío; *Yuna* es la perra de mi hija —informó Isabel.

Pelayo, un enamorado de los animales en general y de los perros en particular, al ver lo que vio en los ojos perrunos que lo observaban, ni corto ni perezoso, se acuclilló junto a ellos y empezó a hacerles carantoñas. Por su parte, *Khull* y *Yuna*, especialistas en percibir lo que resulta imperceptible para tantos humanos, lo genuino de las personas, lo que palpita bajo la superficie, abandonando las precauciones, se echaron boca arriba, despatarrados. Pelayo no desaprovechó la ocasión para rascarles la panza y ganárselos definitivamente para la causa del afecto mutuo.

Las mujeres, entretanto, dirigieron a los tres animales, racionales todos ellos aunque un recién llegado sólo hubiese calificado así al policía, unas miradas preñadas de ternura.

Cecilia, de buena gana, hubiese seguido recreándose en el espectáculo que se representaba en el suelo del salón, pero estaba en la casa de las mujeres en calidad de subinspectora de policía, no de novia de Pelayo, y se obligó a atender sus deberes profesionales.

—Así que usted anoche oyó una voz a eso de la una y media más o menos, ¿no?

—Sí. Una voz que pedía "socorro" y provenía del piso de arriba. Juraría que era la voz algo cascada de Jacobo Irízar. Los perros empezaron a ladrar y mi hija, con el alboroto, también se despertó. Yo estaba un poco desvelada, por eso oí el grito fugaz, si no, seguramente no lo hubiese percibido. Aunque, claro, los ladridos de *Khull* y *Yuna* sí que me habrían espabilado.

—Y *Khull* y *Yuna* no ladran habitualmente de noche…

—Sólo si ocurre algo extraordinario.

—En una ocasión, los ladridos incesantes de *Yuna* me despertaron. Me había dejado las lentejas en el fuego —intervino Josefina—. Probablemente, esa noche *Yuna* me salvó la vida.

Cecilia volvió a centrar la atención de las mujeres en el suceso de la víspera.

—Y, entonces, se decidieron a subir al piso tercero.

—Yo, en principio, traté de disuadir a mi madre. "Ten cuidado, mamá. Puede que en el interior de la casa haya algún desalmado", recuerdo que le advertí. Al final, subí con ella armada con el palo de una escoba, a pesar de que el miedo no me cabía en el cuerpo. Fuimos muy temerarias. Teníamos que haber llevado los perros con nosotras, por si las moscas.

—Mi hija tiene razón; debimos ser más prudentes —reflexionó Isabel—, porque no descarto que, tal y como me advirtió Josefina, cuando llamamos al timbre, en la vivienda de los Irízar Puente hubiese un intruso... o varios.

—¿En qué se basa para hacer esta afirmación?

—En que conocía al matrimonio. A veces nos llevamos sorpresas con la gente, pero me cuesta creer que Jacobo, un pedazo de pan, matase a su mujer de una manera tan horrible y luego se suicidase. Algún malnacido los mató y después dispuso el decorado para que pareciese un caso más de violencia de género.

—Quizá se trató de un crimen piadoso —especuló Pelayo.

—¿A qué se refiere?

—A que la mujer padeciera una enfermedad terminal o degenerativa, y el marido decidiese poner fin al eventual sufrimiento.

—Pues si estaba enferma, lo disimulaba muy bien. El día anterior, Leonor y yo coincidimos en el ascensor, y estuvimos riéndonos evocando una trastada de *Khull*. Además, aun en el caso de que Jacobo matase a la mujer por piedad, ¿usted cree que un hombre pacífico y devoto, un cónyuge amante y amado, mataría al ser querido de una cuchillada en el estómago? No sería una muerte misericordiosa, sino extremadamente cruel, lo cual no encaja con la personalidad afable y bonachona que adjudican a Jacobo, y que yo corroboro.

—Es verdad. Si quisiera acortar el sufrimiento del ser amado, lo último que se me ocurriría sería asestarle una cuchillada en el estómago. Es una muerte lenta y dolorosa; pero tal vez Jacobo ignoraba este extremo.

Cecilia se abismó en sus pensamientos durante unos segundos. Si era cierto que la pareja se amaba tanto como Isabel afirmaba, inferir que el doble crimen se había producido en un contexto que remitía a un caso de violencia de género, resultaba del todo inverosímil. Su intuición la había guiado por el camino correcto, el que discurría por debajo de las apariencias y apuntaba al corazón de la verdad.

—¿Visitaban a menudo los dos hijos a sus padres?

—La hija, Natalia, con mucha frecuencia; al hijo, Marcos, lo veo pocas veces por aquí. El restaurante de su propiedad le trae de cabeza.

—Nos han sido ustedes de muchísima utilidad. Les estamos muy agradecidos. Si recuerdan algo que consideren importante para la investigación, no duden en llamarnos —Cecilia le tendió a Isabel una tarjeta.

Los perros se levantaron y siguieron a la comitiva hasta la puerta de salida. Se despidieron de los invitados con dos ladridos perfectamente sincronizados.

## 10

## LAS PRUEBAS DEL DOBLE ASESINATO

En cuanto leyó los informes que le facilitaron los compañeros de la Policía Científica, a media tarde del miércoles 3 de noviembre, Cecilia Fresnedo instó a Pelayo Asensio, quien se encontraba repasando las notas que había tomado Borja Castillo de las declaraciones que habían hecho los vecinos de los Irízar Puente, a que la acompañara al domicilio de la hija de las víctimas.

—Se confirman nuestras sospechas, Pelayo. Todo apunta a que el matrimonio fue asesinado. Nada de violencia de género.

—¿Ya tienes los resultados de las autopsias?

—No. Pero he leído los informes preliminares de los compañeros de la Científica. Hay un dato revelador.

En la calle de la Mansedumbre, repartidos entre los números 6, 20 y el 24, los edificios en los que vivían los Irízar Puente y sus dos hijos, seguían apostados decenas de reporteros, quienes, a falta de más noticias sobre el caso, se dedicaban a poner los micrófonos delante de los vecinos más deslenguados y mordaces. Éstos, por su parte, viéndose ante la irrepetible oportunidad de salir del anonimato y gozar para la posteridad de unos segundos de gloria, desgranaban sus respectivas teorías, a cual más disparatada y truculenta, sobre la muerte de los Irízar Puente (una mujer de mediana edad, quien apeló a la fiabilidad que le inspiraba su supuesto confidente, llegó a asegurar que Leonor se la pegaba a Jacobo con un misterioso hombre que acudía a la casa del matrimonio a hacer sus cosas con la anciana cuando el marido daba su paseo matutino por el Parque de los Atardeceres. El misterioso hombre al que aludía la vecina era en realidad un primo segundo de Jacobo, dueño de una pastelería, quien llevaba todas las mañanas al matrimonio un par de pasteles de arroz elaborados en *Angelitos dulces*). Aunque las ondas de *radio macuto* difundían incesantes y variopintas especulaciones, la hipótesis que apuntaba a un doble asesinato no había arraigado todavía entre los dispensadores de rumores metropolitanos, ciento y la madre.

Los pocos plumillas que vigilaban el número 20 —la mayoría se concentraba frente al 6—, el domicilio de Natalia Irízar Puente, rodearon a los dos policías en cuanto éstos se apearon del coche. Cecilia los ahuyentó con un ademán brusco del brazo, como si espantara moscardones; Pelayo se abrió camino al portal de manera incluso más expeditiva que su compañera: a empujones.

Natalia, de 36 años, profesora de las asignaturas de *Psicología Educativa* e *Introducción a la Psicología* en la Universidad Pública de Metrópoli, presentaba un aspecto cadavérico. Dos profundos surcos negruzcos se perfilaban bajo sus ojos, los cuales parecían opacos, como si fueran los ojos de la figura de cera que representa la melancolía; los labios, sin carmín, estaban agrietados, y el cabello castaño, sin lavar, lo llevaba recogido en una coleta. Era una mujer potencialmente atractiva en cuyas facciones reverberaban los ecos de la tragedia que se escenificaba en su interior. Quien la viera por primera vez con semejante facha, seguramente la compadecería: "Pobrecita. La naturaleza no la ha tratado con generosidad". La belleza perdurable no radica en poseer unos rasgos más o menos agraciados sino en algo intangible que surge de la esencia de la persona, algo que, a falta de otro nombre, podemos llamar alegría de vivir. En unas circunstancias tan aciagas, Natalia no había dispuesto de tiempo ni de ganas para acicalarse y disimular la negrura que nublaba su alma; eso sí, había rociado su cuerpo con un perfume fresco que olía a paraíso, no a infierno, acaso con la intención de que no recayeran en los sensores olfativos ajenos las consecuencias de su desaliño.

Bajo el dintel de la puerta, la primogénita de los Irízar Puente les dijo a los dos policías que no era el momento más apropiado para atenderles, ya que, además de estar noqueada por los acontecimientos, en su casa se habían dado cita varios amigos y familiares para arroparla.

—No la molestaremos mucho. Pensábamos venir mañana a hablar con usted, pero en el informe que nos han facilitado hace unos minutos nuestros compañeros de la Policía Científica, figura un detalle que nos ha llamado poderosamente la atención. Un detalle que podría dar un vuelco a nuestras investigaciones. Seguro que usted nos ilumina al respecto.

Las palabras de Cecilia Fresnedo ejercieron un efecto milagroso en Natalia, cuyo ánimo pareció revivir durante los siguientes minutos.

—Pues, si he de iluminarles, tendrá que ser aquí, en la penumbra del vestíbulo.

—Aquí mismo está bien.

—Ustedes dirán.

—¿Su padre era diestro?

—No. Era zurdo. ¿Por qué lo preguntan?

—Porque el cuchillo asesino estaba junto a su mano derecha.

Además, se antoja ilógico que las heridas de sus muñecas tuviesen una profundidad similar. En estos casos, el tajo que corresponde a la mano menos hábil suele ser más profundo. Y por si estos detalles no fuesen suficientemente reveladores, el forense…

—Yo no he creído ni por un solo instante que mi padre fuese el autor de la carnicería que vi con mis propios ojos. Sólo alienada o víctima de la locura podría pensar una cosa así. Pero continúe, subinspectora, la he interrumpido.

—No se preocupe. Le decía que el forense me ha asegurado que la herida mortal que recibió su madre fue proferida por el cuchillo que empuñaba una mano diestra.

—¿Me está diciendo, subinspectora, que objetivamente ustedes confirman lo que yo sabía subjetivamente desde el primer momento?

—¿Qué es lo que sabía *subjetivamente*, Natalia? —inquirió Cecilia, como si ella fuese incapaz de imaginar lo que ésta sabía.

—Que a mis padres los asesinó un desalmado… o varios.

—¿Se basa su saber *subjetivo* en algo más que el sentimiento?

—Pues sí. Conocía muy bien a mi padre. Un hombre generoso que se desvivía por mi madre. La amaba con una ternura conmovedora. Una evidencia irrebatible... para los que hemos convivido con él.

—Nuestra tesis principal es la siguiente: alguien entró en la casa sin forzar la cerradura, o sea, abriendo la puerta con una copia de las llaves. Las cerraduras estaban intactas y el que lo hizo, si es que fue sólo uno, con los nervios desquiciados, acaso espantado por el doble crimen que había cometido, se le olvidó echar los cerrojos cuando se marchó, lo cual denota que huyó de manera precipitada, seguramente porque sus planes no incluían el asesinato.

Accedió a la vivienda convencido de que los moradores estarían durmiendo, pero… Si a eso añadimos que Isabel Alonso, la vecina del segundo izquierda, poco después de la una de la noche, oyó pedir socorro a alguien cuya voz identificó como la del padre de usted, todo cuadra con nuestra teoría… y la suya. Un individuo entró en la vivienda, pongamos que con la intención de robar, sólo de robar; pero luego, con la presencia inesperada de su madre, quien probablemente lo sorprendió al levantarse para ir al servicio o beber agua, o acaso porque no podía dormir, éste se vio obligado a variar los planes sobre la marcha. Los planes y su vida entera. Entró en el piso como potencial ladrón y salió minutos después nada más y nada menos que transformado en un doble asesino. Cuando uno cruza la delgada línea que separa el bien del epicentro del mal, el asesinato, ya no hay vuelta atrás; se es asesino para siempre. Después de matar a la madre de usted, el criminal, y sigo conjeturando, bajo la amenaza de quitarle la vida al cónyuge de ella, obligó a éste, quien ignoraba lo que acababa de suceder en otro lugar de la vivienda, a que escribiera y firmara una escueta nota con el propósito de dar a entender que él era el responsable de la matanza. La duda estriba en si el ladrón asesino, suponiendo que fuera uno solo, entró a robar lo que pillara a voleo, o, por el contrario, accedió al piso con un objetivo preclaro. ¿Qué buscaba el criminal? ¿Cómo se hizo con una copia de las llaves? Porque no se fuerzan dos cerraduras con doble pestillo sin dejar ni una simple muesca, ¿Tiene respuesta a estas preguntas, Natalia?

—Hoy, por la tarde, nuestros padres nos habían citado en la casa familiar a mi hermano y a mí para repartir una porción de la herencia. Mi hermano atraviesa una delicada situación económica, y nos iban a entregar una suma de dinero a cada uno, ignoro a cuánto ascendería, y probablemente algunas joyas.

—¿Dinero en efectivo, o en un cheque?

—En efectivo. Mi padre nos dijo que sacaría de *El Ahorro Seguro* una determinada cantidad en metálico, no especificó cuánta, y también varias joyas que guardaba en la caja de seguridad. Marcos, mi hermano, dueño del restaurante *En su punto*, con objeto de poder abonar la paga extra de verano a sus empleados y las tres mensualidades que debía al arrendador del local, había pedido prestadas unas decenas de miles de euros a un empresario sin escrúpulos, cliente del restaurante, quien, a los cuatro meses, le exigió la devolución inmediata de la cantidad prestada más los intereses correspondientes. Tenía que habernos pedido el dinero a nosotros, no al sujeto ese, pero por lo visto le dio apuro hacerlo, su orgullo se lo impidió. Además, le repatea recibir monsergas moralistas. Pensaba él que *En su punto* incrementaría en las semanas sucesivas sus ingresos, sobre todo en las cenas, a la sazón muy flojas en clientes, y que podría devolver la cantidad prestada en la fecha pactada. Unas previsiones que no se han cumplido.

—¿Está aquí su hermano? —Cecilia hizo un gesto con la barbilla señalando el interior de la vivienda.

—No. Me supongo que estará en su casa. Hoy obviamente ha cerrado el restaurante. Mañana deberá abrirlo. Aunque esté desgarrado por el dolor, no puede permitirse cerrar dos días seguidos. Los clientes, hoy en día, son muy volubles.

—¿Quiénes sabían que usted y su hermano estaban citados con sus padres para el reparto del dinero y las joyas?

—Yo no se lo he dicho a nadie, ni siquiera a Gabriela, mi compañera sentimental. —Cecilia, aunque procuraba mostrarse impávida ante las revelaciones íntimas de los implicados, como sospechosos o testigos, en algún caso criminal, a veces no lo conseguía; esta fue una de esas ocasiones, ya que sus cejas se enarcaron y sus pupilas restallaron al conocer la inclinación sexual de la mujer; la subinspectora daba por hecho que era heterosexual, quizá porque había parido a una criatura—. Me divorcié hace dos años, y desde entonces he variado drásticamente el rumbo de mi vida. A mi hija, Rocío, de nueve años, me limité a decirle que esta tarde se quedaría Gabriela con ella ya que yo debía resolver un asunto en la casa de los abuelos.

—¿Qué me dice de las llaves? ¿Cómo pudo el ladrón asesino tener una copia de ellas?

—Tal vez abrió la puerta con una ganzúa.

—No. Según mis colegas de la Científica, el intruso abrió las cerraduras con sendas llaves. Resulta muy difícil abrir con una ganzúa una puerta como la de la casa de sus padres.

—Sobre ese particular, no se me ocurre nada que no sea devolverle la pregunta: ¿Cómo?

—¿Usted tiene llaves de la casa de sus padres?

—Sí, y las sigo teniendo. Lo he comprobado.

—Permítame una pregunta, Natalia —intervino por sorpresa Pelayo.

—Adelante, hágame las que considere convenientes. Dentro del dolor que se extiende como una plaga por todo mi ser, me han dado ustedes una excelente noticia, de ahí que haya podido articular palabra en los minutos precedentes. Me había hecho a la idea de que, en cuanto recuperase algo de ánimo, tendríamos, mis seres queridos y yo, que emprender una cruzada en solitario para luchar contra la opinión pública, la cual ya ha juzgado y condenado a mi padre.

Ahora, al menos, no estaremos solos en este menester: ustedes se alinearán a nuestro lado. Ustedes y espero que la verdad, si es que logran detener al culpable o culpables de los crímenes. Y aun así, por desgracia, ni siquiera la verdad será suficiente para devolver la honra a mi progenitor. La reputación se construye a lo largo de toda una vida, y se destruye en unos pocos días, excepcionalmente en unos minutos, basta con que la prensa valide unos cuantos chismorreos.

—Tampoco debemos descartar la posibilidad de que nos encontremos ante un doble crimen cometido por un sicario. ¿Le consta que sus progenitores hubiesen sido amenazados en alguna ocasión? ¿Tenían enemigos?

—¿Matar a mis padres por el mero hecho de quitarles la vida, sólo por eso, y no porque su presencia estorbara al ladrón o ladrones? ¿Es eso lo que quiere decirme?

—Sí.

—Me cuesta creer en esa posibilidad. Más bien no puedo hacerlo.

—A mí también me cuesta —volvió a intervenir Cecilia—. Para su tranquilidad, Natalia, como le he expuesto antes, nosotros, nada más examinar el lugar de los hechos y recoger los primeros testimonios de los vecinos, también dudamos de que se tratara de un caso de violencia de género. ¿Sabe usted cuántas personas tenían la llave del piso de sus padres?

Mientras Cecilia preguntaba; Pelayo tomaba notas en una libreta; cuando era éste quien preguntaba, aquélla hacía de transcriptora.

—Aparte de ellos, mi hermano y yo, es probable que también tuviese una la hermana de mi madre: Trinidad.

—¿Está casada su tía?

—Es viuda. Tiene un solo hijo; es el subdirector de *El Ahorro Seguro*.

—¿El banco en el que sus padres guardaban el dinero y las joyas?

—Sí.

—¿Cómo se llama su primo hermano?

—Narciso Franco. Mis padres eran sus padrinos.

—¿Su tía, Trinidad, vive sola?

—Sí. Mi primo está casado… de momento.

—¿Se halla en proceso de separación?

—Que yo sepa, no; pero tengo la impresión de que no tardará mucho en estarlo. No marcha nada bien su matrimonio con Yolanda, la dueña de la peluquería *Marian.* Y no marcha bien debido a las correrías noctámbulas de Narciso, en las que no faltan el alcohol, las drogas y las mujeres. Mi primo siempre ha sido muy mujeriego y no se adapta a la vida de casado. Y eso que su cónyuge es espectacular en todos los sentidos. Me atrevería a decir que Narciso es adicto al sexo. En su día, hace ya unos cuantos años, a mí también me lanzó los tejos.

—No simpatiza mucho con su primo, ¿verdad?

El rostro pálido de Natalia se ruborizó al instante.

—No mucho.

—La peluquería *Marian* es esa que está en la calle del Buen Ladrón, ¿no?

—Exacto.

—¿Cuál es el domicilio de su tía?

—Reside cerca de aquí, a unos cuatrocientos metros aproximadamente, en la calle de los Doce Apóstoles, en el número 5, sexto D.

—¿Y el domicilio de su hermano?

—A unos metros, en el número 24 de esta calle, en el segundo derecha. Los Irízar Puente tuvimos tendencia a juntarnos geográficamente… antes de separarnos afectivamente.

Cecilia Fresnedo guardó unos segundos de silencio, como si estuviera asimilando la última frase pronunciada por Natalia.

—He de hacerle otro par de preguntas que quizá la incomoden.

—Adelante.

—¿Tenía suscrito su padre un seguro de vida?

—Nos han dicho que sí, pero hasta hoy mismo lo ignoraba. Parece ser que lo suscribió hace bastante tiempo, aunque no nos lo había comunicado. Y, además, para añadir morbo al asunto, según nuestras noticias, caducaba precisamente este año, en cuanto mi padre cumpliera los 81. Quizá pensaban decírnoslo el miércoles pasado, el día que nos citaron para entregarnos una parte de la herencia. Mi padre pretendía, con buen criterio, que nos ganáramos la vida con nuestros propios medios; y seguramente no nos mencionó la existencia de esa póliza de seguro, tampoco de su capital, para evitar que sucumbiéramos en algún momento a la tentación de la pereza.

—¿A cuánto asciende el seguro?

—Todavía no lo sé. El abogado de la familia nos ha convocado en su despacho la semana que viene.

—Y, ahora, la pregunta realmente incómoda pero ineludible. ¿Dónde estuvo usted anoche, entre la una y las dos?

Pese a que era una pregunta previsible, el rostro de la mujer manifestó cierta sorpresa, si bien se recompuso de inmediato.

—Entiendo que deben hacerme la pregunta. La mayoría de los crímenes de esta naturaleza se cometen en el entorno familiar.

De cualquier forma, a esas horas, salvo que seas aficionada a las francachelas o compartas el insomnio con un noctámbulo que pueda avalar tu testimonio, resulta muy difícil aportar una coartada. Lógicamente, estaba en casa durmiendo o intentando dormir.

—¿Sola?

—En la cama, sí; en la habitación contigua, dormía mi hija. Gabriela, mi novia, vive en su apartamento, en la Avenida de los Valientes; nos juntamos cuando nos apetece y las circunstancias así lo aconsejan. Ayer, jornada laborable, teniendo que trabajar las dos hoy en la universidad, no fue un día propicio.

—O sea, que Gabriela también durmió sola.

—Si es que durmió, ya que le cuesta Dios y ayuda conciliar el sueño, y es reacia a tomar somníferos.

—¿Una última pregunta? ¿Su ex marido reside en Metrópoli?

—No. Vive a unos pocos kilómetros, en Las Acacias.

—El pueblo de los ricos.

—Eso dicen. ¿Quieren su teléfono? —Cecilia asintió—. Ahora bien, perderán el tiempo. Lucas Rivas, así se llama, jamás perpetraría o mandaría perpetrar un hecho así. Además, le sobra el dinero.

—En las novelas de intriga —comentó Cecilia Fresnedo en cuanto anotó el número del teléfono móvil de Lucas Rivas— el asesino casi siempre es el que el lector menos espera. En la vida real, la identidad de los criminales suele sorprender menos. Además, el móvil de un crimen no siempre es el dinero. Nosotros no descartamos a nadie en tanto no se demuestre lo contrario.

—Hacen bien en sospechar de todos los que no presenten una coartada irrebatible.

—Gracias por su comprensión. Le reiteramos nuestras

condolencias, Natalia. Hasta pronto.

—Encuentren al asesino… o asesinos. Devuelvan el nombre de mi padre al lugar que le corresponde, el del honor. No sólo era cristiano de boquilla, sino que predicaba con el ejemplo. Su especialidad consistía en insuflar vida a la vida, nunca en ejercer de servidor de la muerte. Era de ideología muy conservadora, pero una excelente persona.

—Le prometemos que nos esforzaremos al máximo de nuestras posibilidades para detener al culpable… o culpables. Es lo máximo que podemos hacer. Si le prometiéramos que detendremos pronto al asesino, podríamos incumplir nuestra promesa. Y las promesas son sagradas, deberían serlo. Nos veremos pronto.

—Esperen un momento, por favor. —Cecilia y Pelayo, quienes se encaminaban hacia las escaleras, giraron sobre sus pasos.

—Díganos, Natalia.

—Antes, me ha enunciado usted su tesis principal sobre el doble asesinato… ¿Cuál es su tesis secundaria?

—Que sus padres abrieran la puerta voluntariamente al ladrón asesino.

—¿Cómo? —El rostro de Natalia, pálido, se ensombreció de repente—. Entonces…

—Exacto. Entonces el visitante nocturno no tendría el aspecto de un ladrón asesino, sino que sería una persona que inspiraba total confianza a sus progenitores… Pero, insisto, no es nuestra principal línea de investigación. Si el asesino era una persona conocida, acaso un familiar, y llegó a la casa a las tantas de la noche, ¿por qué sus padres, cuando murieron, estaban ataviados respectivamente con camisón y pijama?

—Porque cuando el extraño visitante llamó al timbre, ellos

hacía rato que se habían metido en la cama.

—Y, después, mientras el sujeto permanecía en la vivienda, su madre continuó en camisón y su padre en pijama, sin ni siquiera ponerse una bata. No cuadra, Natalia.

—Por supuesto que no.

## 11

## NATALIA IRÍZAR PUENTE

Natalia Irízar Puente se casó de blanco y por la iglesia para satisfacer los deseos de sus padres, devotos católicos, catorce meses después de concluir triunfalmente la carrera de Psicología como número uno de su promoción, a los veinticuatro años recién cumplidos. Como casi todas las novias enamoradas, estaba convencida de que su matrimonio con Lucas Rivas, con fama de galán, el que poco tiempo después se convertiría en el constructor más importante de Metrópoli, diez años mayor que ella, sería para toda la vida; no tardó mucho en percatarse del mayúsculo error que había cometido. Ni ella era la mujer ideal para Lucas, ni Lucas el hombre ideal para ella.

Antes de volver a la universidad a completar sus estudios de doctorado en Psicología, Natalia se concedió a sí misma un margen de cuatro años para engendrar un hijo y atenderle mañana, tarde y noche en sus primeros tres años de vida. Cumplió los plazos, aunque en el tiempo que transcurrió hasta su vuelta a la universidad fue comprobando, con creciente inquietud, que Lucas Rivas no era el hombre que ella había imaginado. El empresario de la construcción, alegando siempre motivos laborales, se implicó muy poco en la crianza del bebé: una niña. Además, la fogosidad y el interés que mostró por su cónyuge durante los dos primeros años de matrimonio, coincidiendo con el embarazo de Natalia y con el aumento paulatino de peso de ésta, fueron perdiendo gradualmente fuelle hasta quedar reducidos a algo testimonial. Hacían el amor una vez por semana, siempre los sábados, después de cenar en un restaurante del centro de Metrópoli, como si se tratase de un deber insoslayable, más bien una rutina que había que despachar en aras de que el tiovivo del matrimonio siguiese girando; almorzaban en el hogar de los padres de él el último domingo de cada mes, hacían lo propio en la casa de los padres de ella uno de los otros tres domingos, el que mejor le cuadrase a Lucas, y ahí se acababa la vida en común del matrimonio. Podrían haber sido suficientes las escasas actividades compartidas para mantener a flote a la pareja si éstas se hubiesen visto complementadas por el vigor y la alegría de los dos primeros años, pero más bien ocurrió todo lo contrario, ya que se llevaban a cabo sin entusiasmo, como si se tratara de tareas que uno estaba obligado a hacer por el mero hecho de estar casados, no porque les apeteciera hacerlas. En definitiva, los cónyuges actuaban impelidos por la costumbre, no por el deseo.

Natalia, contagiada por la desmotivación carnal de su cónyuge, no tardó en barruntarse que Lucas tenía una o varias amantes. Y no necesitó contratar a ningún detective para confirmar sus sospechas. Como la desconfianza teñía de recelos sus pensamientos, los sentidos de la mujer captaban en el ambiente cualquier detalle que le proporcionase información al respecto. Así, un día, al término de una clase en la Universidad Pública Metropolitana, en su curso de doctorado, cuando regresaba paseando a casa, vio detenido en un semáforo el *Audi* deportivo de Lucas. Se acercó lo suficiente y, por la luna trasera del automóvil, pudo verificar que su marido iba acompañado por una mujer de cabello rizado rubio, de no más de treinta años, quien, aprovechando la pausa ante el semáforo, lanzaba un meteórico beso en los labios del hombre, un beso al que éste respondía con delectación.

No le dijo nada a Lucas sobre el 'incidente'. ¿Con qué propósito? Para entonces, Natalia estaba desencantada con su matrimonio, y el hecho de que su marido tuviese una o varias amantes resultaba irrelevante para el presente y el futuro de la pareja. Lo importante era que ella había perdido la ilusión. Y había perdido la ilusión porque ya no le amaba, si es que lo amó de verdad algún día. Además, empezó a tomar cuerpo la sospecha de que él se casó con ella por interés económico. A la sazón, Lucas era un constructor de poca monta; fue luego, con el 'boom' inmobiliario, cuando su empresa empezó a crecer a pasos agigantados. Convertido en un empresario de renombre, la esposa, quien había perdido parte de los sugestivos encantos físicos de sus veinticuatro años, pasó de ser necesaria a prescindible. De ahí que, cuando ella le pidió el divorcio, la víspera del sexto aniversario de boda, Lucas, garantizados los derechos sobre su hija, sólo puso pegas de tipo pecuniario, no sentimental. El divorcio era lo mejor para todos, para los cónyuges y principalmente para la niña, quien ya empezaba a captar, aunque fuera difusamente, en los silencios y los gestos adustos que se intercambiaban sus progenitores, el malestar profundo que lastraba la convivencia de la pareja.

El divorcio se materializó pocos meses después. La vida de Natalia Irízar, durante un tiempo, se redujo a sus estudios y a su hija. Dejaba a la niña por la mañana en el colegio, y, hasta que la recogía a las cinco de la tarde, permanecía en la Universidad Pública Metropolitana, afanándose en su trabajo de doctoranda. Se doctoró dieciocho meses más tarde con la máxima nota… y una oferta laboral de regalo. La Universidad Metropolitana le propuso, en principio durante un curso que luego se prolongó varios más, el puesto de profesora de la asignatura *de Introducción a la Psicología.* Aceptó. La enseñanza era su vocación. Más tarde también le asignaron la materia de *Psicología Educativa*, de tercer curso.

En la universidad intimó con Gabriela Heras, la titular de las materias de *Psicología del Desarrollo* y *Psicología Profunda*, dos años mayor que ella, una mujer cuya experiencia con los hombres incluso había sido más decepcionante que la de Natalia, ya que se había divorciado dos veces, si bien ella, ayuna de pasión y confusa por el rumbo sexual que habían tomado sus hormonas, no había traído descendencia al mundo. Conforme fueron profundizando en el conocimiento mutuo, las dos mujeres, casi al mismo tiempo, decidieron concederse una oportunidad como pareja sentimental. Quizá en el pasado, en sus preferencias sexuales, habían elegido la opción equivocada, y el problema, más que en los hombres elegidos, que también, radicaba principalmente en no haber escogido la dirección correcta. Quién sabe, a lo mejor lo que complementaba su personalidad se encontraba en su mismo sexo, y no en el otro, No vivían juntas, aunque tampoco separadas, puesto que tan pronto Gabriela pernoctaba unos días en la casa de Natalia, como ésta, aprovechando los fines de semana que por ley Rocío debía pasar con su padre, se trasladaba al apartamento de Gabriela, en la Avenida de los Valientes, cerca de la Universidad Pública Metropolitana, y allí, sin la presencia de la niña, las mujeres comprobaron que en su interior todavía palpitaba la pasión. El detonante era el amor.

Los hermanos Puente Irízar no congeniaban en demasía. Sus personalidades habían emprendido caminos existenciales antitéticos, como si ambos, para singularizarse, hubiesen decidido tomar la dirección contraria a la que había tomado el otro, o sea, como si les bastara elegir el objetivo opuesto al que había elegido el hermano o la hermana para acertar de pleno. Natalia disfrutaba estudiando; asimismo le encantaba participar en actividades culturales, en las dos vertientes, como espectadora y como protagonista; escribía diarios y algunas poesías; estaba enrolada en un grupo aficionado de teatro que representaba obras de Shakespeare y Chejov en salas de cultura de la provincia; pertenecía, como solista, a una banda de música pop… En definitiva, Natalia era una polifacética. A Marcos, en cambio, muy perezoso para hincar los codos delante de un libro, le atraían las jaranas, sobre todo si corría el alcohol, el deporte en general y el fútbol en particular (era un forofo recalcitrante del Metrópoli FC; a él no le importó que su equipo conservara recientemente la categoría ganando un partido amañado; el fin justificaba los medios), los casinos y los toros. A ella no le molestaba la soledad; él se agobiaba cuando estaba solo. Natalia mantenía una excelente relación con sus progenitores, a los que adoraba; Marcos no sintonizaba con su padre si bien lo respetaba, y nunca fue capaz de manifestar en público el inmenso amor que sentía por su madre. Los hermanos Irízar Puente sorprendentemente sí coincidieron en algo: a ninguno de los dos les gustó el cónyuge que eligió el otro. Y en este particular acertaron plenamente en sus vaticinios (cada uno por su cuenta pronosticó el fracaso del matrimonio del otro), ya que Natalia y Lucas se divorciaron a los seis años de su boda, y Marcos y Diana, luego de superar varios momentos delicados, se habían sumido en los últimos tiempos en una crisis que amenazaba con romper la pareja, si es que no la había roto ya.

## 12

## DIVAGACIONES DE UNA ESPOSA INFIEL

*Uno de estos días, cuando la opinión pública y la Policía releguen a un segundo plano la trágica muerte de los Irízar Puente, llamaré a Narciso, o mejor me presentaré por sorpresa en la sede del Ahorro Seguro, para concretar el reparto del botín, y, después de un tiempo no demasiado largo, alegaré cualquier excusa (como por ejemplo que no veo futuro para nosotros, o que ya no me pone tan cachonda como al principio), la que en ese momento yo considere más convincente, y le anunciaré que nuestra relación ha terminado. Ahora bien, antes he de asegurarme que no posee nada comprometedor susceptible de utilizar en el futuro contra mí. Este hombre podría llevarme a la ruina. Jamás me imaginé que osaría matar de una manera tan fría y cruel a dos ancianos indefensos, dos ancianos que para más 'inri' eran sus padrinos; resulta evidente que, en lo que respecta al poder de destrucción, Narciso es capaz de llegar a extremos inimaginables cuando aflora lo peor de su persona. Además, no es tan inteligente como yo pensaba, si acaso listillo, que no es lo mismo. Su atractivo físico resulta indiscutible y en la cama actúa como un Tarzán de los polvos, pero es evidente que, bajo presión, no controla sus impulsos, y lo que yo, ansiosa por naturaleza, necesito a mi lado es un hombre que me aporte sosiego y seguridad, no sólo una buena follada. Y ese no es Narciso; ahora, dos asesinatos después, lo sé.*

*Hasta que llegue el día que rompa la baraja, he de continuar con mi vida cotidiana, aparentando lo que la tradición prescribe en estos casos; si es necesario, aliviaré alguna que otra noche al pánfilo de mi marido, quien increíblemente todavía sigue enamorado de mí. Es tan bobo como tenaz. Le da igual que le haya engañado con unos cuantos hombres, entre ellos su mejor amigo, él, después de despachar en unos cuantos días un par de botellas de whisky para superar la humillación de turno, sin darse cuenta de lo humillante que resulta luchar así contra la teórica humillación, siempre se muestra dispuesto a perdonar y a olvidar. Se resiste a asumir la verdad: que se casó con una mujer incapaz de guardar fidelidad durante mucho tiempo a un solo hombre. "Empecemos de nuevo", me propone en cuanto le hago una carantoña. "Ya veremos", le digo para que no se deprima. Me he acostumbrado tanto a él, que ahora rara vez me excita, y eso que físicamente no está nada mal, sobre todo del bajo vientre hacia abajo. Podría soportar esta vida rutinaria si fuese un buen partido. Y podría haberlo sido, aunque nunca se sabe... En fin, todos mis planes se han ido a la porra; dadas las circunstancias, tendré que hacer el paripé en mi vida matrimonial durante una temporada y, según cómo estén las cosas luego, entonces decidiré qué hago. Además, si le pidiera el divorcio en las presentes circunstancias, daría que hablar, y, tal como está el patio, conviene pasar inadvertida, que la Cecilia Fresnedo, con su olfato canino, no para de husmear, y la muy sabuesa podría dar con su codiciada pieza.*

*No, no esperaré hasta dentro de unos días. Me presentaré en la sede del Ahorro Seguro hoy mismo. La situación, con el discurrir de los días, me temo que irá a peor, mucho peor, y lo más sensato que puedo hacer es tomar distancia para que, cuando se descubra el pastel, no me pille a mí en medio.*

## 13

## LA MUJER MISTERIOSA

A las dos menos cuarto de la tarde del 3 de noviembre, miércoles, una mujer relativamente joven, estilizada, con el pelo envuelto en un pañuelo de seda y los ojos protegidos por unas gafas de sol a despecho del tiempo oscuro y lluvioso que imperaba en Metrópoli, enfundada en una gabardina marrón que le llegaba hasta las pantorrillas, entró en la suntuosa sede del banco *El Ahorro Seguro* y se dirigió con paso decidido al despacho del subdirector, en donde tras llamar con los nudillos, sin esperar contestación, abrió la puerta.

Narciso Franco, en cuanto vio a la visitante, compuso una expresión de sorpresa, la cual, al instante, trocó en un rictus de disgusto.

—Pero, ¿te has vuelto loca? ¿Qué haces aquí? —Narciso olfateó el perfume que exhalaba la mujer, intenso como siempre, pero diferente al habitual; éste parecía oler a frutas exóticas.

—Loco te has vuelto tú —bisbiseó la recién llegada mientras se quitaba las gafas y mostraba sus ojos verdosos embadurnados de sombras y rímel para resaltar su indudable esplendor—. ¿Cómo se te ocurrió llamarme por teléfono ayer a las tantas de la noche? Menos mal que tenía el aparato en silencio. Si no, hubieses despertado a mi marido. Espero que no fueras de cocaína hasta las cejas.

—La cocaína, como te prometí, la estoy dejando. Lo que sucedió en la casa de mis tíos fue producto de la tensión del momento, no de la cocaína. No te preocupes. Acababa de llevarme por delante a la vieja, y estaba bloqueado. Menos mal, que enseguida supe lo que debía hacer. No pensaba volver a llamarte en los próximos días.

—Como nos revisen los teléfonos móviles, vamos listos. ¿Cómo justificarás una llamada a tales horas? —la mujer tomó asiento delante de la mesa escritorio de Franco.

—Llegado ese momento, que no llegará, ya se me ocurrirá algo —dijo el subdirector de *El Ahorro Seguro*—. Si estuviera acorralado, incluso diría que te llamé porque no conciliaba el sueño. Y cuando me desvelo, a veces llamo a la persona que amo. Me relaja hablar con ella. Esto, obviamente, sólo lo revelaría si estuviera contra las cuerdas. No es un delito amarte, ¿verdad?

La mujer amagó una sonrisa en tanto extraía una lima de su bolso y empezaba a limarse la uña puntiaguda del índice derecho, nacarada de rojo.

—Con los nervios se me están resquebrajando las uñas. Tendré que llevar unas postizas. En menudo lío nos hemos metido. Matar a los dos viejos... No daba crédito cuando he oído las noticias esta mañana, durante el desayuno, casi me atraganto con un trozo de magdalena. Se te fue la olla, ¿verdad?

—¿La olla? Mi tía Leonor se levantó de la cama en principio para orinar; podría haberse vuelto a la piltra a dormir, pero no, por lo visto le entró una sed apremiante y los grifos del cuarto de baño no le servían, tenía que ir a beber a la cocina, que es justo donde yo me encontraba. Ahí se gestó la tragedia.

—¿Y qué diablos hacías tú en la cocina? ¿Te ibas a preparar un bocadillo o qué?

—No hallaba las joyas por ningún lado, y me barrunté que el viejo las había escondido en el lugar más insospechado. Mi tía me cogió por sorpresa. Esperaba que volviera al dormitorio, pero no; a la vieja le apetecía beber el agua que salía por el grifo de la cocina, la cual al parecer le sabía mejor que la del baño. Qué puñetera casualidad. En cuanto me vio, hizo amago de gritar.

—¿Te vio?

—Me vio pero no me reconoció. Llevaba la cabeza encapuchada, ya te lo he dicho.

—No, no me lo has dicho.

—Cuando ultimamos los detalles del golpe, te dije que entraría en la casa con la cabeza cubierta por un pasamontañas para conjurar una eventual sorpresa desagradable.

—Me lo dijiste, sí, antes del desaguisado. Sigue.

—Intenté enmudecerla para después dejarla atada y amordazada en la cocina mientras trataba de sonsacar a mi tío Jacobo; pero mi tía me mordió primero y me propinó a continuación un codazo brutal en el estómago, parecía una fiera... Extendí el brazo instintivamente hacia atrás, sentí el mango frío de un cuchillo contra mi palma y... Luego, con la vieja a punto de exhalar el último suspiro, apremiado por las circunstancias, sobre la marcha y con la adrenalina en plena ebullición, se me ocurrió disponer el escenario para que pareciese un caso más de violencia de género. Eso fue después de que se produjera un cortocircuito en mis neuronas y, en un impulso, se me ocurriera llamarte para pedir tu bendición (o tu perdón) a la barbaridad que me había visto obligado a cometer. Una torpeza mayúscula, me refiero a la llamada. El plan improvisado por fortuna parece que ha salido bien. Tengo a buen recaudo las joyas y el dinero, por cierto, bastante más de lo que calculábamos.

—¿Cuánto?

—Más de ciento veinte mil euros en efectivo... Y las joyas, cuando las vendamos, me supongo que nos reportarán cuatro o cinco veces esa cantidad. No contábamos con el dinero 'negro' que el viejo guardaba en la caja de seguridad, junto a las joyas, y algunos billetes más que tendría escondidos en su casa.

Las pupilas de la mujer, repentinamente engrandecidas, reflejaban el festín que se estaba dando con el espectáculo que se representaba en su imaginación. Los ancianos habían muerto en el envite, sí, pero, ¿qué culpa tenía ella? Si hubiese sabido con antelación que el robo iba a derivar en un derramamiento de sangre, no habría animado a Narciso a que lo llevara a cabo, incluso habría tratado de convencerle de que renunciara a su propósito... Si lo hubiese sabido, pero no lo supo. Así que ahora, con el dinero y las joyas de los ancianos en poder de Narciso, no iba a ser tan estúpida de desentenderse de los beneficios del golpe. Una cosa era lamentar las muertes de los Irízar Puente, que las lamentaba, y otra bien diferente renunciar a su parte del botín, dinero, además, que, de no estar en su poder, con toda seguridad, habría terminado fundido en un casino o licuado en unas cuantas botellas de whisky. El vivo al bollo, el muerto al hoyo.

—Hasta que no cierren el caso, no volveremos a vernos, salvo que las cosas se pongan feas y tengamos que decirnos algo de importancia. Nada de llamadas, Narciso, por muy agobiado que te encuentres. Cuando pase un tiempo, ya te llamaré yo y decidiremos qué hacer.

—Pero...

—No hay peros que valgan. Debemos medir bien nuestros movimientos. La Policía no acaba de creerse que se trate de un caso de violencia de género. Seguro que están investigando a todas las personas del entorno cercano a los viejos. No pueden vernos juntos. Y piensa en algo por si te preguntaran sobre la llamada que me hiciste la noche del martes al miércoles. Yo declararé que no tengo ni idea de por qué me llamaste. Y agregaré que te conozco sólo porque eres el sobrino de los fallecidos, amén del par de gestiones que he hecho en *El Ahorro Seguro*. Nada más.

—¿Ni siquiera podemos citarnos en un hotel de las afueras de Metrópoli, adoptando todo tipo de precauciones?

—No arriesguemos nuestra seguridad por un polvo o dos... Bueno, para hablar con propiedad, tu seguridad. Eres tú quien los mató, no yo. Insisto: si me involucras en el asunto, negaré todo, absolutamente todo, y además de asesino, quedarás ante la opinión pública como un redomado embustero.

Narciso Franco enarcó las cejas, como si no diese crédito a lo que escuchaba. En sus ojos siempre reverberaba un destello de luz cuando miraba a la bella mujer que tenía ante sí, pero si se hubiese visto en esta ocasión en un espejo, habría comprobado que sus ojos no despedían fulgor, sino penumbra. Su amada amante parecía haberse transformado en un ser irreconocible, en una enemiga.

—¿Involucrarte? He matado por ti, porque te amo. Creo que es la primera vez que amo de verdad a una mujer, he perseguido (y cazado) a muchas mujeres en los últimos años para llevármelas a la cama, pero sólo he sentido algo más que pasión carnal por dos de ellas: Yolanda y tú. Y lo de mi mujer sólo fue un amor de juventud que pronto languideció, a los dos años de la boda, cuando me sacié de tanta follada.

—Sí, justo cuando el culo de ella engordó.

—Sigue teniendo un culo apetitoso.

—Eres un cabronazo, Narciso.

—Apetitoso, pero no tanto como el tuyo. Te amo…

—Chitón, ni se te ocurra mencionar mi nombre, que las paredes tienen oídos. Por desgracia, tal vez se te presente muy pronto la oportunidad de demostrarme el amor que sientes por mí.

—¿Por qué dices por desgracia?

—Porque, aunque espero en mi vida lo mejor, siempre estoy preparada para lo peor. La Policía podría acorralarte; ahí veremos si lo tuyo es amor verdadero, o de conveniencia.

—No lo verás porque la Policía, aunque me acorrale, no me atrapará, ya encontraré la manera de escabullirme. Pero, en el improbable caso que llegaran hasta mí, ten por seguro que lo último que haría sería mencionar tu nombre.

—Pues vete entrenándote, y no lo menciones ni siquiera aquí. La has fastidiado, Narciso. Sólo tenías que robar las joyas y el dinero, y dejar a los Irízar Puente con un palmo de narices. Nada más. Un robo sencillo que convertiste en una carnicería. Qué chapuza tan descomunal.

El subdirector de *El Ahorro Seguro* acusó el golpe dialéctico propinado por su amada, aunque, luego de tragar saliva, se recuperó. No podía achantarse, no ante la persona que más deseaba que lo admirase en todo el mundo. Porque Narciso Franco, quien, en efecto, no tenía ningún reparo en mentir, sobre este particular decía la verdad: amaba a la mujer que tenía delante de él. La amaba tanto que, incluso, en esos momentos, en sus delicadas circunstancias, lo que le pedía el cuerpo era abalanzarse sobre ella, desnudarla allí mismo y…

—El viejo había escondido las joyas detrás de unas botellas de whisky en el mueble bar del salón, y ya te he explicado lo que sucedió. ¿Qué hubieras hecho tú en mi lugar? La vieja amagó con gritar, hubiese alertado a todos los vecinos, y me habrían acorralado, sin escapatoria posible. Por si esto fuese poco, me mordió y me asestó un codazo en la boca del estómago que me dejó sin respiración; jamás imaginé que esa mujer, tan enclenque, desarrollaría semejante fuerza. Tenía que silenciarla como fuese. Contra la pared, mientras le tapaba la boca con la mano derecha soportando sus dentelladas, extendí el brazo izquierdo hacia atrás, tanteé y aferré el mango del cuchillo…

—Ya me lo has contado, no lo repitas, que me da repelús.

—El resto vino por añadidura. Lo importante es que las joyas y el dinero están en mi poder, y la opinión pública se ha tragado eso de que en el número 6 de la calle de la Mansedumbre se produjo un nuevo caso de violencia de género en Metrópoli.

—¿Dónde has guardado el botín?

—En el ropero de mi habitación del apartamento que tiene mi madre en Laredo, en el tercero izquierda del 120 de la Avenida de Francia.

—¿Al que me llevaste hace una semana?

—Exacto. Mi madre sólo va en verano, y para cuando llegue el próximo, confío en que el dinero y las joyas ya no estén allí. Y aunque estuvieran, ella nunca las vería; desde que me planté y le dije "hasta aquí hemos llegado", no hurga en mis cosas, ya no.

—Menos mal que eso sí que lo has hecho bien; me refiero al botín. Debes aguardar una buena temporada antes de tratar de vender las joyas.

—Lo sé. No te preocupes.

—Y no se te ocurra recurrir a ese dinero para sufragarte tus gastos crecientes en cocaína. ¿Has oído?

—Te he oído y escuchado.

—Muy bien. Ahora, dame una copia de la llave del apartamento de Laredo.

—¿Una copia? ¿No te fías de mí?

—Pues claro que me fío, tonto; pero, si las cosas se complicaran, yo tendría más facilidad de movimientos que tú.

—No sé qué decirte. Lo pensaré.

—¿Qué tienes que pensar? ¿Acaso temes que te deje sin blanca?

—Haré una copia y te la daré más adelante.

—¿Cuándo?

—Pronto, aunque no lo tengo muy claro. La que da la impresión de no fiarse eres tú.

—Por supuesto que me fío, pero me sentiría más tranquila si yo tuviera acceso también al dinero y las joyas. Piénsatelo, y ya me dirás lo que decides. Y hazlo pronto. Mándame un mensaje neutro por *WhatsApp*, como por ejemplo: "¿Cómo van las cosas?", y enseguida me pasaré por aquí. Me resulta inconcebible que, para entregarme las llaves del apartamento de Laredo, tengas que pensártelo tanto. Y eso que soy la mujer de tu vida. Ver para creer.

—Si fuera el apartamento mío, no habría problema; pero es el de mi madre. Anda, no te enfades…

—Nada de nombres, Narciso, como si fuera una cliente anónima… Una pregunta para aplacar mi curiosidad: ¿no sientes remordimientos? Eran tus tíos maternos, también tus padrinos.

—No muchos. Y estoy sorprendido por ello. Pensaba que la conciencia no me iba a dar tregua, pero por lo visto ha comprendido que no me quedó otra opción que defenderme de los mordiscos de mi tía Leonor; lo de mi tío fue una consecuencia no deseada del altercado primero. ¿Qué hubiese podido hacer tras el encontronazo mortal con mi tía? ¿Marcharme sin las joyas y con las manos ensangrentadas? Después de lo que había hecho, matar, lo otro, volver a matar, vino por añadidura. Tal vez en el futuro me dé la murga la conciencia o el alma o comoquiera que llamemos a esa instancia interna que atesora la moral, aunque confío en que, al verme disfrutar de la buena vida en compañía del amor —Narciso reduplicó la intensidad con la que miraba a la mujer al mismo tiempo que inhalaba su embriagador perfume—, deje correr el asunto. No fue un crimen premeditado, las circunstancias me obligaron a actuar sobre la marcha. Además, los viejos ya habían vivido lo suyo.

—Eres un cabronazo de tomo y lomo, capaz de lo mejor y de lo peor; dicho con otras palabras, eres irregular, o, si lo prefieres, imprevisible.

—En lo que respecta a ti, soy muy previsible.

—Tal vez con la llave no lo has sido. Daba por hecho que no me pondrías ninguna pega.

—Me asombra que no lo comprendas. Es el apartamento de veraneo de mi madre; si te sorprendiera alguna vecina entrando en la vivienda, se extrañaría mucho, incluso podría identificarte como una ladrona y llamar a mi madre, acaso a la Policía. No conviene que te vean por aquellos pagos, no al menos sola.

—Si me preguntaran, diría la verdad: que soy tu amante.

—Y, entonces, mi madre me montaría la de Dios es Cristo.

—¿Y si dijera que soy tu novia?

—Hablaré antes con mi madre, está al corriente de que las cosas con Yolanda no van nada bien. Le confesaré que me he enamorado de otra mujer, sin mencionar tu nombre, y así, en el supuesto de que alguna cotilla le contara que ha visto a una desconocida merodear por su apartamento, no se extrañaría mucho. Ella está informada de que de vez en cuando voy a Laredo… acompañado.

La mujer sonrió al escuchar las palabras de Narciso. Indudablemente, lo tenía en el bote. Lástima que fuera tan veleta y estuviera enganchado a la coca… Ah, y que se hubiese cargado a sus padrinos.

—A partir de hoy, excepto en lo que concierne a la llave, aguarda a que sea yo la que se ponga en contacto contigo. Sin llamadas extemporáneas, ¿de acuerdo?

—Ya me lo has dicho. De acuerdo —respondió Narciso Franco con voz apagada.

Las cosas no estaban saliendo como él esperaba. La dichosa vieja, con su incontinencia urinaria y su furia desatada, había puesto su vida patas arriba. Y, para más *inri,* se rumoreaba que los Puente Irízar habían suscrito hace años un seguro de vida por un dineral que vencería en cuanto el viejo cumpliera los 81, y le faltaban sólo unas semanas para ello (o sea, que, al matar al tío Jacobo, había facilitado que sus primos cobrasen un pastón). Su enamorada no parecía estar al tanto de ello porque, si no, seguro que le habría dedicado al asunto algún comentario sarcástico de los suyos. Además, ahora le pedía una copia de la llave del apartamento donde guardaba las joyas y el dinero, como si no confiara en él. Y encima no podría acostarse con ella durante un tiempo, a saber cuánto. Qué desastre.

## 14

## UNA SEMANA ANTES DE LOS HECHOS

A media tarde del domingo, 24 de octubre, Jacobo Irízar y Leonor Puente se reunieron en la casa familiar, la misma que nueve días después se convertiría en un improvisado matadero, con sus dos hijos: Natalia y Marcos. Éste último había solicitado la víspera verse con ellos para exponerles la apurada situación financiera que atravesaba.

Los dos hermanos llegaron a la casa de sus padres con un intervalo de cinco minutos. Natalia y Marcos mantenían un contacto frío y distante desde que ella, hacía un año, tras su divorcio, iniciara una relación con una compañera de la Universidad Pública de Metrópoli. No es que los hermanos Irízar Puente estuviesen bien avenidos antes del nuevo y sorprendente emparejamiento de Natalia, pero al menos su relación era cordial; el comentario despectivo que hizo Marcos sobre su *sobrevenida* inclinación sexual: "Ahora nos has salido tortillera", no gustó nada a Natalia, quien reaccionó de una manera tan vulgar como la de él, o incluso más: "Mejor tortillera que cornuda". Marcos lanzó una mirada flamígera a su hermana, y, aunque ésta le pidió disculpas inmediatamente después por su necio comentario (que el hermano aceptó entre murmuraciones), la relación quedó dañada desde entonces.

—Os seré franco. Estoy a punto de cerrar el restaurante —anunció Marcos, sin preámbulos ni retórica, directo a la yugular del problema.

La madre, que se barruntaba algo parecido, se llevó las manos enlazadas a los labios, como si pretendiera sofocar las palabras reprobatorias que tenía en la punta de la lengua. Nunca había confiado en las virtudes empresariales de su hijo; era tan buen cocinero como pésimo restaurador. Le sobraban virtudes para ser un excelente empleado, pero carecía de las dotes de líder imprescindibles para sacar adelante un negocio. Era la antítesis de su hermana.

—¿Tan mal te van las cosas, hijo?

—El restaurante marcha relativamente bien; el problema radica en el alquiler, muy elevado, y el tiempo que se necesita para incrementar el número de clientes. Estas cosas van despacio. Los efectos del *boca oreja* no son instantáneos, requieren un período de maduración para alcanzar lo que los sociólogos llaman masa crítica. —Marcos hizo una pausa, bajó la cabeza y, con una voz meliflua, como avergonzada, añadió—: Además, hace unos meses, después del verano, la estación más floja del año para un restaurante de las características de *En su punto*, el cual se nutre sobre todo de los ejecutivos y administrativos de la zona que consumen el menú del día, tuve que pedir un préstamo a uno de los clientes, un empresario llamado Saúl Rozas.

—No tenéis hijos, y tu mujer, como jefa de la tienda de *Zara Home*, gana un buen sueldo. ¿Aun así tuviste que pedir dinero a un conocido?

—Diana saca lo suficiente para sus gastos, sí, y para la casa; pero no para enjugar las deudas del restaurante. Además, Diana y yo también estamos en crisis.

—Lo que nos faltaba —se lamentó la madre, alzando los brazos con las manos abiertas, como implorando misericordia al Todopoderoso—. Tu hermana, divorciada y emparejada con una… —La madre, con buen criterio, no completó la frase—. Y, ahora, tu matrimonio, en crisis. Y la gente hasta la fecha siempre nos ha considerado unos cristianos ejemplares. Magnífico ejemplo el que estamos dando.

El corrosivo comentario de la madre no recibió respuesta por parte de los hijos. No era el momento para organizar una trifulca familiar. Después de unos segundos de embarazoso silencio, Marcos, sin restar dramatismo a su delicada situación económica, trató de atribuir el desaguisado a la mala fortuna.

En los siguientes minutos, mientras el hijo hacía denodados esfuerzos para justificar las controvertidas decisiones adoptadas, el padre guardaba silencio con los brazos cruzados y la mirada fija en el vacío, tal vez prendida de algún episodio del remoto ayer, cuando se obligaba a albergar la esperanza de que Marcos, en contra de sus presentimientos, se convirtiera en un hombre de provecho. Natalia miraba de reojo a su padre y trataba de imaginarse lo que pensaba. La hija acertaba de pleno en sus imaginaciones: a Jacobo Puente su hijo varón le había decepcionado.

—De cualquier forma, Marcos, no me acaban de cuadrar los números —intervino el padre al término de la larga perorata del cocinero—. Siempre que he ido a *En su punto*, he visto el local atestado de comensales. Con los ingresos que genera el restaurante más el sueldo de tu mujer, deberías capear el temporal. ¿Cuánto pagas de alquiler?

—Cinco mil euros. La calle del Buen Ladrón es probablemente la más concurrida de Metrópoli y, por lo tanto, de las más caras también.

—El menú del día en tu restaurante vale 22 euros, y hay que pedir mesa con antelación si no quieres almorzar a la hora de la merienda. Y luego están las cenas. Tampoco cuentas con muchos empleados: cinco a jornada completa y media docena por horas. ¿Cuántos comensales caben en el comedor?

—Si todas las mesas estuvieran ocupadas al menos por un par de personas, un centenar aproximadamente.

—Son muchos euros los que ingresas, y aun así, ¿estás al borde del cierre?

El hijo, acorralado dialécticamente, con las mejillas arreboladas por la vergüenza, confesó que, en vista de sus apuros económicos, se le ocurrió apostar más fuerte de lo habitual en el casino *La Buena Fortuna*, una mala ocurrencia a la que puso freno demasiado tarde. Fue entonces cuando pidió el préstamo al cliente empresario con objeto de pagar las nóminas y la extra del verano... Un préstamo con interés. Además, según habladurías, al hombre ese, Saúl Rozas, quien al parecer se dedicaba clandestinamente al narcotráfico, lo secundaban una caterva de acólitos sin escrúpulos, dispuestos a cumplir las órdenes de su jefe, cualesquiera que estas fuesen.

—Estoy contra las cuerdas.

—Siempre te gustaron mucho las máquinas tragaperras, y apostar en el casino; y entretanto pierdes el tiempo y el dinero en esos antros, tu mujer se va de picos pardos, eso dicen, y tu matrimonio por lo tanto navega a la deriva. Qué panorama más desalentador —musitó la madre con las manos crispadas y los ojos alzados al techo, como si implorase misericordia al Todopoderoso.

El hijo hincó aún más la barbilla en el pecho. Si pudiera, se escondería en el subsuelo.

Jacobo emergió de su ensimismamiento de los últimos segundos con una pregunta lapidaria:

—¿Por qué has acudido a nosotros tan tarde?

Ante el silencio embarazoso de Marcos, fue la hermana quien respondió.

—Porque sentía vergüenza de sí mismo.

Marcos ahogó un sollozo.

—Os adelantaremos una parte de vuestra herencia en cuanto haga unas cuantas gestiones en *El Ahorro Seguro* —Jacobo miró a su mujer, ésta asintió con los ojos—. Os avisaré cuando todo esté dispuesto. Probablemente, también os daré casi todas las joyas que tu madre y yo habíamos guardado en previsión de que viniesen mal dadas. Y las previsiones se han cumplido: las mal dadas ya están aquí. También os facilitaré una nota firmada para que nadie dude de su procedencia, así como el nombre de los joyeros que con toda seguridad estarán dispuestos a comprarlas si así lo consideráis oportuno. Hablaré con ellos antes.

## 15

## UN COCINERO EN APUROS

Cecilia Fresnedo y Borja Castillo se personaron en el restaurante *En su punto* el jueves, 4 de noviembre, a las 12 del mediodía. Marcos Irízar, de 34 años, cocinero desde la adolescencia y empresario bisoño no muy hábil en el menester administrativo, les recibió enfundado en la vestimenta típica de cocinero, o sea, con un mandil y un gorro tubular inmaculadamente blancos.

—Disculpen que les reciba de esta guisa —Marcos, que olía a tortilla de patatas y cebolla, se destocó mostrando su cráneo rapado, seguramente con el fin de instaurar la calvicie en todas las zonas de la cabeza; mejor calvo que con calvas—. He vuelto a ejercer de cocinero en las últimas semanas. No me ha quedado más remedio. Aunque el restaurante en líneas generales va muy bien, los gastos de alquiler son cuantiosos. Ayer, cerramos en señal de luto; pero hoy hemos vuelto a abrir. Hay que hacerlo. Después de la tragedia familiar, no estoy en las mejores condiciones anímicas para elaborar platos, pero no me puedo permitir el lujo de tener cerrado el local dos días seguidos. Ojalá pudiera… Perdonen, hablemos mejor en mi despacho, en la trastienda, aquí estamos expuestos a que nos oiga algún chismoso, y si eso ocurriera, ya saben, mañana nuestra conversación sería aireada a los cuatro vientos en las redes sociales y, por lo tanto, también en los medios de comunicación.

El hombre, alto y bien parecido pese a la incipiente barriga cervecera que empezaba a insinuarse en su anatomía, con barba de pocos días, fruto quizá de las circunstancias y no del deseo, condujo a los dos policías a una dependencia situada al fondo del comedor, de escaso mobiliario: una mesa escritorio de formica sobre la que campeaba un ordenador, tres sillas plegables de Ikea y un retrato enmarcado en el que se veía a Marcos Irízar recogiendo un premio de gastronomía.

—Ustedes dirán —dijo Marcos tras tomar asiento detrás del escritorio e invitar a los policías a que se sentaran en las sillas.

—Antes que nada, nuestras condolencias.

—Muchísimas gracias.

—Estamos investigando la muerte de sus padres como un robo con doble asesinato.

El hombre emitió un hondo suspiro, como si se hubiese liberado de una ominosa carga.

—Están investigando entonces lo que realmente sucedió. Ni en una pesadilla infernal mataría mi padre a mi madre, tampoco en un caso extremo, o sea, por piedad. Era un hombre de profundas convicciones religiosas, y, por lo tanto, estaba en contra de la eutanasia. Además, mi madre no padecía ninguna enfermedad grave, sólo los achaques propios de su edad.

Cecilia Fresnedo le refirió a Marcos Irízar los informes emitidos por la Policía Científica, abundando en los detalles que descartaban la violencia de género, al menos la violencia ejercida por el progenitor del cocinero contra la madre de éste; la subinspectora hizo hincapié sobre todo en la colocación del cuchillo junto a la mano derecha del anciano y la casi absoluta seguridad de que la mano izquierda de la víctima no había empuñado el arma homicida; también mencionó el dinero supuestamente desaparecido.

—¿Cómo saben que hay un dinero desaparecido?

—Nos lo ha dicho su hermana. ¿No tenían una reunión familiar anteayer para recibir una parte de la herencia?

—Sí, pero no sé dónde guardaban nuestros padres el dinero que presumiblemente habían sacado de *El Ahorro Seguro*. Quizá lo encontremos en algún rincón de la vivienda o acaso en sus cuentas bancarias si habían decidido retirarlo en el último momento. Todavía no nos hemos puesto a buscarlo a fondo. A mis padres los mataron hace treinta y tantas horas. Cada cosa a su tiempo.

—Al margen del dinero, están los otros indicios.

—¿Hay más indicios aparte del dinero y el cuchillo?

—Sí. La puerta del piso no estaba cerrada con doble cerrojo, algo que, según su hermana Natalia, sus padres nunca harían ya que adoptaban bastantes precauciones por la noche.

Marcos Irízar asintió.

—Incluso pensaron en poner un pestillo interno. Les disuadimos con el argumento de que, si tuviéramos que acceder a la casa por alguna urgencia, nos resultaría muy complicado. Lo que son las cosas: el pestillo interior podría haberles salvado la vida.

—O no, si abrieron ellos la puerta voluntariamente al visitante que luego se transformó en un asesino, hipótesis que no descartamos.

—¿A qué hora aproximada mataron a mis padres?

—Entre la una y las dos de la noche.

—¿Un visitante a esas horas? Me cuesta creerlo.

—Debemos tener presentes todas las hipótesis, aunque en principio alguna de ellas se antoje inverosímil.

—Pues a ésta, la del visitante de última hora, no le dediquen demasiado tiempo.

—Tal vez el asesino, solo o acompañado, llegó mucho antes.

—¿Y permaneció en casa incluso cuando mis padres se fueron a la cama? Les recuerdo que mi madre estaba en camisón y mi padre en pijama.

—De ahí que esta hipótesis la consideremos improbable. Insisto, tal y como encontramos los cadáveres, nos inclinamos a pensar que el asesino entró en la vivienda cuando los padres de usted estaban durmiendo.

—¿Con una llave?

—Con dos llaves; en la puerta hay dos bombines.

—¿Y cómo tendría en su poder el criminal copias de las llaves?

—He ahí la cuestión. ¿Usted ha comprobado si conserva las suyas?

—No... Cuando llegue a casa, lo haré. Pero, que yo sepa, los ladrones no han entrado en mi domicilio, y la semana pasada abrí la puerta de la casa de mis padres con mis propias lleves.

—No obstante, conviene que verifique que las llaves están donde siempre las deja.

—Así lo haré. Por otra parte, me he jamado el coco mucho en las últimas horas, y hay un extremo que me resulta inquietante. Si el ladrón asesino buscaba el dinero que mis padres supuestamente habían retirado del banco ese mismo día o poco antes, entonces, entonces...

Marcos Irízar dejó la frase sin concluir, a merced de los puntos suspensivos, y, en su lugar, emitió un prolongado resoplido, como si le saliese de lo más hondo de sus entrañas.

—¿Entonces? —le animó Cecilia.

—Entonces el ladrón estaba al corriente de que mis padres guardaban en casa un dinero que iban a repartir horas más tarde entre Natalia y yo.

—Y esa información, claro, sólo pudo surgir del entorno familiar. ¿A quién le dijo usted que sus padres les iban a adelantar el miércoles por la tarde una parte de la herencia?

—Sólo a mi mujer, Diana.

—Hablaremos con su esposa. ¿Cree usted que ella se lo dijo a alguien más?

—No.

—¿Un "no" rotundo?

—Sí.

—¿Y sus padres? ¿Se lo dirían ellos a alguna persona?

—Mis padres eran el prototipo de la discreción. Los asuntos privados se quedaban dentro de la familia, y con mayor motivo si había dinero de por medio.

—¿Se refiere a la familia nuclear?

—Sí. Existe una remota posibilidad de que se lo dijera a su hermana, la tía Trini; pero no lo creo.

—¿Y los hermanos de su padre?

—Le queda uno, el menor, Juan de Dios, viudo y sin hijos, quien vive en Argentina. Por cierto, en estos momentos vuela hacia Metrópoli para asistir al funeral que tendrá lugar mañana en la Catedral del Buen Pastor.

Cecilia Fresnedo carraspeó mientras se llevaba la mano derecha a la barbilla, la señal acordada con Borja Castillo para que éste enunciara alguna pregunta, si es que tenía alguna que plantear.

—Tenemos entendido que su economía no atraviesa su mejor momento, ¿es cierto? —preguntó Borja.

Marcos acusó visiblemente la sorpresa que le había producido el comentario del policía, ya que se sonrojó.

—¿Quién se lo ha dicho a ustedes? ¿Natalia? —Marcos obvió al agente y fijó sus ojos en Cecilia, como si supiera que era ella la que cortaba el bacalao.

—Somos policías. Tenemos nuestras fuentes.

Marcos emitió un suspiro, otro, como si precisara de un largo aliento para contar sus penurias.

—Aunque el restaurante va bien, necesito que roce la excelencia para que produzca suficientes beneficios. Me precipité al alquilar un local en una de las mejores calles de Metrópoli. El dinero que mis padres me hubiesen entregado ayer por la tarde, lo habría destinado a sanear las cuentas.

—¿Quién cree usted que mató a sus padres? —preguntó abruptamente Borja mientras Cecilia Fresnedo se abismaba en las pupilas de Marcos, en busca de la esencia de la verdad, quizá la otra verdad, la que permanecía latente.

—Lo ignoro. Ojalá lo supiera. Porque si lo supiera, no habrían tenido ustedes que presentarse en mi restaurante, habría ido yo a la Comisaría Central a revelarles la identidad del asesino.

—¿Dónde estuvo la noche del martes al miércoles, señor Irízar?

El dueño de *Entre punto* no pudo disimular el impacto que le produjo la devastadora pregunta formulada por el policía, ya que sus mejillas empalidecieron al apercibirse de que él no era interrogado sólo como hijo de las víctimas, sino como sospechoso del asesinato… ¡de sus propios padres!

—Pero, ¿cómo se atreven a incluirme entre los posibles asesinos de mis padres?

—La mayoría de los delitos de esta índole son cometidos por personas del entorno familiar. Así que todos son sospechosos —dijo Cecilia— mientras no se demuestre lo contrario. Además, su hermana y usted son los principales beneficiados, económicamente hablando, de la muerte de sus progenitores. Por cierto, ¿sabía usted que su padre había suscrito hace años un seguro de vida? Un seguro que vencía este mismo año y que, por cuestiones de edad, no podría renovar.

—No tenía ni idea. ¿Natalia sí lo sabía?

Cecilia escudriñó los ojos de Marcos Irízar y no vio ni un atisbo mendaz.

—Parece que su padre prefirió mantenerlo en secreto.

—Típico en él.

Cecilia intercambió una mirada con Borja. Éste entendió a la primera la orden que le transmitía la subinspectora.

—No ha respondido a la pregunta que le hemos formulado anteriormente. ¿Qué hizo la noche del martes?

Marcos se quedó pensativo mirando al vacío, como si pugnase por ordenar el caos de su memoria.

—Llegué a casa cerca de medianoche, exhausto después de la jornada laboral doble en el restaurante, y poco después me metí en la cama —respondió al cabo de unos segundos, cuando pudo digerir el contenido de la pregunta planteada.

—¿Con su esposa?

—Sí, ella ya estaba durmiendo —mintió; ya que le dio reparo contar que su mujer lo recibió a la antigua usanza, como en el primer año de casados, cuando Marcos estaba convencido de que su matrimonio duraría toda la vida. Tampoco se imaginó que Diana, después, revelaría a la Policía, con todo lujo de detalles, cómo recibió esa noche a su marido en la cama.

—¿No se despertó?

—Creo que no, aunque la oí farfullar algo, probablemente entre sueños.

Cecilia Fresnedo se incorporó, e inmediatamente Borja hizo lo propio.

—Volveremos a vernos, señor Irízar. Suerte.

—La suerte mía parece haber emprendido un viaje sin retorno rumbo al vacío.

—Tal vez regrese algún día.

—Aunque vuelva, siempre llevará sobre sus hombros la muerte trágica de mis padres y, por lo tanto, si se me permite la expresión, será una suerte infortunada.

—Confiemos en el poder curativo del tiempo a efectos de que ese oxímoron no se cumpla. Volveremos a vernos, señor Irízar.

—Sí, ojalá que nos veamos pronto, subinspectora, cuando vengan a comunicarme que han detenido al asesino o asesinos de mis padres.

Cecilia Fresnedo, algo habitual en ella, quizá lo aprendió en alguna serie policiaca, antes de girar sobre sus talones, simuló que se le había olvidado hacerle una última pregunta al cocinero. En realidad, la había relegado deliberadamente para ese preciso instante.

—Perdone, señor Irízar, una última cuestión, algo comprometida, pero es mi deber hacérsela.

—Si es su deber, procuraré responder. No creo que sea más comprometida que la que me ha hecho hace un minuto su compañero.

—Es sobre su matrimonio… ¿Es usted feliz?

Una pregunta que un hombre venturoso hubiese respondido en un santiamén; sin embargo, Marcos Irízar, antes de contestar, pestañeó y carraspeó entretanto se llevaba la mano a la frente para enjugarse un sudor inexistente.

—Diana y yo tenemos nuestras diferencias, como prácticamente casi todos los matrimonios.

"O sea, que no es usted feliz", infirió Cecilia para sus adentros.

## 16

## MARCOS IRÍZAR PUENTE

Desde que tuvo uso de razón, Marcos Irízar Puente se empeñó en apartarse del camino que había trazado su hermana en los años previos. Conocedor de sus límites, pronto comprobó que le resultaría imposible seguir los pasos de Natalia. El ritmo trepidante y sostenido de ella desbordaba la capacidad de resistencia de él, y además la joven se empeñaba en ascender los terrenos escarpados, demasiado exigentes para las humildes habilidades escaladoras de Marcos. Así que, para decepción de sus progenitores, se negó a convertirse en una mala copia en varón de Natalia. No obstante, como no carecía de orgullo y dignidad, se consagró a fortalecer su singularidad. Así que, inconscientemente al principio y de manera deliberada después, hizo lo contrario de lo que su padre —Leonor Puente, en lo que concernía a los estudios, secundaba las decisiones de su esposo— le pedía y le exigía. Sacó a trancas y barrancas el bachillerato; hasta ahí llegó su sumisión, luego se negó a cursar estudios universitarios. A él le atraía la cocina, no la Economía o la Medicina, las dos carreras que le sugería su progenitor. Éste, ante la actitud renuente del hijo, consintió en que se matriculara en la Escuela de Gastronomía. Al finalizar su formación, como Marcos tenía buena mano y era bastante creativo, fue contratado temporalmente como ayudante de cocina en un par de restaurantes de cierto postín de Metrópoli. Sin embargo, Marcos aspiraba a otra cosa. No soportaba que le dictaran lo que debía hacer, lo suyo era manejar los fogones como le viniese en gana, y no siguiendo las indicaciones de un superior en la escala jerárquica, que no en las dotes culinarias. De ahí que, tirando de temeridad, decidiera establecerse por su cuenta. Y se estableció a lo grande. No empezó como prescribía la prudencia, desde abajo, regentando un restaurante pequeño con objeto de ir adquiriendo experiencia. No. Él empezó su carrera profesional por las nubes tras un temerario salto que lo dejó colgando del vacío. Esa fue su perdición.

En su vida personal, tampoco acertó en la decisión más trascendental de su vida. Si al emparejarse uno busca ante todo la felicidad —la propia y la de su cónyuge—, Marcos se casó con la persona equivocada. Aunque, eso sí, se unió a la mujer de quien estaba enamorado.

Diana Valcárcel, a la sazón dependienta de Zara, almorzaba a menudo en el restaurante *Bocados Sabrosos*, el local en el que trabajaba como ayudante de cocina Marcos Irízar. Un día, ella felicitó a Hilario Campoy, un camarero sexagenario, por lo riquísimas que estaban las berenjenas rellenas de bacalao, pimientos y almendras incluidas en el menú. "Son especialidad de Marcos Irízar, el ayudante de cocina. Un joven muy apuesto y dotado de una fantástica creatividad culinaria. ¿Quieres conocerlo?". A los dos minutos, Marcos, con sus atavíos de cocinero, salió de la cocina y saludó efusivamente a Diana, quien le dio la enhorabuena por sus exquisitos platos. A partir de ese día, cada vez que Diana entraba en el restaurante, dos o tres veces por semana, Hilario avisaba a Marcos de la presencia de la belleza en *Bocados Sabrosos*, y Marcos se las apañaba enseguida para abandonar los fogones unos segundos y recrearse en la contemplación de Diana. Un día no se limitó a saludarla, sino que, armándose de valor, jugándose el todo por el todo (el amor siempre es todo), la invitó a merendar esa misma tarde en una conocida cervecería metropolitana. Diana, a quien también le atraía el cocinero, un joven apuesto, de ojos castaños grandes y vivaces y (lo capital) de buena familia, antes de aceptar, simuló que se lo pensaba unos segundos, como si, en su ajetreada agenda semanal, se viese obligada a incumplir algún compromiso para hacer un hueco al prometedor cocinero.

El flechazo se produjo, al menos eso creyó Marcos. Se casaron a los catorce meses de conocerse, en contra de la opinión de los padres y la hermana de Marcos. A ninguno de ellos les convencía la mujer. Les parecía fría y calculadora. "¿Fría?", pensaba Marcos entre sonrisas. "Si la vierais en la cama (o en el asiento trasero del coche), sabríais lo fría que es".

Al año y medio del casamiento, azuzado por la ambición material de su mujer, Marcos Irízar alquiló a precio de oro una lonja en la calle del Buen Ladrón e inauguró el restaurante *En su punto*, con el cual pensaba atraer a la clientela más selecta de Metrópoli. Tal vez lo hubiera logrado si el dinero destinado a la campaña publicitaria (y unos cuantos miles de euros más) no lo hubiese perdido en una desventurada noche en el casino, circunstancia que le obligó poco después a aceptar los treinta mil euros de préstamo que le ofreció un empresario, el desencadenante de que sus padres se viesen obligados a anticipar el reparto de la herencia, hecho que a su vez precipitó los trágicos acontecimientos que desembocaron en la muerte de ambos.

## 17

## TRINIDAD PUENTE HABLA POR LOS CODOS

En la tarde del jueves, 4 de noviembre, mientras Pelayo Asensio y Roberto Lemos se encaminaban a *Marian*, la peluquería que regentaba la mujer de Narciso Franco, Yolanda Trigueros, la subinspectora Cecilia Fresnedo, acompañada del agente Borja Castillo, se dirigió a la calle de los Doce Apóstoles, paralela a la del Buen Ladrón, en cuyo número 5, en el sexto piso, residía Trinidad Puente, la hermana de Leonor.

El portal del edificio, de suelo de mármol y paredes cubiertas parcialmente de marquetería, rezumaba suntuosidad, un anticipo de lo que los dos policías se encontrarían en el salón de la vivienda de la mujer: alfombras persas, cuadros de pintura paisajística, mesa circular de madera noble en torno a la cual había cuatro sillas tapizadas de terciopelo, un tresillo y dos sillones de cuero, televisor de pantalla panorámica...

La mujer, recargada de joyas (collar, brazalete, pulseras y varios anillos), con permanente y el cabello teñido de rubio, vestía de riguroso negro y despedía un olor penetrante a limón. Su edad era un enigma, aunque se sabía que tenía varios años menos que su hermana asesinada.

Luego de recibir las condolencias de los dos policías, Trinidad invitó a éstos a acomodarse en los sillones; ella tomó asiento en el sofá mientras llamaba a voces a Giovanna, la asistenta, quien llegó a la carrera a los pocos segundos de requerirse su presencia; la mujer, de tez cobriza y cuerpo de gimnasta rítmica, parecía proceder de algún país de Latinoamérica.

—¿Qué quieren tomar? —preguntó Trinidad a los dos policías.

—Nada. Gracias.

—¿Ni siquiera un café con leche?

—De acuerdo. Un café con leche —aceptó Fresnedo para pasar cuanto antes del protocolo al asunto central de la visita.

—Yo lo prefiero solo —agregó Borja Castillo.

—A mí lo de siempre, Giovanna.

La asistenta hizo una leve reverencia y giró sobre sus talones.

—Ustedes dirán.

Cecilia Fresnedo, como era habitual en su quehacer profesional, empezó por lo principal. Así, informó a la mujer de que estaban seguros de que el matrimonio Irízar Puente había sido asesinado por uno o varios asaltantes. Nada de violencia machista.

—Fue un doble asesinato con robo; lo diré mejor: un robo que degeneró en un doble asesinato.

—Algo me habían dicho, sí. ¿Y por qué alguien mataría a Leonor y a Jacobo?

—Las circunstancias, señora. Seguramente, el ladrón fue sorprendido en plena faena por su hermana, quien quizá lo conocía, de ahí que el asaltante decidiese matarla, a ella primero y al marido a continuación, Luego, el asesino, rápido de reflejos malvados, dejó dispuesto el escenario con el fin de endosar la escabechina a la recurrente violencia de género. Y entiéndame que digo asesino por abreviar mi discurso, porque pudo haber más de uno.

Giovanna regresó con una bandeja plateada circular sobre la que campeaban tres tazas humeantes, unas pastas y unos bombones de trufa; a sus talones se deslizaba perezosamente un gato siamés, el cual saludó con un diáfano 'miau' a los presentes.

—Este es *Napoleón*, un minino entrañable que mi marido se encontró hace no sé cuántos años en Dios sabe dónde; él dijo que en un solar, detrás de unos matorrales, aterido y hambriento; aunque yo siempre pensé que Samuel lo compró en una tienda de animales. A mí no me gustan los gatos en general, pero me encanta *Napoléon*.

—Hola, *Napoleón*, ¿qué tal estás? —le saludó Borja acariciándole el lomo—. El gato enseguida captó que al agente le gustaban los felinos; raudo, se acercó a él y empezó a restregarse contra sus piernas al par que emitía incesantes ronroneos.

—*Napoleón* constituyó otra fuente de conflictos con Narciso, quien, a la muerte de mi marido, propuso deshacerse de él con el disparatado argumento de que, si no, condenaríamos al animal a morir lentamente de pena por la ausencia de su dueño. Y es cierto que *Napoleón* estuvo triste unos cuantos días, luego se recuperó... hasta hoy. Es probable que haya sobrepasado los veinte años, o sea, que se trata de un gato de la cuarta o quinta edad.

—¿Veinte años? —silbó Borja mostrando una expresión de perplejidad—. Si me llega a decir que tiene cinco, me lo hubiese creído.

—Los gatos, mientras gocen de salud, no aparentan nunca la edad que realmente tienen. A ellos, a diferencia de nosotros, el tiempo no les deja un reguero de arrugas y achaques como testimonio de su tormentoso paso. Por eso en el mercado no existen los cirujanos estéticos gatunos.

Cecilia, luego de consultar el reloj, consideró que *Napoleón* ya había tenido sus minutos de gloria, y centró la conversación en el tema que les había llevado a la casa de Trinidad Puente.

—¿Es usted viuda desde hace muchos años?

—Mi marido, Samuel, falleció de un infarto fulminante hace cinco años, a los pocos meses de decidir poner fin a su larga trayectoria como letrado, un año después de que yo me acogiera a la jubilación anticipada como profesora de instituto. Fundó un despacho que, con el tiempo, se convirtió en el más famoso del país: *Franco Abogados*. La vida a veces es una broma de mal gusto. Después de un comienzo durísimo, a base de perseverancia y un trabajo tan brillante como agotador, consigues labrarte un nombre; y cuando consideras que ha llegado la hora de dedicarte a las actividades recreativas que has relegado a causa del frenético ritmo laboral que tú mismo te has impuesto, el corazón decide no latir ni un minuto más. —La mujer hizo una pausa para enjugarse una lágrima—. Mi hijo, Narciso, presionado por mi marido, también empezó a cursar estudios de Derecho, si bien abandonó la carrera al término del primer año, según él, exhausto de tanto memorizar. Y eso que tenía capacidad de sobra para haberse convertido en un gran profesional de la abogacía; el problema estribaba (y estriba) en su falta de motivación. Nunca le gustó apretar los codos. Y nosotros no le disciplinamos el gusto. Fuimos demasiado blandos con él —la mujer se llevó el puño diestro al pecho, como entonando el mea culpa—. Samuel hizo gestiones y lo colocó en el banco *El Ahorro Seguro*, en el cual, claro, gracias a sus aptitudes y a su indudable carisma, no tardó en progresar. Mi marido, hace un lustro, traspasó el bufete por una buena suma a varios de sus colaboradores, quienes, con buen criterio, conservaron el nombre de la empresa. Y gran parte de la cantidad que obtuvimos en la venta, a los pocos meses del fallecimiento de mi marido, la fundimos en una catastrófica operación financiera en la que Narciso me convenció de que nos metiéramos para multiplicar nuestra fortuna. ¡Multiplicar nuestra fortuna! —La mujer torció el gesto—. Desde entonces, nuestras relaciones se han enfriado bastante. Hizo méritos sobrados para que le mandara a la porra, pero una madre no puede renegar de su hijo, al menos una madre como yo. Narciso es intrépido y listo, pero carece de las cualidades indispensables para triunfar a lo grande en la vida, me refiero, claro, a la calma, la prudencia y la perseverancia.

—¿Narciso vive con usted? —preguntó retóricamente Cecilia para darle cuerda a la mujer.

—¿Conmigo? —A Trinidad Puente pareció ofenderle una pregunta tan banal—. Por fortuna, se emancipó hace una decena de años. Siempre estábamos a la gresca. No soporta que te entrometas en su vida, aunque sea con la intención de mejorarla. En su cabeza anidan demasiados pájaros… y algún pajarraco, si bien no desespero de que gradualmente adquiera la madurez que se le supone a un hombre de treinta y cinco años. Reside en la calle de las Guirnaldas, en el cuarto piso del número diez. Después de varios noviazgos que no cuajaron, se casó hace seis años con una famosa peluquera, Yolanda Trigueros, hija de la dueña de la peluquería *Marian,* nombre de la madre, establecimiento al que acuden las mujeres de la alta sociedad metropolitana y también unas cuantas advenedizas, incluidas actrices y presentadoras de televisión, entre otras, la famosa periodista Paula Casado. Para que se hagan una idea de sus tarifas, el corte y el peinado rondan los ochenta euros.

La hija, muy hábil y talentosa, pronto aventajó a su maestra, la madre, y ésta, con buen criterio, paulatinamente fue cediendo los mandos de la peluquería a la hija. Narciso y Yolanda, como la gran mayoría de las parejas menores de treinta y tantos años, no acaban de adaptarse el uno al otro. Más bien, se han desadaptado del todo. Bueno, les seré franca; es mi hijo el que le ha puesto las cosas muy difíciles a su mujer; la monogamia es un deber inasumible para su asilvestrada entrepierna.

A Cecilia le sorprendió la falta de recato de la mujer. Acaso estaba despejando el terreno para que no escarbasen demasiado en la vida privada del hijo, y se conformasen con los abundantes y escabrosos datos que ella les había proporcionado. Si ese era su propósito, pronto se percataría de que había errado el tiro. Los rasgos que caracterizaban a la Fresnedo en su trabajo policial eran el tesón y la meticulosidad.

—¿Tiene usted llaves de la casa de su hermana?

—Las tenía, sí, pero hace unos meses se las devolví a Leonor. Me las pidió porque en principio iban a contratar una asistenta, aunque después no lo hicieron. Son llaves muy caras, ya que la puerta de la casa de Leonor está blindada.

La mujer mordió un bombón e invitó a los dos policías a que hincasen también el diente.

—Usted, jovencito, está muy callado —dijo Trinidad Puente mirando a Borja Castillo.

—Yo, de momento, observo y escucho. Y soy casi de la edad de su hijo.

—Joven por tanto.

—¿Se llevaba bien con Leonor? —inquirió por sorpresa Cecilia, a quien le incomodaba que fuesen los testigos o los sospechosos quienes hiciesen las preguntas, aunque fuesen triviales.

—Por supuesto. Era mi única hermana. Nuestro otro hermano, Aurelio, el menor, murió hace veinte años, cuando acababa de cumplir los cuarenta, en un desgraciado accidente de tráfico. Se le cerraron los ojos por el cansancio cuando regresaba a hora temprana de un viaje de negocios. Por fortuna no se llevó a ningún inocente por delante; iba solo en el coche y se estrelló contra un árbol.

—Lo siento. ¿Congeniaba usted con su cuñado?

—Jacobo era un hombre muy reservado y un católico estricto.

—¿Usted no es católica?

—Sí, pero no acato muchos de los preceptos que recoge la Biblia y bastante menos los que ha hecho suyos la Santa Madre Iglesia. Es más, el Antiguo Testamento lo considero una especie de novela fantástica que hay que leer con gran cautela.

—Entiendo entonces que no se llevaba demasiado bien con el marido de su hermana.

—Me ha entendido mal. Manteníamos una relación cordial. Yo, en su presencia, prefería no mencionar a Dios. Hablábamos sobre todo de política. Y ahí sí que coincidíamos en nuestros planteamientos.

—Conservadores ambos, ¿no? —apuntó Cecilia.

—Digamos que centristas.

—Sí, la derecha en este país tiende a desplazarse al centro, como si repudiara su lado natural: el diestro.

—Ese es el discurso que suele emplear la izquierda para criticar nuestra línea ideológica.

—Dejemos la política y vayamos con lo que nos ocupa, ¿Su hijo visitaba a menudo a sus tíos?

—De vez en cuando. Narciso era el ahijado de Leonor y Jacobo.

—¿Podría darme el teléfono de su hijo?

—Faltaría más —Trinidad pasó una tarjeta a Cecilia—. Aquí tiene.

—Necesitamos hablar con todos los familiares de los fallecidos.

—Pues no tendrán que hablar con muchos. Los hijos y las respectivas parejas de Natalia y Marcos, mi hijo y su mujer, yo… y pare usted de contar.

Mientras guardaba la tarjeta en un bolsito de la bandolera, Cecilia carraspeó y dirigió una mirada de soslayo a Borja Castillo, éste, un policía avispado a pesar del sueño que arrastraba a causa de lo poco que dormía en los últimos cuatro meses, desde que nació su hija, cogió al vuelo el gesto de la subinspectora, y asumió provisionalmente la responsabilidad del interrogatorio.

—¿Qué cree usted que pasó en la casa de su hermana la noche del martes al miércoles?

—Ya veo que no sólo observa y escucha… No obstante, sólo puedo contestar a su pregunta repitiendo lo que ustedes ya saben. Lo que pasó fue que algún desalmado mató a Leonor y Jacobo.

—¿Un desalmado conocido?

—Cualquiera sabe.

—¿Qué opina de sus sobrinos Natalia y Marcos? —volvió a la carga Cecilia.

—Natalia es muy inteligente y culta; Marcos, menos espabilado e instruido que su hermana, posee un don para la cocina. Es un formidable cocinero.

—Natalia está emparejada ahora con una mujer. ¿Qué le parece?

—Allá se las compongan —Trinidad daba a entender por sus palabras que le importaba una higa lo que su sobrina hiciera con sus inclinaciones sexuales; sin embargo, su lenguaje corporal proclamaba lo contrario: ya que pareció irritarse al decirlo.

—¿Cómo encajaron Leonor y su marido el lesbianismo sobrevenido de su hija?

—Mal al principio, con resignación cristiana después.

—¿Considera que Marcos tiene para los negocios el mismo don que para la cocina? —preguntó de nuevo Borja.

—Ni por asomo. Además, le pierde su propensión a visitar los casinos y el amor ciego por su mujer.

—¿Ciego?

—Sí, a ella le gustan los hombres en general, y a mi pobre sobrino sólo le atrae una mujer en particular: Diana. Tiene mucho carácter con todo el mundo… menos con ella, quien hace con él lo que le da la gana.

—Diana no es santa de su devoción, ¿verdad?

—No lo es, aunque reconozco que es una mujer muy lista y de una espectacular belleza.

—Nos volveremos a ver, quizá mañana mismo, en el funeral que se oficiará en la Catedral del Buen Pastor.

En cuanto estuvieron en la calle, Cecilia marcó el número de Narciso Franco. Le respondió el buzón de voz. Prefirió no dejar ningún mensaje. Mañana se presentarían por sorpresa en *El Ahorro Seguro*, y si se negaba a atenderles en su puesto de trabajo, le citarían en la Comisaría Central de Policía ese mismo día.

## 18

## YOLANDA TRIGUEROS MIENTE MUY BIEN

La peluquería *Marian* se hallaba ubicada a una decena de metros de la sede del Partido Conservador, en la calle del Buen Ladrón, en el centro neurálgico de Metrópoli, flanqueada por una tienda de lencería y *La posada literaria*, una de las pocas librerías tradicionales de la Villa que había resistido el empuje irrefrenable de los grandes almacenes y las multinacionales. El local, que ocupaba la extensión de dos lonjas que en su día albergaron respectivamente un bar y una perfumería (en un principio *Marian* se habilitó en el solar de la perfumería; posteriormente, y en vista del éxito, la propietaria hizo una oferta irresistible al propietario del bar, y amplió el negocio), despedía un penetrante olor a sándalo y los parloteos de los presentes estaban amortiguados por los adagios de Vivaldi que emergían de unos diminutos altavoces colocados en los ángulos superiores del local. Una decena de espejos, frente a otros tantos sillones, ocupaban las paredes pintadas de resplandeciente color crema. En el centro del establecimiento, con suelos de mármol, una mujer de belleza clásica, con el pelo moreno recogido en un moño, supervisaba el trabajo de seis peluqueras mientras ocho clientas aguardaban su turno sentadas en sendos sillones colocados en torno a dos mesitas atestadas de revistas. La mujer, muy maquillada, de nariz levemente aguileña y enormes ojos tan oscuros como el pelo, se dirigió en tono amable a los dos componentes de la Brigada contra el Crimen de Metrópoli.

—Buenas tardes, soy la propietaria, ¿en qué puedo servirles?

En cuanto se identificaron, Pelayo Asensio y Roberto Lemos fueron invitados por la mujer a que la acompañaran a un despacho situado en la trastienda. Los dos policías no pudieron evitar fijarse en las piernas de la mujer, largas y perfectamente torneadas, con unos tobillos finos que resaltaban sobre unos zuecos con plataforma.

En la pieza, diminuta y limpia, impregnada de un aroma parecido al que emanaba la mujer, a fresas, a duras penas cabían tres personas.

La peluquera jefa, sentada detrás de una mesa exigua de madera, sugirió a los dos policías que tomaran asiento en un banco corrido que había adosado a la pared.

—Lamento atenderles en una habitación tan chiquita. Además de dos cuartos de baño, tenemos otra pieza, más amplia, que la utilizamos como vestuario. Estamos en una peluquería, no en la sede de un partido político. Ustedes dirán. Me llamo Yolanda Trigueros —la mujer tendió la mano a los dos policías, quienes se incorporaron por turnos para estrecharla. La mano, de finos dedos rematados por unas uñas largas esmaltadas de rojo, era la más suave y bonita que había estrechado en su vida Roberto Lemos. A Pelayo Asensio también le pareció una mano delicada y hermosa, pero no más que la de Cecilia.

—Estamos investigando el asesinato de los padrinos de su marido —dijo Pelayo Asensio.

—¿Asesinato? O sea, que los rumores que han publicado algunos medios de comunicación no van descaminados…

—En cuanto examinamos la vivienda de los Irízar Puente, nos barruntamos que se trataba de un doble asesinato, extremo que fue confirmado luego por los informes de los compañeros de la Científica y de los forenses que realizaron las autopsias.

—¿Y en qué puedo yo ayudarles?

—Estamos investigando a las personas del entorno familiar de las víctimas, como hacemos habitualmente en casos de esta naturaleza.

—¿Y?

—Empecemos por el principio, que además es lo más importante: ¿Tiene usted llave de la vivienda de los Irízar Puente?

—No. Yo sólo soy la sobrina política de los fallecidos.

—¿Y su marido?

—Me supongo que tampoco. ¿Por qué íbamos a tenerlas? ¿No le han preguntado a Narciso?

—Con su marido hablarán otros compañeros en cualquier momento, tal vez lo estén haciendo ahora mismo.

—Quieren confrontar nuestras declaraciones, claro.

—Más bien nos repartimos el trabajo. Iremos al grano, señora: ¿Dónde estaba usted la noche del martes al miércoles?

La expresión relajada del rostro de la mujer sufrió un cataclismo al escuchar la pregunta formulada por el agente; el ceño se frunció, los ojos parecieron salírsele de las órbitas mientras se obligaba a respirar hondo para superar el trance. ¡Ella, incluida entre los posibles autores del doble asesinato de unos ancianos! Increíble pero cierto. La vida resulta impredecible. Cualquier cosa, por muy disparatada que sea, puede pasar.

—¿Se han vuelto locos? ¿No pensarán que yo soy capaz de perpetrar una atrocidad de ese calibre? —protestó en tono inquisitivo, alzando el volumen de voz, al cabo de unos segundos, cuando recuperó la compostura.

—Se lo preguntamos precisamente para no pensarlo. Haga memoria —Pelayo ni se inmutó ante la irritación de la peluquera, bastante forzada por cierto.

La mujer alzó la vista al techo por unos segundos, como si necesitara estrujarse las neuronas para rememorar los episodios vividos hacía poco más de cuarenta horas. En realidad, estaba pensando en su marido, al que no vio hasta la mañana siguiente, durante el desayuno, antes de que se fuese al banco, y tenía muy mal aspecto, con unas ojeras pronunciadas, como si apenas hubiese dormido en toda la noche. ¿Con quién habría estado de jarana el muy tunante?

—En cuanto cerré la peluquería, a las ocho y media de la tarde, me fui a casa. Estaba exhausta. Recuerdo que, mientras cenaba y después de la cena, vi un par de capítulos de la teleserie *House of Cards*; luego me metí en la cama no demasiado tarde para lo que acostumbro. Soy poco dormilona y no me duermo hasta avanzada la noche.

—¿Con su esposo?

—Como estamos hablando de un caso de doble asesinato, les hablaré sin tapujos. Me gustaría compartir lecho con Narciso todas las noches, pero la realidad es otra muy distinta a mis deseos, ya que desde hace unos meses dormimos en camas diferentes.

—¿Para conciliar mejor el sueño? —preguntó sin disimular la ironía Roberto Lemos.

—Ninguno de los dos roncamos, tampoco nos movemos mucho ni soñamos en voz alta, por lo menos durante los años que nos hemos acostado en la misma cama. Narciso y yo llevamos una temporada distanciados, como si ahora fuéramos dos estudiantes que conviven bajo el mismo techo. Y le aseguro que mi voluntad, pese a sus correrías nocturnas, sería otra. Aunque he hecho todo lo posible para que las cosas vuelvan a ser lo que eran, de momento mis esfuerzos no han fructificado. Él parece estar en otra onda.

—Entiendo entonces que es él quien desea dormir en otra cama.

La mujer, herida en su orgullo por el desinterés que últimamente mostraba su marido por ella, parecía haber encontrado los interlocutores apropiados para desprenderse de sus frustraciones. Además, debía hacerlo. Figuraba entre las sospechosas de un ¡doble crimen!

—No es exactamente así. A raíz de su última expedición nocturna a otra alcoba, en tanto no me jurase que jamás me volvería a engañar, le exigí que se mudara a la habitación de invitados. Él desea vivir como si no tuviera ninguna obligación conyugal, lo diré de manera más vulgar: quiere aplacar sus insaciables hormonas con otras mujeres, por lo visto yo no le basto, y pretende que no se lo impida, o sea, que dé mi visto bueno y me conforme con mi papel de cornuda. Él concibe el sexo al margen del amor. Cuando amas, si no eres impotente, tienes sexo, faltaría más, pero también puedes tener sexo sin amor. Y él lo tiene, en abundancia, aunque asegure que no es amor. Mi paciencia alcanzó el límite del hartazgo hace un par de meses, cuando le puse entre la espada y la pared. O conmigo en exclusiva, o cada uno por su lado.

—¿Y?

—Al verse acorralado, juró de boquilla que sólo se acostaría conmigo, pero le exigí algo más… ¿Les importa? —preguntó Yolanda señalando una cajetilla de cigarrillos *Camel*.

Aunque a los dos policías les molestaba el humo del tabaco, en las presentes circunstancias, con la mujer desbocada en el relato de su azarosa vida matrimonial, prefirieron no incomodarla, así que denegaron con la cabeza al unísono.

—¿Quieren uno?

—La Brigada contra el Crimen, a instancias del inspector jefe Telmo Corrales, acordó, por unanimidad, abstenerse del tabaco cuando sus agentes se hallaban de servicio, aunque el pitillo se fumase al aire libre.

—Ustedes se lo pierden. A mí me relaja.

Yolanda encendió el cigarrillo, le dio una calada, exhaló lentamente el humo formando arabescos en el aire y se quedó observando a los dos agentes, como si esperase que éstos le dijesen algo. Fue Borja el que dijo lo que había que decir.

—Nos hablaba usted de que le exigió algo más a su marido.

—Ah, sí, le exigí que dejara de consumir cocaína porque, por el camino que lleva, corre el riesgo de convertirse en un drogadicto, si no lo es ya.

—¿Y?

—También me lo prometió. Una promesa que incumplió, como la otra.

—¿Acaso le sorprendió con otra mujer? —siguió preguntando Lemos.

—Yo, no. Otros lo hicieron por mí.

—¿Tiene intención de divorciarse?

—De momento, no. Sigo enamorada de él. Desearía no estarlo, pero el amor tiene estas cosas tan extrañas. Es un hombre con un carisma especial, además de sus atractivos físicos que están fuera de toda duda, basta mirarle. Quieres a quien no debes querer y tampoco quieres querer, y no quieres a quien deberías querer y quieres querer. La voluntad, siempre a merced del sentimiento de los sentimientos.

Qué misterio más misterioso el del amor.

Roberto Lemos seguía enhebrando preguntas sin cesar entretanto Pelayo Asensio, a lo Cecilia Fresnedo, escudriñaba los ojos de la interrogada con el fin de que ésta se apercibiera del peligro que corrían las eventuales mentiras que pronunciara. Podrían ser desenmascaradas.

—¿Estuvo con usted su marido esa noche, la que medió entre el martes y el miércoles?

—Sí, regresó a casa en torno a las once de la noche, cansado como últimamente es habitual; recuerdo que vio conmigo el segundo capítulo de *House of Cards* y después se fue a la cama, unos cuantos minutos antes que yo —mintió Yolanda, quien aguardaba esa pregunta desde hacía rato.

—¿Qué hora era?

Yolanda entornó los párpados, como si estuviera haciendo memoria, cuando en realidad fingía. A saber a qué hora se metió en la cama ese calavera. Mujeriego, cocainómano, mentiroso, pero no un asesino.

—Alrededor de la medianoche.

—¿Y no lo oyó levantarse y salir a la calle?

—No, y eso que, después de ver unos minutos más la tele, a pesar del cansancio, permanecí en la cama leyendo, con la puerta de mi habitación abierta, hasta muy tarde, cerca de las dos; a esa hora más o menos fui al servicio y oí murmurar a Narciso, como si hablara en sueños, algo extraño en una persona que enmudece cuando viaja al otro mundo —volvió a mentir la mujer, ya que se durmió en cuanto se acostó, sin ni siquiera abrir un libro ni un par de segundos.

Pelayo y Roberto salieron de la peluquería embargados por una sensación extraña, que ni uno ni otro supieron definir, o quizá no quisieron hacerlo, ya que se sentían como si les hubiesen tomado el pelo.

—¿Nos habrá dicho alguna verdad esta mujer, Roberto?

—Sí, que su nombre es Yolanda.

—Y que el marido es un mujeriego y un cocainómano.

## 19

## LA OTRA AMANTE

A las nueve menos cuarto de la noche del jueves, día 4, Gabriela Heras, embargada por la curiosidad, pegó el ojo a la mirilla de la puerta de su casa para comprobar quién llamaba con tanto apremio al apartamento de su vecina, Cayetana Gil. Vio de refilón al mismo hombre apuesto, alto y moreno de la otra vez, quien mostraba síntomas de ansiedad mientras pulsaba el timbre del segundo izquierda del número 10 de la Avenida de los Valientes, a poco más de un centenar de metros de la Universidad Pública Metropolitana.

Prostituta de alto copete desde que, derrotada por la impotencia, se viera obligada a abandonar los estudios universitarios (más propiamente, habría que decir que la universidad la abandonó a ella), ese día, Cayetana Gil, aquejada de una persistente jaqueca, se aprestaba a acostarse a una hora insólita en ella, las nueve menos cuarto de la noche; no esperaba a nadie a esas horas, así que, medrosa, echó un vistazo por la mirilla, y, al ver a quien vio, de inmediato, corrió al cuarto de baño a pintarse los labios y a soltarse el pelo que llevaba recogido en una coleta; cuando se disponía a descorrer el pestillo, se percató de que llevaba puestas las zapatillas de casa. "Un momento", gritó mientras se calzaba unos zapatos de tacón.

Gabriela, sofocando un estornudo, continuó escrutando el panorama.

—¡Narciso! Te he llamado por teléfono muchas veces en los tres últimos días, pero no ha habido forma de comunicarme contigo: o tenías apagado el móvil, o no te apetecía responderme, quizá las dos opciones al mismo tiempo. Pensaba que te habías olvidado de mí, o que estabas enfermo. El último día que nos vimos, te noté distraído, como si te abrumara alguna preocupación. ¿Qué haces ahí como un pasmarote? Pasa, hombre.

Gabriela ahuyentó su curiosidad malsana y se encaminó a la cocina a prepararse la cena.

Al otro lado, por un corto y estrecho pasillo bordeado de paredes desnudas, Cayetana condujo a Narciso Franco a un salón pequeño, de unos diez metros cuadrados, amueblado como el lugar demandaba, o sea, con lo imprescindible: dos sillones, una mesita baja de cristal, un búcaro de vidrio con flores artificiales al pie de la ventana y una pintura paisajística enmarcada, constituían todo el mobiliario. En el apartamento, de 50 metros cuadrados, lo fundamental eran las dos piezas en las que había dispuestas sendas camas de matrimonio dotadas de un colchón mullido, con las dimensiones apropiadas para atender las necesidades laborales de Cayetana, si bien en los últimos tiempos, con unos pocos clientes pertenecientes a las capas altas de la sociedad, la mujer, además de reducir drásticamente su jornada laboral, había desplazado su centro de trabajo a la habitación de un hotel.

—¿No te sientas? —Narciso se dejó caer como un fardo en el sillón que estaba orientado hacia la ventana, cubierta esta por una cortina de gasa con bordados de flores—. Venga, cuéntame las novedades. Hace más de una semana que no te miro a los ojos.

—¿Me has visto por la espalda o qué?

—Sí, te vi hace unos pocos días, ya te contaré en otro momento cuándo fue y en qué circunstancias. Dime, ¿qué has hecho durante este tiempo?

—He estado muy liado en el banco. Y, luego, con la muerte trágica de mis tíos, todo se me ha complicado de mala manera. —A Narciso no le interesaba seguir conversando sobre el espinoso tema que había desterrado torpemente de su pensamiento, así que cambió de tercio—: He traído coca de la buena… ¿Te apetece esnifar unas rayas?

La mujer simuló pensárselo durante unos segundos, como si analizara los pros y los contras, antes de manifestar lo que sus ojos expresaban a gritos.

—Por supuesto. Me vendrá de perlas, tengo una jaqueca espantosa. Extiéndela aquí sobre la mesita… Por cierto, la noche del doble crimen o de lo que fuera eso, te llamé un par de veces al móvil y no contestaste.

—Me acosté pronto y dejé el aparato en silencio.

La mujer vaciló unos segundos ante la flagrante mentira de Narciso, pronunciada de manera tan sorprendentemente imperturbable, tan natural. En sus ojos no se distinguía ni un atisbo de fingimiento, como si el hombre, a base de práctica, se hubiera convertido en un maestro en el arte de mentir. No obstante, Cayetana le siguió la corriente; no era el momento de sacudirle la verdad.

—Raro en ti. Tú sueles estar de pie hasta las tantas, pendiente siempre de las novedades que te llegan por el móvil o viendo películas porno en el chisme.

—Dejemos mis devaneos con el teléfono, y centrémonos en el aquí y ahora, o sea, en el doble polvo, el de cocaína y el otro, el mejor de todos, que llevo en ayunas unos cuantos días. Por cierto, ¿qué haces en camisón y con tacones? ¿Me estabas esperando o es que acaso has quedado con uno de tus selectos clientes?

—Ya sabes que últimamente aquí sólo trabajo de manera esporádica. Los compromisos laborales, escasos, los despacho en un hotel.

—¿Entonces?

—Estaba arreglándome cuando has llamado al timbre. Iba a salir a tomar unas copas —mintió Cayetana—. La casa hoy se me viene encima.

—¿Y la jaqueca?

—El ron y el gin-tonic son unos eficaces antídotos; la cocaína también.

—Vayamos con lo nuestro, que el tiempo apremia. He quedado a última hora de la noche con un amigo mío, abogado, para consultarle algunas cosas. El divorcio con la cabrona de mi mujer me trae de cabeza. Menudo hueso. Y por si esto fuese poco, la subinspectora Cecilia Fresnedo anda detrás de mí para interrogarme. Dudo mucho de que mañana logre escurrir el bulto.

—Me parece que hoy no podrá ser, Narciso. He dormido fatal y, con la terrible jaqueca que padezco, no estoy en mi mejor momento. Si quieres, salimos a dar un paseo y a tomar unas copas hasta la hora de tu cita con el abogado —Cayetana trataba de hacerse la remolona, aunque disimulaba bastante mal, puesto que ardía en deseos de revolcarse en la cama con el hombre que en esos momentos la desnudaba con los ojos.

—Esnifa y luego ya se verá.

La mujer agarró uno de los canutos e inhaló la ración de farlopa que Narciso había separado para ella. Tras concederse unos segundos de margen con el fin de que la sustancia hiciese efecto, persuadida de que sus neuronas se habían tonificado instantáneamente, enunció lo que hervía en sus entrañas desde hacía bastantes horas.

—Dicen que el asesino de los viejos abrió los dos cerrojos con unas llaves, o lo que es lo mismo, que no forzó las cerraduras de la vivienda, tal vez porque pertenecía al círculo familiar. También se comenta que se llevó bastante dinero de la casa y unas cuantas joyas muy valiosas. Lástima que el tipo cometiera el error de no echar los pestillos de las dos cerraduras cuando se marchó. —Cayetana Gil sondeó los ojos de Narciso.

—¿Por qué dices *lástima*? ¿Acaso te parece bien que mataran a mis tíos?

—Me alegra de que no cogieran al autor del doble asesinato. —Narciso Franco simuló que se indignaba por el comentario de la mujer, aunque esta vez no estuvo muy afortunado en su escenificación—. No finjas lo que no sientes, Narciso. Repito: me alegro de que no hayan capturado al asesino. Yo sé lo que me digo. Continúo. He afirmado que fue una lástima porque así despertó las sospechas de los investigadores. Sin este grave despiste, quizá la Policía habría dado carpetazo al caso, uno más de violencia de género. El viejo mata a la mujer y luego se quita la vida. Otro crimen machista que añadir a la larga lista de casos de los últimos meses. Y ahí no acaba la historia, ya que se rumorea que el asesino cometió algún error más de bulto.

Narciso Franco taladró los ojos de su amante ocasional, como si el comentario de ésta hubiese abierto en su entramado neuronal la senda que conducía a los superpoblados dominios de la obviedad. Sabía que la Policía no acababa de creerse que el viejo matase a su mujer y después se suicidara; ahora entendía el motivo que había acrecentado los recelos de los investigadores. ¿Cómo había sido tan necio? De noche, Jacobo y Leonor, medrosos, siempre adoptaban precauciones; entonces, ¿por qué la Policía no se encontró con los dobles pestillos de la vivienda echados? Obviamente, porque al asaltante, en su huida precipitada, se le había olvidado dejar las cerraduras como las encontró. Además, seguro que Cecilia Fresnedo y los suyos ahora centraban sus pesquisas en el entorno de las víctimas, principalmente en las personas que tuviesen llave del piso de los ancianos. De ahí que hubiesen hablado largo y tendido con Yolanda después de no poder establecer contacto con él.

—¿En qué piensas, Narciso? ¿En el asesino?

—En mis cosas. ¿Qué me estabas contando?

—Te decía que, según publica en su blog Paula Casado citando fuentes de la investigación, al ejecutar su más que probable plan improvisado (la Policía considera que no entró en la casa con la intención de matar, sino de robar), el asesino cometió otra pifia.

—¿Cuál?

—Que, al no percatarse de que el viejo era zurdo, puso el arma mortífera en la mano derecha de la víctima para dejar sus huellas en el mango. La mano izquierda del anciano no aferró el cuchillo en ningún momento… ¿Qué te ocurre?

Si tuviese un espejo delante de él, Narciso sabría a qué se refería Cayetana: su rostro había adquirido una tonalidad lechal, como la de un cadáver, acaso como la de un asesino pillado 'in fraganti'.

—¿Por qué lo preguntas?

—¡Estás blanco! ¿Te sientes mal?

—Serán los efectos de la cocaína; he esnifado demasiada.

—De la cocaína y de algo más.

—¿A qué te refieres?

—Lo sabes muy bien.

Narciso Franco, alertado por las enigmáticas e inquietantes palabras de Cayetana, sostuvo la mirada penetrante de la mujer durante unos segundos y, en sus pupilas, sólo distinguió la lascivia, seguramente un reflejo de la suya, ni rastro de desprecio o rechazo; si sospechaba algo de él, no parecía afectar a su libido, acaso porque, en su escala de valores, el placer estaba muy por encima de la moral. El hombre, más calmado respecto a su seguridad y más acelerado si cabe en lo concerniente al sexo, se aproximó a su enamorada, la contempló unos segundos con los ojos encendidos y, en un movimiento brusco, le quitó el camisón. Cayetana, fulminada la jaqueca por el subidón de adrenalina, sonrió para sus adentros mientras se dejaba manosear entre suspiros. Este hombre, aunque fuese un asesino, no se le escaparía jamás. La trasladaba a la cima del placer.

## 20

## UN HOMBRE IMPASIBLE

Cecilia Fresnedo y Borja Castillo se personaron el viernes, a las nueve de la mañana, en la sede central en Metrópoli del banco *El Ahorro Seguro*. Preguntaron por el subdirector a un hombre trajeado y orondo, de unos cuarenta años, quien, con el ceño fruncido y la calva barnizada de sudor, examinaba un chisme electrónico delante de una mesa situada a la derecha de la puerta de entrada, en un cubil que hacía las veces de despacho.

—¿De parte de quién? —preguntó de manera abrupta, sin mostrar ni una pizca de amabilidad, como si la amabilidad suya la subastase al mejor postor, preferentemente a clientes con pinta de acaudalados. Cecilia, suspicaz, se imaginó que la noche anterior la mujer del andoba lo había mantenido a raya, o acaso, harta de sus sinsorgas caricias, lo había mandado a freír espárragos.

—Infórmele de que están aquí Cecilia Fresnedo y Borja Castillo, tal vez nos conozca de oídas.

—¿Y si no los conoce?

—Entonces, les dice que somos de la Brigada contra el Crimen. Y apresúrese que nuestro tiempo vale más que el oro. Un asesino al menos anda suelto por las calles de Metrópoli, o, vaya usted a saber, quizá ahora sestee repantigado en un despacho.

El hombre se incorporó y dirigió una mirada aviesa a Fresnedo antes de encaminarse a grandes zancadas al despacho del subdirector de la entidad, de donde regresó a los pocos segundos con una sonrisa congelada en la boca. El malhumor se le había volatilizado.

—Síganme.

Narciso Franco, con el pelo engominado y el cuerpo envuelto en una intensa fragancia a pino, les recibió de pie en medio de la pieza; la mitad de su rostro broncíneo era iluminada por el rayo de sol que se colaba entre las lamas entreabiertas de la persiana que cubría un amplio ventanal.

—Buenos días —saludó con voz jovial tendiendo la mano a los dos policías.

Cecilia sintió un escalofrío al notar el contacto de la piel del hombre. Estaba fría como el témpano, lo cual contrastaba con el cálido recibimiento. La subinspectora aguzó los sentidos. Si la casualidad le tenía dispuesto algo importante para la resolución del caso, no quería desperdiciar el regalo.

—Esperaba su visita, ya me dijo mi mujer que querían hablar conmigo. Es lógico. Soy el único sobrino que tenían mis tíos, además, también era su ahijado. De cualquier forma, hubiese sido un detalle por su parte que me hubiesen avisado antes. No me hace demasiada gracia atenderles en mi lugar de trabajo.

—Hubiésemos deseado hacerlo antes y en otro sitio más familiar, pero no ha habido manera de contactar telefónicamente con usted. Tampoco nos ha devuelto la llamada. Así que aquí estamos.

—Tenía el teléfono móvil sin sonido, se me olvidó activarlo después de concluir la jornada laboral. Ustedes dirán.

Cecilia, como era habitual en ella, no se anduvo por las ramas y fue directa a la raíz del asunto.

—Vayamos con lo primordial. ¿Dónde estuvo usted la noche del martes al miércoles?

Narciso Franco acusó el golpe dialéctico propinado en frío por Cecilia, ya que la sonrisa se le volatilizó en un santiamén; evidentemente, no esperaba que a las primeras de cambio la subinspectora le planteara una pregunta de ese tenor.

—¿A qué hora exactamente? —preguntó mientras se inoculaba uno de sus mantras predilectos: "Sólo tú tienes poder para alterarte, el otro no".

—Por la noche, desde que oscurece en el exterior hasta que el sueño apaga el bullicio de su interior.

—Fui a los multicines *Raíces Profundas* a ver *El instante más oscuro* a la sesión de ocho y media de la tarde, y regresé a casa alrededor de las once —mintió Narciso.

—A las once... Y, poco después, se metió en la cama, ¿no?

—Pues no. Tomé una cena frugal y vi el capítulo de una teleserie apasionante, *House of Cards.* Si no la han visto, se la recomiendo. La intriga es absorbente. Además, no carece de escenas tórridas.

—No estamos ahora para teleseries. Bastante intriga tenemos en la vida real, y en lo que concierne a las escenas tórridas, preferimos ser protagonistas de ellas que limitarnos a ser meros espectadores. ¿Vio la teleserie en compañía de su mujer?

—Sí. Después me fui a la cama; ella se quedó todavía un rato viendo la tele.

—Se fue al lecho conyugal, claro —Cecilia perseveró en la onda irónica, intuyó que era lo que el personaje requería.

—Pues no. Yo me acuesto en la cama de la habitación de invitados, es mi mujer la que duerme en el lecho conyugal. Últimamente dormimos en camas separadas. Tenemos algunas diferencias las cuales confío en que pronto seremos capaces de resolver.

—Sí, su mujer nos habló de ello, como me supongo que le habrá puesto al corriente.

—No me dio muchos detalles de la conversación mantenida ayer con dos policías... Eran dos hombres, por lo que usted —Narciso miró fijamente a Cecilia, ésta le sostuvo la mirada— obviamente no participó en la charla.

—No, pero me han transmitido con tanto detalle su contenido, que es como si hubiese estado presente en ella. Los miembros de la Brigada contra el Crimen de Metrópoli formamos un equipo bien avenido, por eso somos tan eficaces. De ahí que, en el inframundo donde se fraguan los crímenes, entre palpitaciones clamorosas, nos llamen el terror de los asesinos —Borja esbozó una sonrisa al escuchar las últimas palabras de la subinspectora.

—Su fama les precede —Franco, en vista del panorama tenebroso que empezaba a perfilar en su imaginación, recurrió a la adulación.

Cecilia Fresnedo carraspeó y se rascó la barbilla, la señal que invitaba a Borja a formar parte del interrogatorio. Éste no se hizo de rogar.

—¿A qué hora se metió en la cama, señor Franco?

—Poco después de la medianoche.

—Y durmió como un lirón, ¿no?

—Leí durante unos pocos minutos y luego sólo sé que me dormí. Ojalá pudiera referirles alguno de los sueños que seguramente tuve; lamento no recordar ninguno.

Cecilia Fresnedo entró de nuevo en acción, sorprendiendo una vez más al subdirector de *El Ahorro Seguro*, quien esperaba que continuase el interrogatorio el agente.

—¿Estuvo recientemente su tío Jacobo en el banco?

—Sí, el mismo día de su fallecimiento.

—De su asesinato —puntualizó Borja.

—¿Para qué? —inquirió Cecilia.

—Para retirar una suma de dinero que días atrás nos había encargado que tuviéramos preparada para esa fecha.

—¿A cuánto ascendía la suma?

—A setenta y cinco mil euros.

—¿En efectivo?

—Se empeñó en que lo quería en dinero contante y sonante. Me dijo que lo iba a repartir entre sus dos hijos, o sea, mis primos Natalia y Marcos.

—¿Sólo extrajo dinero?

—¿A qué se refiere?

—El banco dispone de cajas de seguridad para los clientes especiales.

—Sí, pero ignoro si mi tío retiró algo de su caja de seguridad.

—O sea, que tenía una caja.

—En efecto. Me supongo que lo sabrán sus hijos. ¿No les han dicho nada?

Los policías hicieron caso omiso a la pregunta.

—¿Podemos ver su contenido? —inquirió Cecilia, sabedora de que acababa de pedir un imposible.

—Para eso necesitamos la autorización de los hijos.

—¿Qué cree que sucedió en la casa de sus tíos? ¿Considera verosímil que Jacobo Irízar matara a su mujer?

Narciso Franco vaciló un par de segundos antes de responder. Si la Policía considerase que en la casa de sus tíos se había registrado un lamentable episodio de violencia machista, no sería él quien desmentiría este extremo; pero, como parecía que Fresnedo y su equipo estaban convencidos de que los Irízar Puente habían sido asesinados, él, para no despertar recelos, se apuntó a esta tesis.

—Sólo en el caso de que mi tío Jacobo fuese víctima de una enajenación mental transitoria, o bien mi tía padeciese alguna enfermedad irreversible, y esta segunda posibilidad también me extrañaría. El tío Jacobo era muy creyente.

—¿Quién pudo matarlos?

—Un ladrón sin alma —Narciso Franco pronunció esta frase como si dijera que el sol se pone por el Oeste, sin pestañear siquiera.

—Y con bastante cabeza porque, por lo visto, el asesino sabía que en la casa había mucho dinero contante y sonante, y también joyas.

—Mis tíos tenían una posición acomodada, como, en mayor o menor grado, los vecinos que residen en la calle de la Mansedumbre, en su mayoría mortales nacidos con varias bandejas de pasteles entre las manos. El ladrón que irrumpe en una de esas viviendas sabe con certeza que podrá llevarse un buen botín. O sea, que va a tiro hecho.

—¿Ese eventual ladrón también estaba al corriente de que justo en la casa en la que entró se toparía con decenas de miles de euros en efectivo, como al parecer tenían sus padrinos? No arrambló con los objetos de valor, bueno, sí, quizá se llevó unas cuantas joyas. Aunque me he referido al ladrón, podrían haber participado en el robo y en los asesinatos dos o más personas. Podrían. Condicional, aunque yo apuesto a que sólo hubo un asesino, y no fue su tío.

Narciso Franco consultó el reloj dando muestras de impaciencia.

—Ojalá pudiera facilitarles alguna información valiosa que encauzara sus pesquisas, pero me temo que no puedo aportarles nada más. Ahora toca ocuparme de mis obligaciones laborales.

—Nos ha aportado mucho, señor Franco. Gracias.

Cecilia Fresnedo se incorporó; Borja Castillo hizo lo propio.

—Nos volveremos a ver —dijo la subinspectora sosteniendo la mirada inconmovible de Narciso Franco.

En cuanto se alejaron unos metros de la sede de *El Ahorro Seguro*, Cecilia le preguntó a Borja por la impresión que le había causado el subdirector de la entidad.

—Ese hombre hace honor a su nombre; está encantado de conocerse y se da demasiadas ínfulas. ¿Qué piensas tú?

—Me transmite malas vibraciones —dijo Cecilia—. Ahora bien, en principio esta antipatía se debe a que individuos así, tan prepotentes, siempre me han producido bastante aversión.

—Es un vividor, se le nota a la legua. Dudo de que un sujeto de semejante calaña sea capaz de manchar sus manos de sangre. La sangre de sus padrinos.

—De momento es uno de nuestros sospechosos.

—Tiene la coartada de su mujer.

—Esa mujer, por lo que me ha contado Pelayo, sería capaz de decir cualquier cosa por librar a su marido de la cárcel. Está coladita por él.

—No me imagino al subdirector de la sede central de *El Ahorro Seguro* empuñando un arma y entrando en la casa de sus padrinos a acuchillarles —dijo Borja Castillo en tono lánguido, como si la falta de pruebas consistentes empezase a hacer mella en su faceta de investigador.

—Yo, en cambio, sí que me lo imagino. Cuando los seres

humanos meten sus zarpas en algún asunto, soy capaz de imaginarme cualquier cosa. La bestia duerme en nuestras entretelas, un sueño que por desgracia no es eterno.

# 21

## LO QUE VIO CAYETANA LA NOCHE DEL CRIMEN

Desquiciada por el silencio prolongado de Narciso Franco (no le respondía al teléfono ni a sus repetidos mensajes por *WhatsApp*), Cayetana Gil, días atrás, vestida de manera discreta, con un paraguas bajo el brazo y calzada con unas botas sin plataforma, algo insólito en ella que siempre iba *entaconada*, decidió plantarse en las cercanías de la sede del banco *El Ahorro Seguro*, a primeras horas de la tarde, y seguir a Narciso Franco de matute durante el tiempo que hiciera falta para averiguar lo que se traía entre manos. Sospechaba que el hombre se había echado una nueva amante, lo cual explicaría el ninguneo a que la sometía últimamente.

El martes, 2 de noviembre, un día frío y pasado por agua, a las tres de la tarde, Cayetana Gil ya estaba sentada a una mesa de la cafetería *Sabor negro*, junto a un ventanal, al otro lado de la calzada de *El Ahorro Seguro*, en la calle de Las Leyendas, esperando a que concluyera su jornada laboral el hombre del que estaba locamente enamorada. Locamente, sí, porque su proceder no era demasiado cuerdo; desde que, hacía cuatro meses, le presentaron a Narciso, unas horas antes de acostarse con él por primera vez, Cayetana Gil trabajaba con cuentagotas; únicamente se citaba con los tres clientes que más le pagaban por sus servicios: un veterano banquero, el presidente provincial del Partido Conservador y el rector de la Universidad Pública Metropolitana, militante progresista; a los otros les había mandado a hacer puñetas. Sólo pensaba en Narciso, en sus músculos, en su atlético cuerpo generosamente dotado, en sus caricias, en su manera abrupta, en ocasiones autoritaria, de hacerle el amor. Estaba obsesionada con él, de ahí que, en su estado de apasionado enamoramiento, le produjera repelús ofrecerse a sus tres clientes. Soportaba con estoicismo que la penetraran estos sujetos porque, a efectos de mantener su ritmo de vida, necesitaba los casi cuatro mil euros que obtenía mensualmente de los tres (a mil trescientos por cabeza por dos servicios a cada uno), porque, si no, también hubiera prescindido de ellos. Ser trabajadora sexual estando enamorada sí que se le antojaba un sacrificio de proporciones épicas; meses atrás, sin amor, vender su cuerpo incluso le parecía una ocupación menos ingrata que vender su mente; pero, con un hombre en su vida, y qué hombre, desnudarse y someterse a los respectivos caprichos carnales del banquero, el político y el rector, le revolvía las entrañas.

Varios minutos después de lo habitual, a las 15.25, Narciso salió por la puerta principal de *El Ahorro Seguro*, como si hubiese aguardado a que remitiera la lluvia. Cayetana confiaba en que se dirigiera a pie a su domicilio, en la calle de las Guirnaldas, a unos centenares de metros, pero el hombre, para sorpresa de la mujer, entró en el restaurante *En su punto*, en la Avenida del Buen Ladrón, probablemente a almorzar. La mujer, armada de paciencia, se ubicó tras la esquina de un edificio colindante, a esperar con paciencia a que Narciso terminara de comer. Acabó mucho antes de lo que ella preveía. A los cuarenta y cinco minutos, el subdirector de *El Ahorro Seguro* tomó la dirección de la calle de Las Guirnaldas y se introdujo en el portal de su domicilio. Cayetana supuso que no tardaría mucho en salir. Narciso no era uno de esos hombres que, antes de las cinco de la tarde, se recluye entre cuatro paredes a recuperar fuerzas y a invertir su tiempo y sus energías en dispensar afectos familiares. Los asuntos que ocupaban su atención se encontraban allende el hogar.

No se equivocó Cayetana en sus elucubraciones. Volvía a caer una ligera lluvia y Narciso, embutido en una gabardina negra y con una mochila a la espalda, algo insólito en él, que siempre iba trajeado y con un cartapacio en la mano, emergió del portal a las 19,20 y se encaminó justo en la dirección de Cayetana, quien permanecía recostada contra la fachada de una tienda de ropa, en la esquina de la calle Aleluya. La mujer, rauda, abrió un paraguas y fingió que contemplaba el escaparate del comercio. Cuando Narciso pasó por delante de ella sin reparar en su presencia, Cayetana dejó que se alejara unos metros antes de seguirle. El hombre no parecía tener prisa, como si deambulara aguardando a que el reloj hiciese su trabajo y le instara a que acudiese a alguna cita. ¿Con quién? ¿Con otra amante?

Después de tomar un piscolabis en la taberna *El gusto por la sorpresa*, en la calle Manolo Escobar, se dirigió a los multicines *Raíces Profundas*. Cayetana, a unos pocos metros de Narciso, se situó en la cola de la taquilla, detrás de una pareja de ancianos, lo suficientemente cerca para oír el número de la sala para la que había pedido entrada el sujeto de sus deseos, la 6, la que proyectaba la película *El instante más oscuro*, inspirada en los trascendentales momentos vividos por Gran Bretaña en general y Winston Churchill en particular durante la II Guerra Mundial.

Había muy poca gente en la sala, la cual permanecía en penumbra mientras emitían los avances de los próximos estrenos. Cayetana se sentó tres filas más atrás del subdirector de la sede metropolitana de *El Ahorro Seguro*, al otro lado del pasillo, en la butaca del extremo, desde donde disponía de una vista en diagonal del hombre.

La sesión terminó a las 22.30, y Cayetana, antes de que se encendieran las luces, se encogió en el asiento frotándose los ojos con objeto de no ser reconocida. Franco se dirigió a la salida sin fijarse en nadie en particular. Lo que ocupaba su atención era lo que ocurría dentro de su cráneo, no fuera.

Al aire libre, luego de caminar un centenar de metros bajo la lluvia, Narciso entró en la cafetería *El Pirulí*, en tanto Cayetana se ubicaba en la acera de enfrente, en un soportal. Estaba intrigada por el proceder de su hombre. ¿Qué estaría tramando? Porque daba la impresión de que se demoraba en degustar el café, evidentemente a la espera de que llegase una hora determinada. Como transcurrían los minutos y Narciso seguía dentro de *El Pirulí*, Cayetana, que se estaba quedando destemplada, optó por entrar en un bar contiguo al soportal, en donde, delante de una cerveza, se sentó junto a la ventana desde la que divisaba lateralmente *El Pirulí.* Desde allí llamó por teléfono varias veces a Narciso sin que éste se dignase en contestar. La prueba inequívoca de que el subdirector de *El Ahorro Seguro* estaba concentrado en algún asunto que le importaba más que ella; Cayetana se temió que el asunto tuviese nombre de mujer.

Discurrían los minutos, y Narciso Franco no daba muestras de inquietud, como si supiera dónde tenía que ir y a qué hora debía hacerlo. Cayetana, embargada por una creciente curiosidad, no se impacientó. Se había propuesto averiguar qué maquinaba su amante, y no volvería a casa hasta que lo supiera. Como se reuniera con una *pendona*, como lo hiciese…

Ocho minutos después de la medianoche, Narciso salió de la cafetería, se enfundó las manos en unos guantes de lana, consultó su reloj y aceleró el paso desplazándose bajo los alerones de los edificios para protegerse de la lluvia que arreciaba. "La primera vez que lo veo con guantes. Como se le ocurra coger un taxi, estoy perdida", se dijo la Gil desde la acera del otro lado de la calzada, oculta bajo el paraguas. Pero el hombre no tenía intención de coger ningún taxi. Además, no iba demasiado lejos. Se dirigía al número 6 de la calle de la Mansedumbre. "¿Quién vivirá ahí? ¿La zorra de su amante? Qué hora más extraña para reunirse con ella". Cayetana vio el cielo abierto cuando se percató de que algún vecino, al otro lado de la calzada, había dejado entreabierta la puerta del portal número 9, situado frente al número 6, en el cual había entrado Narciso. Miró el reloj. Habían pasado dieciocho minutos de la medianoche. En el zaguán del portal esperaría dos horas más, y, si para entonces, Narciso no había salido, llamaría un taxi y se iría a casa. Y, en efecto, tomó un taxi, a las dos y quince minutos, después de que el hombre saliera del portal número 6 y se alejara a grandes zancadas, como si lo persiguiera el diablo. Imposible seguir sus pasos a ese ritmo. Además, Cayetana supuso que se dirigía a su domicilio. Por la acera, se aproximaba hacia ella un anciano arrastrado por un imponente dogo de color blanco. Cayetana atravesó rauda la calzada. Al llegar al otro lado, en el bordillo de la acera, mientras el perro, jadeante, la miraba de reojo, la mujer llamó un taxi. Qué noche. No la olvidaría jamás, aunque en ese momento ella ignoraba que, aunque se lo propusiera, no habría podido olvidarla.

## 22

## EL REGALO DE FELIPE CASTAÑOS

A primeras horas de la tarde del viernes, 5 de noviembre, Cecilia Fresnedo mandó por *WhatsApp* a Felipe Castaños, el taxista que hacía las veces de corresponsal de la Policía en los bajos fondos, el mensaje acordado entre ellos (“*Paella en el ocaso”)* para verse en el Parque de los Atardeceres, a ser posible antes de las seis de la tarde, añadió, ya que la subinspectora y sus subordinados tenían intención de asistir al funeral en honor de Jacobo Irízar y Leonor Puente que se oficiaría en la Catedral del Buen Pastor una hora después. Felipe le respondió de inmediato: “Estaré allí dentro de treinta minutos como máximo, en cuanto deje a un cliente en su destino”.

Veintiocho minutos más tarde, el taxi de Felipe Castaños se detuvo en doble fila a unos metros de los columpios del Parque de los Atardeceres. Al cabo de unos segundos, Cecilia Fresnedo, con el pelo recogido en una coleta —sólo se lo soltaba cuando asistía a algún festejo— y su clásica indumentaria laboral: jersey de lana, pantalón vaquero y chaquetón provisto de una caperuza, quien pareció surgir de la nada, abrió la puerta del copiloto y subió al coche. Se saludaron con un par de besos y múltiples sonrisas. Llevaban semanas sin verse. En el vehículo, Mozart, el compositor predilecto de Cecilia, regalaba a los oídos sensibles su *Sonata para Piano 11*.

—Toma, Felipe —la subinspectora tendió un libro al taxista, un lector empedernido desde que Telmo Corrales empezara a nutrir su debilucho hábito—, un regalo. Te gustará mucho. Es una novela muy emotiva. Un homenaje a las mujeres que hacen honor a su condición de madres. Gracias por recibirme con mi música favorita, también la de Telmo Corrales, él fue el que me descubrió el paraíso sonoro de Mozart.

Felipe ojeó el título del libro: *Por favor, cuida de mamá,* de Shin Kyong Sook.

—Qué amable eres. Empezaré a leerlo esta misma noche. ¿En qué puedo ayudarte, Cecilia?

—¿No te lo imaginas?

—Me lo imaginé hace unos días.

—Y no has averiguado nada, ¿verdad?

—Poca cosa. A última hora de la tarde curiosearé en un par de bares más del barrio de la Misericordia para ver si me entero de algo. Hasta la fecha, mis indagaciones, discretas como siempre, no han cuajado. Como nadie sabe nada sobre la muerte de los dos viejos, deduzco que no se trata de un doble asesinato por encargo. De otro modo, estoy seguro de que habría captado algún comentario al respecto. En los andurriales de la Misericordia, la especie que más abunda es la del lenguaraz.

La subinspectora informó a Castaños de que, tras las pesquisas realizadas, estaba en condiciones de asegurar que a los dos ancianos los mató un asesino sobrevenido, o sea, un novato en el diabólico arte de matar, quien, paradójicamente, actuó con una pasmosa sangre fría, como si matar no le produjera la aversión que siempre había imaginado.

—El asesino accedió a la vivienda tal y como lo hubiera hecho el huésped de una pensión, con sus propias llaves, y como huésped se marchó, ya que se le olvidó dejar la puerta tal cual la había encontrado, con las dos cerraduras echadas con doble pestillo. Un error de bulto porque cercenó la posibilidad de que, en primera instancia, hubiésemos concedido verosimilitud al relato sin palabras que el criminal pretendía contarnos, o sea, que el viejo mató a la mujer antes de quitarse la vida. Pero no fue el único error que cometió, ya que el anciano, que era zurdo, presentaba unos cortes más profundos en la muñeca izquierda, lo cual sugiere que fue el criminal quien le cortó las venas. Tú, por si acaso, aguza los sentidos en la Misericordia. Aunque el doble crimen, por los dislates expuestos, tiene toda la pinta de que no lo ha perpetrado un profesional de la matanza, podríamos estar equivocados en nuestras presunciones y, en contra de lo que parece, algún sujeto perverso contratase a un asesino a sueldo para eliminar a los viejos, lo cual se antoja bastante improbable ya que el asesino de los viejos actuó de forma chapucera.

—No te preocupes, Cecilia. Entre carrera y carrera, siempre estoy atento a las novedades que se producen en el barrio, ahora con mayor motivo.

—Vayamos con el otro lado de la vida, el de colorines: ¿Cómo está Ángela?

—De maravilla. Cada día nos queremos más. Contrariamente a lo que afirman algunos sesudos psicólogos, el amor, si es amor verdadero, no decrece con el paso del tiempo. Si me hubiesen dicho hace unos años, hundido en el pozo sin fondo de la melancolía, que la felicidad me estaba aguardando a la vuelta de un par de calendarios, habría tomado al informador por un capcioso que se mofaba del sufrimiento del otro. Qué vueltas da la vida, Cecilia. Lo que es blanco hoy, mañana es negro; el triunfo de ahora desemboca en el fracaso de después, y el fracaso de después a veces se transforma en el triunfo del después de después; el desamor del presente se convierte en el amor del futuro y viceversa… En fin, que, pase lo que pase, hay que mantener viva la esperanza.

—Nunca hay que perderla, Felipe. Si te hubiera conocido hoy, te echaría varios años menos de los que sé que tienes. La edad es un timo. Uno aparenta los años que señalan sus ganas de vivir. Y las ganas se multiplican con la alegría que proporciona el amor.

El taxista se ruborizó, como si le diese apuro ser tan dichoso. Era amado por Ángela y la Policía valoraba su trabajo.

—Incluso he perdido los diez kilos que me sobraban, y eso que no sigo ningún régimen.

—Qué feliz me hace tu felicidad, Felipe… Te dejo, he de ir al funeral de los dos ancianos. Si no nos vemos antes, hasta el sábado día 13, el día de mi boda, en la parroquia del Carmelo.

—En una iglesia.

—En una iglesia, sí. Pelayo lo quería así, y, después de meditarlo mucho, he decidido que es lo mejor; no me cuesta nada, y a los padres de Pelayo y a mi madre, católicos, los hago un poquito más felices.

—Claro que es lo mejor. Toma, Cecilia, con unos días de adelanto —Felipe extrajo un sobre del bolsillo interior de su chaquetón y se lo entregó a la subinspectora.

—¿Y esto?

—Mi regalo de bodas para ti y el gran Pelayo. Sé que te vendrá mejor que un adorno o un chisme electrónico.

—Eres un gran hombre, Felipe, con regalo y sin él…

—No lo abras ahora. Mejor, luego, cuando me marche. Si no, me pondré más colorado que un pimiento.

Cecilia, cumpliendo los deseos de Felipe, lo abrió inmediatamente después, en la misma acera, en cuanto el taxi se alejó unos metros. La mujer entendió entonces por qué el taxista no quería que rasgara el sobre en su presencia. Temía que ella se negara a aceptar una cantidad así: ¡800 euros! Felipe daba lo que tenía, no lo que le sobraba. Era un hombre de una generosidad superlativa.

## 23

## MIRADAS DE SOSLAYO EN LA CATEDRAL

El funeral en honor de Jacobo Irízar y Leonor Puente tuvo lugar el viernes, día 5 de noviembre, a las siete y media de la tarde, en la Catedral del Buen Pastor. Aunque se daba por hecho que, entre deudos, amigos de las víctimas, conocidos, periodistas y curiosos en general, el templo estaría atestado, no se cumplieron las expectativas, ya que muchos metropolitanos aparentemente respetables, influidos por la posibilidad de que Jacobo Irízar hubiese matado a su mujer, Leonor Puente, antes de quitarse la vida, o sea que, en contra de lo que opinaba la Policía, la prensa amarillista tuviese razón y se tratara de un caso de violencia de género, prefirieron no exponerse a la mirada escrutadora del otro. Su ausencia podría atribuirse a causas múltiples: enfermedad, compromisos laborales, viaje súbito, etcétera; sin embargo, la presencia se explicaba por sí misma. De este modo, cuando el diácono del obispo (el prelado se recuperaba de una operación de apendicitis), el sacerdote Anastasio Mantecón, se aprestaba a pronunciar la homilía, en la visión panorámica que disponía desde el púlpito, unos cuantos centímetros por encima del altar, no pudo evitar reproducir un gesto de sorpresa cuando distinguió los huecos que había en los bancos corridos alineados en la nave central. Jacobo Irízar y Leonor Puente, según el padre Mantecón, no habían recibido de sus conciudadanos lo que su admirable proceder a lo largo de los años, dinero negro al margen, se merecía. Los metropolitanos habían dado la espalda a unos cristianos en apariencia modélicos. A Anastasio Mantecón le sobrevino una irritación instantánea, la cual le hizo variar el sesgo de su discurso; optó por dejar la compasión y la esperanza para una ocasión más propicia, y sembró su alocución de invectivas contra la falta de fe y la arbitrariedad que imperaban en el primer mundo en general y en Metrópoli en particular. Algunos de los circunstantes, con carraspeos continuos, cuchicheos y miradas esquinadas, hicieron patente su malestar por el demoledor tono acusatorio que impregnaba el sermón del oficiante. Se habían dado por aludidos.

No obstante, y a despecho de las ausencias, algunas significativas, en la Catedral del Buen Pastor se congregó bastante público y no tantos fieles. En las primeras filas, como es preceptivo en estos casos, se situaron los familiares de los difuntos: los hijos, Natalia y Marcos, y sus respectivas parejas, Gabriela Heras y Diana Valcárcel; la nieta, Rocío; el padre de ésta, Lucas Rivas, quien iba acompañado de una escultural mujer bastante más joven que él: Almudena Lucero, modelo de profesión; la hermana de Leonor, Trinidad Puente; el hijo de ésta, Narciso Franco y su cónyuge, la afamada peluquera Yolanda Trigueros. Asimismo, en las dos primeras filas, figuraban otras personas, parientes de los difuntos, todas ellas, con rictus taciturno. En la tercera y cuarta filas, se situaron las autoridades, entre otros: la alcaldesa Teresa Martos, felizmente encinta a sus cuarenta y tantos años, y su marido, el comisario jefe de la Comisaría Central, Nicolás Arias, y algunos concejales y dirigentes del Partido Conservador, del que los fallecidos eran militantes desde hacía décadas.

Cecilia Fresnedo y los miembros de su equipo se ubicaron, por parejas, a ambos lados del pasillo central, en la quinta y en la sexta filas, más atentos a los gestos y a la compostura de algunos asistentes que a lo que acontecía en el altar. A Cecilia le llamó la atención una vez más cómo varios de los presentes, parientes unos y destacados políticos otros, estaban más pendientes de sus teléfonos móviles que de la liturgia. También captó algunas miradas de soslayo muy significativas, como las que dirigía a ráfagas Narciso Franco a una de las mujeres enlutadas de la fila delantera. Asimismo se fijó en cómo Gabriela Heras observaba con una expresión que denotaba perplejidad al subdirector de *El Ahorro Seguro*. ¿Sería éste un antiguo amante de aquélla?

A la salida del oficio, una turba de periodistas, con Paula Casado a la cabeza, micrófonos en ristre, se abalanzó sobre los hijos de los difuntos, quienes fueron cercados en un rincón del atrio.

—¿Mató vuestro padre a vuestra madre? —preguntó, sin ni siquiera pestañear, Santiago Bustos, el especialista en sucesos de *La Primicia Metropolitana*.

Natalia, quien llevaba de la mano a su hija, se había propuesto no responder a ninguna cuestión que le planteasen, pero una pregunta así, tan calumniosa para su progenitor, resultaba ineludible.

—Mi padre, que sentía devoción por su esposa, fue asesinado por el mismo malnacido que arrebató la vida a mi madre.

Marcos Irízar, por su parte, se abrió camino entre la marabunta al grito de: "Déjenme en paz; no tengo nada que decir. Respeten nuestro dolor".

Los reporteros, al comprobar que de los hermanos Irízar Puente no extraerían ni siquiera un monosílabo más, capitaneados por Paula Casado, se dirigieron en tropel hacia el lugar donde se encontraban Cecilia Fresnedo y algunos miembros de su equipo.

La jefa interina de la Brigada contra el Crimen, sorprendiendo a propios y extraños, no les mandó a freír gárgaras como había hecho en recientes ocasiones, sino que se dispuso a responder al menos una pregunta. Es lo mínimo que podía hacer por los dos ancianos asesinados.

—¿Han cerrado el caso, o lo están investigando como un robo con doble asesinato? —preguntó un reportero con pinta de becario.

—Lo cerraremos cuando detengamos al culpable o culpables. Jacobo Irízar y Leonor Puente fueron asesinados. Anótenlo bien. Nada de violencia machista. A los ancianos los mataron, a los dos, sin suicidio de por medio.

—¿Quién?

—Un asesino.

—¿Están seguros de eso?

—Tan seguros como que en Metrópoli el rigor periodístico está a punto de extinguirse. Señoras, señores, no tengo más que declarar por el momento. Les convocaré cuando dispongamos de alguna novedad importante.

## 24

## CECILIA Y PELAYO VAN AL CINE

Cecilia Fresnedo y Pelayo Asensio, cuyo enlace matrimonial estaba fijado para el día 13 de noviembre, sábado, a las 12.30 del mediodía, en la parroquia del Carmelo, tenían un *pelín* desatendidos los planes de boda —a Dios gracias, los padres de Pelayo se estaban encargando de organizar el evento y de mandar las invitaciones pertinentes— debido al caso criminal en el que estaban inmersos. Incluso habían retrasado hasta el viernes, día 12, el comienzo de los días de permiso que les correspondían por su casamiento, alentados por la esperanza, más bien una quimera, de capturar al asesino antes de esa fecha. La preocupación de Pelayo iba incluso más allá, ya que veía capaz a su novia, la jefa interina de la Brigada contra el Crimen, de aplazar la boda 'sine die' en tanto no resolvieran el caso de los ancianos joyeros. Y aunque el enlace matrimonial se celebrase, lo que sin duda alguna quedaría en el alero sería el pacto al que habían llegado Cecilia y Pelayo de mantener separados los ámbitos profesional y privado ("En el trabajo dejamos al margen los pormenores domésticos, y en casa no decimos ni pío sobre los asuntos profesionales"), si para el día 13 el autor del doble crimen seguía suelto. Además, la dicha de la boda, por mucho que los novios se lo propusiesen, se resentiría por la amargura del eventual fracaso profesional. Resultaría imposible gozar a tope de la luna de miel sabiendo que, mientras tanto, el asesino de los Irízar Puente disfrutaba de su botín, quizás en el mismo Metrópoli, a unos pocos metros del lugar donde la pareja de policías había celebrado el festejo nupcial.

Cecilia Fresnedo, ante el deseo ferviente de Pelayo de casarse ante el altar, deseo que el novio lo sustentaba en el catolicismo que profesaban sus padres, había accedido a casarse por el rito eclesiástico. Total, a ella lo que le importaba era contraer matrimonio con Pelayo, la liturgia le resultaba indiferente. Como a Pelayo sí que le importaba, por eso transigió.

Los novios, además, de alguna manera iban a casarse increíblemente a la antigua usanza, cuando los contrayentes aseguraban ir inmaculados al altar. Lo aseguraban, sí, y algunos decían la verdad. En este caso, Cecilia y Pelayo ni eran vírgenes ni decían serlo, pero, por decisión de ella, se mantendrían incólumes el uno para el otro hasta que estuvieran casados. Llegaron en una ocasión a pasar la noche juntos, en la misma cama, si bien, pese a los besos y toqueteos, que los hubo en abundancia, por categórico deseo de Cecilia, los arrumacos se quedaron en la frontera de la consumación del acto sexual; Pelayo, más pasional que ella, volvió a la carga días más tarde, pero, cuando Cecilia se puso seria y le expresó sus razones inquebrantables, claudicó definitivamente: "De acuerdo, a la antigua usanza". Cecilia aducía que, así, puros el uno para el otro, que no sin mácula, a falta del fervor religioso de los cónyuges —Pelayo decía creer en algo, una fuerza universal, una energía imperecedera, algo así, aunque no practicaba ninguna religión—, el enlace de alguna forma adquiriría un aura sagrada. El amor alcanzaría su cénit en la noche de bodas, como mandaban los cánones de sus ancestros. Con semejantes argumentos, Pelayo también terminó abrazando la tesis de su novia, la cual, sostenida por otra persona, la habría calificado de retrógrada y anacrónica.

Como era sabido por amigos y compañeros de la pareja, Cecilia estuvo un tiempo enamoradísima de Telmo, sorda y ciega a los pertinaces y variados mensajes amorosos que le enviaba Pelayo, quien, para conseguir el beneplácito de su compañera, estaba dispuesto a hacer de la paciencia y la constancia sus principales virtudes. La tenacidad de Pelayo, unida a su bondad, no tardó en fructificar. Cuando la subinspectora se percató de que el corazón de Telmo Corrales latía lejos del suyo, tras una temporada taciturna, abrió sus sentidos a la vida que la rodeaba. Y la vida más cercana que tenía era la de Pelayo, quien estaba pendiente de ella a todas horas. Así fue cómo la mujer descubrió gradualmente la grandiosa grandeza de Pelayo. En los asuntos de pareja suelen producirse atracciones instantáneas que a veces conducen al amor, a veces solo; también existe el amor de fondo, el que no nació en un flechazo, sino que se fraguó día a día a base de una perseverancia inmune al desaliento. Este fue el caso de Pelayo Asensio, quien, sin decaer en su empeño, al cabo de un tiempo prudencial, se convirtió en el gran amor de Cecilia Fresnedo.

—Como no resolvamos el caso antes del día 13, vamos listos.

—Estamos a viernes, 5, todavía nos quedan unos cuantos días. Tengo el presentimiento, querido Pelayo, de que el asesino de Jacobo Irízar y Leonor Puente no asistirá a nuestra boda.

—Lógico. Seguro que no lo hemos invitado, y él, con buen criterio, optará por mantenerse lo más alejado posible de nosotros.

—No lo digo por eso. Presiento que lo prenderemos antes…

Sentados en las butacas de una de las salas de los multicines *Raíces Profundas*, antes del comienzo de la sesión nocturna de la película española *Campeones*, Pelayo, ebrio de dicha, besó a Cecilia en los labios, con su estilo peculiar, o sea, preñado de dulzura. Qué mujer la que pronto sería su mujer.

—Que así sea —susurró Pelayo cuando el beso de los besos dejó su impronta en el corazón de los dos enamorados.

## 25

## LA CERTEZA DE UNA MUJER

*Definitivamente, Narciso ha perdido la chaveta, o acaso es menos listo de lo que yo pensaba. Sólo a un zumbado se le ocurriría lanzarme esas miradas, cargadas de deseo, en el funeral por sus tíos, los tíos que él ha pasaportado al otro mundo. Se siente tan seguro de sí mismo, que no adopta ninguna precaución. Como siga así, no tardarán en echarle el lazo. Me supongo que, si llegase ese momento, me delataría. Iría listo el tío. Lo negaría todo. Sería mi palabra contra la suya porque carecería de pruebas que avalaran sus acusaciones. Además, yo tengo una coartada incontestable. La noche del doble crimen, me encontraba calentita en la cama, y bien que me encargué yo de que mi acompañante se percatara de que estaba junto a él. Qué cara puso cuando empecé a tocársela. Creía que estaba soñando con el paraíso. "No se trata de un sueño, bobo. Soy yo". "¿Qué te pasa?", me preguntó haciendo gala de su proverbial ingenuidad. "Pues que una también tiene sus necesidades". Y el tío se lo creyó. De cualquier modo, ahora sí que no me interesa mandarle a paseo, por unas cuantas razones. Además, yo jamás me he adaptado a vivir en soledad, y el cretino de Narciso, a pesar de que es un animal en la cama, no me conviene en absoluto. Desde que lo conozco, he albergado dudas sobre su personalidad, muy proclive a dar bandazos, probablemente provocados por su adicción a la cocaína. O sea, que se trata de un tipo que, al mar-*

*gen del sexo, resulta imprevisible, y que por lo tanto me genera inseguridad, justo lo contrario de lo que yo necesito. Además, después de la barbaridad que ha llevado cabo, me costaría Dios y ayuda ser toqueteada a diario por las manos de un hombre que ha sido capaz de asesinar a sus padrinos sin sentir después ni una migaja de remordimientos. Y por si estas fuesen pocas pegas, siempre tendríamos pendiendo sobre nuestras cabezas la amenaza de un nuevo hallazgo de la Policía en sus incansables pesquisas para resolver el caso. Dudo mucho de que la subinspectora Cecilia Fresnedo se dé por vencida. Esa no tiene pinta de claudicar. Y pensar que, pasado un tiempo prudencial, yo estaba dispuesta a divorciarme para emparejarme con este sujeto... De buena me he librado.*

## 26

## PUESTA EN COMÚN EN LA COMISARÍA

En una jornada tormentosa y fría, con los relámpagos estriando el cielo encapotado, Cecilia Fresnedo se reunió con los otros componentes de la Brigada contra el Crimen de Metrópoli: Pelayo Asensio, Borja Castillo y Roberto Lemos, el sábado, día 6 de noviembre, a las nueve y media de la mañana, en una sala de la Comisaría Central, para intercambiar impresiones sobre *el caso de los joyeros*, como así lo denominaban en algunos sectores de la prensa, a pesar de que Jacobo Irízar y Leonor Puente habían traspasado su joyería hacía casi tres lustros. Cecilia, siguiendo las enseñanzas de Telmo Corrales, con estas puestas en común esporádicas, confiaba en que la mezcolanza de las impresiones de cada integrante sumara mucho más que la adición de cada una de las partes, y así, al término de la reunión, la Brigada contra el Crimen de Metrópoli, en lo que concierne al caso del asesinato de la pareja de ancianos, estuviera bastante más cerca de percibir la verdad que se ocultaba entre los pliegues mendaces de la escurridiza realidad.

Cecilia, luego de informar de que en la casa de los fallecidos habían sido localizadas las tres copias de las llaves que teóricamente debía haber: las de los dos propietarios más las que les devolvió a éstos la hermana de Leonor hacía unos meses, y que los hijos tampoco habían echado a faltar las suyas, expresó, sin embargo, su convencimiento de que el crimen doble lo había perpetrado alguien del entorno familiar ("Las llaves pueden cogerse *prestadas* durante unas horas y devolverlas a su lugar de origen antes de que el propietario se percate de su desaparición”), y que, por consiguiente, descartaba la hipótesis de que el golpe lo hubiese cometido algún sujeto que no tuviese relación de parentesco con las víctimas.

—¿Totalmente descartada? —preguntó Borja cuyo rostro mostraba las secuelas del déficit de sueño que arrastraba en los últimos cuatro meses, desde el nacimiento de su hija Sandra.

—En lo que a mí respecta, sí. Por cierto, Borja, en cuanto terminemos, vete a casa y métete en la cama. ¿Te has visto en un espejo? Tus ojeras son muy elocuentes. Procura recuperar parte del sueño perdido… si la criatura te lo permite.

—Sí, me lo permitirá. Carolina se ha llevado a Sandra a casa de su madre. Yo me reuniré con ellas mañana.

—Perfecto, así el lunes estarás en perfectas condiciones. La ley y el orden en Metrópoli necesitan la aportación de un Borja Castillo con la mente despejada.

—Vendré en buenas condiciones el lunes, Cecilia.

—Pero no te esfuerces en dormir, porque entonces dormirás muy poco. El sueño viene cuando no se busca.

—Sin la niña en la casa, seguro que esta tarde me doy una buena soba. Con Sandra, tenemos Carolina y yo los sentidos siempre aguzados, como si temiéramos que, al cerrar los ojos, el bebé quedase al albur de los acontecimientos.

—A eso se llama pasión de padres. Sigamos con el trabajo. Os decía que estoy convencida de que el autor de las muertes de los dos ancianos es algún familiar o conocido de las víctimas. Es una certeza que el asesino no forzó las cerraduras, o sea, que o entró por sus propios medios o bien los Irízar Puente le franquearon el paso a las tantas de la noche, y sólo se le abre la puerta de casa a tales horas a una persona que inspira confianza. Sabemos asimismo que Jacobo Irízar retiró una fuerte suma de dinero ese mismo día de sus cuentas de *El Ahorro Seguro*, lo cual refuerza nuestra tesis. El ladrón asesino sabía que en la casa había mucha pasta.

—Los ancianos, además de dinero, poseían dos casas de bastante valor, la de Metrópoli y el adosado que poseían en Ibiza —apuntó Roberto Lemos.

—En efecto. Y se habla de joyas y también de un seguro de vida por un buen pellizco, aunque parece que los hijos desconocían la existencia de la póliza suscrita por el padre hace ya unos años.

—En definitiva, que los herederos, económicamente, quedarán bien servidos.

—Abundando en la tesis de que el doble crimen lo llevó a cabo un familiar o conocido de las víctimas, sólo tenemos un dato que cuestiona esta opción. Me refiero a que el asesino se comportó como si desconociera que el viejo era zurdo, ya que dejó el cuchillo junto a la mano derecha de su víctima. Pretendía atribuir al anciano, antes de su suicidio, el crimen de la mujer, y los fallos cometidos, sobre todo éste, han echado a perder su propósito. Los fallos y el grito de 'socorro' desesperado que profirió el anciano cuando fue consciente de que su vida pendía de un hilo.

—Quizá el asesino sí sabía que Jacobo Irízar era zurdo —intervino Pelayo—, pero, obnubilado por la tensión del momento, no cayó en la cuenta.

—Me cuesta creer que un hijo no se percatara de ese detalle.

—Si al crimen impremeditado le sumamos que el criminal era un novato en estas lides —comentó Borja—, no me parece descabellado que, con la adrenalina en ebullición, se bloqueara y actuase con suma torpeza.

—De momento los dos hijos figurarán a la cabeza de nuestra lista de sospechosos. El problema que se nos presenta para reducir los integrantes de la lista estriba en que, a la hora aproximada en la cual se perpetró el doble crimen, entre la una y las dos de la noche, madrugada para algunos, todos los sospechosos declaran que estaban durmiendo o pugnando por dormirse.

—Y presumiblemente con sus respectivas parejas. Aunque las coartadas son bastante endebles, nos resultará muy complicado desmontarlas. A esas intempestivas horas, y más en un día laborable, el noventa por ciento de los metropolitanos están en la cama soñando con los angelitos… o, al menos, intentándolo porque, a veces, invocamos a los ángeles y responden a la llamada los diablos —apuntó Borja.

—Intentándolo si alguno de ellos, llamémosle el instigador, recurrió a los servicios de un asesino a sueldo, lo cual, aunque en principio resulte inverosímil, no debemos descartar del todo —matizó Fresnedo—. ¿Qué conclusiones sacasteis de vuestra entrevista con Yolanda Trigueros, la mujer del ahijado de las víctimas?

—¿No te ha informado Pelayo? —preguntó Roberto Lemos.

—Pelayo y yo tenemos por costumbre no mezclar los asuntos laborales con los privados. O lo que es lo mismo, cuando termina nuestra jornada laboral, desconectamos como policías. Al principio, cometimos algún desliz. Ahora cumplimos a rajatabla lo acordado. Además, todavía no vivimos juntos.

—Así es hasta ahora. A partir del día 13 nos resultará más complicado acatar esta norma —agregó Pelayo.

—Más complicado, más meritorio —concluyó Fresnedo—. Vayamos con la mujer de Narciso Franco.

—Yolanda Trigueros —explicó Roberto— es una mujer de armas tomar, elegante, sensual, con una personalidad muy acusada. No se cortó un pelo al hablar de su vida privada. Nos contó que Narciso Franco, el subdirector de *El Ahorro Seguro*, y ella atraviesan una etapa turbulenta en su relación. Por lo visto, él es propenso a frecuentar otras camas y, por si esto fuera poco, es un consumidor habitual de cocaína. La mujer, harta de su vida disipada, le ha puesto entre la espada y la pared. La noche de autos, la peluquera permaneció despierta hasta las dos aproximadamente, y asegura que su marido estaba en casa, en otra habitación, pero en casa. Ante nuestra insistencia, reiteró que su cónyuge no salió a la calle, ya que ella, con la puerta de su dormitorio abierta, lo hubiese visto. Además, antes de apagar la luz de la mesita, curiosamente en torno a las dos, fue al servicio y, desde el pasillo, pudo oír unos murmullos inconfundibles, según ella Narciso hablaba con una mujer… en el sueño.

—Descartemos a Narciso Franco de momento. Al margen de los sentimientos y los afectos, la muerte de los ancianos a quien más beneficia es a los dos hijos, ya que, aun suponiendo que el ladrón asesino arramblara con una buena cantidad de dinero y joyas, la casa de los Irízar Puente, de casi 175 metros cuadrados, ubicada en una de las calles principales de Metrópoli, vale como mínimo un millón de euros. Y por si esto fuese poco, la pareja poseía bastantes letras del Tesoro y el adosado de Ibiza. Y ahí no se termina todo, ya que, como hemos apuntado antes, parece ser que Jacobo también había suscrito hace años un seguro de vida por una importante cantidad, aunque nos falta confirmar este extremo. En definitiva, que los hermanos Irízar Puente económicamente van a quedar bien arreglados. Tirando de malevolencia, podríamos decir que, en lo que concierne a lo material, la muerte de sus padres les ha resultado muy rentable.

—Y conviene no olvidar que el varón, Marcos, está endeudado y frecuenta el casino, o sea, que si no ha caído en las redes de la ludopatía, va camino de ello —agregó Pelayo.

—Y a Natalia, divorciada y profesora de universidad, tampoco parece sobrarle el dinero. Los salarios de los profesores universitarios de este país son bastante rácanos. La educación es la mejor inversión; lo saben casi todos los gobernantes con visión de Estado, casi todos, no los de nuestro país. Otro gallo le cantaría a la hija si se hubiese dedicado a la farándula o al cotilleo en televisión —remató Cecilia.

—En resumen —intervino Lemos—, que los dos hijos tenían un poderoso móvil: el dinero.

—Natalia estaba afectadísima por la muerte de sus padres. Me resulta imposible imaginar a esta mujer involucrada en el doble asesinato, y más de una forma tan cruel, con una cuchillada en el estómago, ella, y con las venas cortadas, el viejo —repuso Pelayo.

—A mí también me cuesta imaginarlo —dijo Cecilia—; pero conviene recordar que Natalia actuó hace años en una compañía de teatro aficionado, y al parecer era la estrella del grupo. Y el arte, cuando se tiene, no se pierde jamás. En definitiva, que, de proponérselo, a una ex actriz no le resultaría demasiado complicado representar el papel de hija arrasada por el dolor.

—¿Qué hacemos a partir de ahora? —inquirió Borja.

—Nos falta hablar con las respectivas parejas de los dos hijos. Pelayo y yo nos encargaremos de Diana Valcárcel, la mujer de

Marcos, jefa de Zara Home, y de Lucas Rivas, el ex marido de Natalia, famoso constructor. Borja y Roberto, entrevistaos el lunes por la mañana con Gabriela Heras, la compañera sentimental de Natalia, también es profesora de la Universidad Metropolitana. Por lo visto ni una ni otra quedaron muy satisfechas de los hombres en sus respectivas experiencias matrimoniales. El martes o el miércoles, si no surge antes ninguna novedad, volveremos a celebrar una reunión para decidir a qué sospechosos descartamos y en quién o quiénes centramos nuestros esfuerzos. Si las circunstancias nos lo permiten, os confirmaré el día y la hora el lunes. ¿Alguna otra pregunta?

Borja volvió a tomar la palabra.

—¿Descartamos entonces la hipótesis del ladrón ocasional sobrevenido en asesino despiadado y calculador por mor de las circunstancias?

—En principio, sí. Los cerrojos de la puerta fueron abiertos con sendas llaves. De existir el ladrón asesino, podría tratarse de un fulano ajeno a la familia, pero, en ese caso, su compinche o patrono sería alguien que conocía a los Irízar Puente, probablemente un familiar.

—Quizá el ladrón robó previamente las llaves a uno de los dos ancianos, y, por lo tanto, se trató de un golpe planificado desde tiempo atrás.

—Un *quizá* que retomaríamos si las otras líneas de investigación que tenemos abiertas embarrancasen… —La subinspectora guardó silencio unos segundos con gesto taciturno, como si escogiera cuidadosamente las palabras que pronunciaría a continuación—. De vez en cuando, presa del desaliento, me pregunto si nosotros, los policías, servimos para algo.

—Al menos disuadimos a eventuales criminales —repuso Pelayo.

—El problema es que nunca sabemos a quién hemos disuadido de cometer alguna fechoría. Casi siempre intervenimos a posteriori, cuando el crimen ya se ha perpetrado.

—Al detener a los culpables, evitamos que sean reincidentes, o lo que es lo mismo, salvamos vidas —razonó Borja Castillo.

—Muchos de los asesinos a los que nos enfrentamos, mataron en unas circunstancias determinadas; no tenían previsto matar y probablemente no habrían matado de nuevo si no los hubiésemos arrestado.

—Me consuela saber que como mínimo ayudamos a que se restablezca la justicia —sentenció Borja.

—Justicia… o venganza —matizó la subinspectora—. Bueno, dejemos las elucubraciones para otro día. Si no tenéis paraguas, podéis coger uno en recepción, que hay unos cuantos abandonados esperando a que alguien los acoja en su seno. Llueve con ganas. Feliz fin de semana, Roberto, Borja. Besos para Carolina y la pequeña Sandra… Ah, por cierto, anoche me llamó Telmo Corrales para comunicarme que el jueves, a las ocho de la tarde, él y Alma aterrizarán en Metrópoli. En principio, vienen para asistir a mi boda, o lo que es lo mismo, volverán a marcharse.

A Roberto Lemos y Borja Castillo se les mudó la faz, ahora resplandeciente a causa de la alegría instantánea que les embargó al conocer la buena nueva.

## 27

## PRESIONES DESDE LAS ALTAS INSTANCIAS

Al término de la reunión de la Brigada contra el Crimen, Cecilia Fresnedo fue requerida en su despacho por el comisario jefe, Nicolás Arias, quien se dirigió a ella (por teléfono) con la simpatía que en los últimos meses le caracterizaba. Qué hombre más sorprendente. Desde que convivía con Teresa Martos, la alcaldesa de Metrópoli, se había operado una transformación radical, a mejor, en su personalidad, como si el amor de Teresa hubiese potenciado el lado amable de su naturaleza, el que permanecía abúlico hasta esa fecha. Un amor que se había elevado a la enésima potencia con la sorprendente noticia de que Teresa, a sus casi cuarenta y seis años, estaba embarazada.

El comisario jefe, quien ojeaba *La Primicia Metropolitana* sentado a una mesa, se incorporó para saludar a la subinspectora en cuanto ésta, previa llamada, entró en el despacho.

—Adelante, Cecilia —el apretón de manos fue acompañado por una monumental sonrisa.

—Buenos días, comisario, y enhorabuena por el embarazo de Teresa.

—Gracias, subinspectora. Estamos ilusionadísimos. No lo esperábamos, por lo que la sorpresa ha multiplicado nuestra alegría... ¿Cómo van las pesquisas sobre el asesinato del matrimonio Irízar Puente?

—Estamos volcados en la investigación del entorno familiar de las dos víctimas. Tenemos la convicción de que el asesino pertenecía al círculo próximo a los dos ancianos.

—¿Y?

—Hemos averiguado algunas cosas interesantes, pero de momento sólo tenemos unos cuantos sospechosos, sin que ninguno de ellos, intuiciones al margen, destaque sobre los demás. La hora en la que se cometió el doble crimen, entre la una y las dos de la noche, dificulta sobremanera nuestro trabajo, ya que los investigados, a esas horas, no tienen ningún problema para indicar dónde se encontraban. Les basta con decir que se hallaban en el otro mundo, el del sueño. Y no hay manera de desmontar semejante coartada. A esas horas muy poca gente pulula por la calle, por lo que resulta complicadísimo encontrar algún testigo que, por ejemplo, viera al autor del doble crimen saliendo del portal de la casa de sus víctimas.

Arias arrugó el entrecejo, señal inequívoca de que iba a decir algo importante.

—Me supongo que estará al corriente de que Jacobo Irízar y Leonor Puente eran dos militantes históricos del Partido Conservador, amigos personales además del presidente del Gobierno.

—Algo he oído.

—Me consta que nuestro mandatario lamentó mucho no poder asistir al oficio funeral en honor de los Irízar Puente. El lío que han montado en Cataluña los secesionistas le trae de cabeza.

—Pues a nosotros nos vino bien que no acudiese. La presencia del presidente y toda la parafernalia de escoltas y colaboradores nos hubiese entorpecido sobremanera la labor de observación. Y le aseguro que observamos mucho ayer, antes, durante y después de la liturgia.

—Me alegro escucharle decir eso. El ministro del Interior me ha llamado hace un rato para interesarse por el estado de las investigaciones.

El semblante de Cecilia no ocultó su malestar por la intromisión del ministro; sus palabras tampoco.

—Nosotros, como usted bien sabe, ponemos lo mejor de nosotros en el trabajo, independientemente del interés que muestren las altas instancias por nuestras condiciones laborales. Harina de otro costal son los resultados que obtenemos; hay casos que no logramos resolver, por torpeza, o mala suerte o quizá porque ninguna policía del mundo podría resolverlo. Ahora bien, siempre nos esforzamos al límite de nuestras posibilidades. Los miembros de la Brigada contra el Crimen prolongamos nuestra jornada cuantas veces hagan falta, nunca la acortamos. Y las horas extras que trabajamos rara vez nos las retribuyen. No sé si Metrópoli se merece al cuerpo policial que vela por su seguridad. Estamos exhaustos, más no podemos hacer. Como usted bien sabe, el trabajo de un policía es como la tarea de Sísifo, el personaje de la mitología griega. Subes exhausto la piedra hasta la cima de una colina, para que, segundos después, vuelva rodando al punto de partida, y así una y otra vez; la piedra nuestra son los criminales de Metrópoli, los persigues, detienes a algunos, los pones a disposición de la justicia… y vuelta a empezar. Son demasiados para nuestras escuálidas fuerzas.

—Me hago cargo, Cecilia. Discúlpeme. Valoro como se merece la extraordinaria y sacrificada labor que realizan. Espero que el esfuerzo suyo y de los agentes de su equipo reciban también la recompensa material que se merecen. No debía haberle comunicado nada acerca de las presiones que estoy recibiendo desde las altas esferas, como si la detención del asesino pudiese devolver la vida a los dos ancianos. Tengo una confianza plena en los miembros de la Brigada contra el Crimen que usted, en ausencia de Telmo, capitanea con tanto acierto.

—Gracias, comisario. Le diré que en principio hemos descartado que el criminal fuese un ladrón ocasional. Estamos convencidos de que el doble crimen, sea en el papel de inductor o bien en el de ejecutor, se gestó en el entorno familiar.

—Faltan siete días para su boda.

—Siete días, nada más. Confío en que resolvamos el caso antes…

—Si no…

—Si no, Borja Castillo y Roberto Lemos, reforzados por los agentes que usted considere oportuno, proseguirán con las investigaciones hasta nuestro regreso del viaje de luna de miel. Pero no pierdo la esperanza de que detengamos al culpable antes del próximo sábado.

—Si usted no la pierde, yo tampoco.

—Ah, se me olvidaba. El inspector Telmo Corrales llegará a Metrópoli el jueves, día 11. Sigue convaleciente de su enfermedad; pero confía en incorporarse a su puesto de trabajo durante el próximo año. Ahora se dedica a escribir. Tiene entre manos una novela del género negro.

—¡El gran Telmo Corrales! Seguro que escribe una fenomenal obra. Conoce el percal y es un hombre de vasta cultura. ¿Se quedará definitivamente entre nosotros?

—No. Volverá a marcharse al cabo de unas semanas. Todavía

no está recuperado. La memoria a corto plazo sigue haciéndole jugarretas. Viene sobre todo para asistir a mi boda. Me ha dicho que se pasará por la Comisaría uno de estos días.

—Y, si no, lo veré el sábado que viene en el gran día, el de usted y el de Pelayo. Manténgame informado de todas las novedades, subinspectora.

Y Nicolás Arias volvió a saludar a Cecilia Fresnedo con su peculiar estilo, muy poco habitual entre los mandos policiales, o sea, luciendo una sonrisa de oreja a oreja, con los ojos fijos en los ojos que le miraban, mientras estrechaba con firmeza la mano de la subinspectora.

## 28

## MIGUEL RAMÓN EVOCA UN CRIMEN

En cuanto salió del despacho del comisario jefe, Cecilia Fresnedo, acompañada por Pelayo Asensio, se encaminó a la cafetería *Brisa Saludable*, en la calle del Aire, a unos metros del portal en el que residía Miguel Ramón, el vecino de Telmo Corrales, ahora gran amigo de la pareja de policías.

Miguel se encontraba sentado a una mesa del local, dando cuenta de un cruasán a la plancha remojado en café con leche entretanto ojeaba el amplio reportaje que la revista *Viajar* dedicaba a Águilas, un pueblo murciano de la costa mediterránea, ubicado en la frontera con Almería, que cuenta con la friolera de 36 playas, la mayoría salvajes y de aguas tibias y transparentes.

En cuanto vio a los dos agentes, se incorporó y los recibió con un abrazo formidable, de los suyos, o sea, a lo *Miguelón*, como los denominaba la subinspectora.

Cecilia y Pelayo pidieron al camarero lo mismo que Miguel.

Al primer sorbo de café con leche, como si hubiese espabilado instantáneamente a sus amodorradas neuronas, Cecilia proporcionó a Miguel una gran noticia, si bien antes la revistió de intriga.

—El jueves, a las ocho de la tarde, Pelayo y yo iremos al aeropuerto a recibir a todo un personaje... ¿Nos acompañas?

—Si os hace ilusión...

—A ti también te la hará, Miguel, mucha ilusión, muchísima...

—¿A quién daremos la bienvenida?

—Al gran... Telmo Corrales.

Si Miguel conservase la agilidad de antaño, cuando era un adolescente, habría pegado un brinco hasta rozar el techo con la coronilla, tal era la alegría instantánea que le embargó al oír la buena nueva.

—Por fin lo tendremos entre nosotros. ¿Está restablecido ya?

—Se encuentra mejor, pero no viene a Metrópoli para quedarse definitivamente. En principio, el motivo del viaje es asistir a una boda.

—La tuya.

—¿Cómo lo has adivinado?

—Uno que sabe mucho. ¿Viene acompañado por Alma?

—Por supuesto.

—¿Ya tienes preparado el traje? —preguntó Pelayo para situar de nuevo el tema de conversación en su casamiento con Cecilia, el asunto sobre el que más le apasionaba dialogar.

—¿Para ir al aeropuerto?

—No, hombre, para nuestra boda —sonrió Pelayo.

—Faltaría más. A un acontecimiento así, la boda de dos de mis mejores amigos, he de acudir lo más elegante que pueda, si es que con esta facha mía puedo algo. También tengo listo el regalo, el que le comuniqué a Cecilia.

Miguel Ramón había encargado en la tienda de electrodomésticos *Adagio* un televisor de 50 pulgadas, el mejor que había en el mercado. Cecilia estaba al corriente de todo, lo que ignoraba era el modelo de aparato que había adquirido su amigo.

—¿Dónde vais a almorzar hoy?

—Probablemente, comeremos el menú del día en un restaurante de la zona. Tenemos mucha faena.

—¿Queréis venir a mi casa? Puedo preparar una sopa de verduras para acompañar la docena de empanadillas que ayer por la tarde me trajo mi hermana Amparo, especialidad de la casa.

—¡Las empanadillas de Amparo! Las mejores que he probado en mi vida.

—Animaos.

—Hoy, no, amigo, estamos muy liados con la investigación del caso de los dos ex joyeros que fueron asesinados en su vivienda de la calle de la Mansedumbre. Y las empanadillas de tu hermana son irresistibles. Luego, nos costaría volver a ponernos en marcha. La próxima tanda de empanadillas, te prometo que no nos la perdemos.

—Hecho. Por cierto, he leído lo que publican los periódicos sobre el doble crimen, y lo que dicen me recuerda un suceso que ocurrió hace unos años en la costa valenciana, no demasiado lejos de Alboraya, mi pueblo natal. Mataron a una mujer viuda, de buena posición, en su domicilio, a las tantas de la noche. En aquel sonado caso, en el cual el asesino dispuso el escenario para que pareciera un robo, el culpable fue el hermano mayor de la víctima. El móvil, como casi siempre, radicó en el dinero, en concreto, el testamento. La víctima no tenía hijos, y había dejado casi todo su patrimonio a la hermana menor de ella, que padecía una minusvalía física. El otro hermano, quien mantenía una tormentosa relación con la viuda, se sintió ninguneado y decidió vengarse.

—En el caso nuestro, las víctimas sí que tienen hijos, pero no descartamos que el asesino pertenezca al entorno familiar.

—Conozco a la vecina del segundo piso de los Irízar Puente, Isabel Alonso, también a su hija, Josefina.

—Han sido unas testigos capitales en el caso. Eres una caja

de sorpresas, Miguel. ¿Dónde conociste a esas dos simpáticas y bellas mujeres?

—Hace unos meses, en la presentación de un libro de microrrelatos, *La vida de las palabras*, de un escritor que nos gusta mucho a los tres. Estaba delante de ellas, en la cola que se formó para la firma de ejemplares. Se me cayó el libro al suelo, y como no estoy demasiado ágil para agacharme, Josefina me lo recogió y me dedicó una sonrisa espléndida al depositarlo en mis manos, una sonrisa de esas que te llenan de bienestar, una sonrisa además secundada de inmediato por la madre, Isabel… Y ahí nació nuestra amistad, en una cuna de sonrisas. Después de la presentación del libro, fuimos a merendar a una taberna cercana a la librería. Como Isabel es maestra de Primaria, intercambiamos anécdotas sobre nuestras respectivas experiencias como docentes. Josefina, que trabaja en una productora cultural, también nos regaló alguna de las suyas. Asimismo, en la cháchara, tuvo su protagonismo el futuro, al menos el inmediato. El hoy siempre se compone de pasado, presente y futuro. Desde que las conocí, nos hemos visto varias veces más, en mi casa sobre todo, casi siempre acompañados de las escritoras Mariaje López y Fátima Díez, a las que ya conocéis, para saborear las empanadillas de mi hermana; generalmente, vienen madre e hija solas, aunque en alguna ocasión les ha acompañado un amigo de ambas, Domingo. Isabel y Josefina han sufrido alguna que otra decepción amorosa —quien no las haya sufrido, que levante la mano— y, aunque las dos tienen sus respectivas casas, pasan mucho tiempo juntas. Se adoran.

—¿Cómo detuvieron al asesino de la costa valenciana? —preguntó Cecilia para devolver la conversación al tema que ocupaba ahora la mayor parte de sus pensamientos.

—Cometió un error de bulto. El robo se produjo en un primer piso, y el asesino dejó la ventana del salón abierta, la cual daba a la parte trasera del edificio, con la intención de hacer creer a la Policía que el autor del asesinato había sido un desconocido. El error consistió en que el criminal no se percató de que abandonó la casa sin echar el doble pestillo a la cerradura de la puerta, como solía estar todas las noches, ya que la dueña de la casa, muy temerosa, siempre echaba el doble cerrojo. El criminal habría conseguido su propósito, el de engañar a la Policía, si hubiese cerrado la puerta con llave; sin embargo, ese despiste llevó a los investigadores a concentrarse exclusivamente en el entorno familiar, dado que estaban convencidos de que el intruso no había entrado por la ventana sino por la puerta, o sea, que descartaron la posibilidad del ladrón errante. El hermano de la viuda, uno de los primeros en ser interrogados, dijo que había pernoctado en la casa de su novia o amante, este extremo no lo recuerdo con exactitud. Ésta corroboró la coartada del asesino, pero todo se vino abajo cuando un vecino, que padecía insomnio, lo vio desde la ventana merodear el día de autos, a las tantas de la noche, por las inmediaciones del portal de la vivienda de la víctima. Al ser interpelado el sospechoso sobre esta cuestión, cambió su testimonio alegando que se le había olvidado mencionar que salió a pasear un rato para despejarse, ya que no podía conciliar el sueño. El juez autorizó a la Policía a que pinchara su teléfono. Y el muy zoquete, un novato en las siniestras lides del asesinato, mantuvo días después una airada discusión con su novia o amante, ya que ésta expresó su temor a que la detuvieran por encubrimiento. El hombre la instó a que no cambiara su testimonio o sufriría unas terribles consecuencias;

la mujer, por su parte, lejos de arredrarse ante las amenazas, contraatacó y confesó a la Policía que no había estado con él la noche del crimen. El hombre fue detenido y, en el interrogatorio, se derrumbó.

—Aunque es probable que el caso de los joyeros guarde cierta similitud con el que nos has referido, me temo que nosotros nos enfrentamos a un sujeto más astuto y escurridizo que el de la costa valenciana —Cecilia se incorporó; Pelayo hizo lo propio un segundo después—. Nos vemos pronto, Miguel…

—El jueves, a las ocho de la tarde, en el aeropuerto. Quiero darle la bienvenida a Telmo y Alma con uno de mis abrazos.

—Inigualables. Abrazos a lo *Miguelón.*

## 29

## UN PALACETE POCO ACOGEDOR

Cecilia Fresnedo y Pelayo Asensio se personaron el domingo, día 7 de noviembre, a las diez y media de la mañana, en Las Acacias, un municipio situado a unos ocho kilómetros de Metrópoli, conocido entre los metropolitanos como *el pueblo de los ricos*. (La víspera, la subinspectora le había anunciado a Lucas Rivas, ex cónyuge de Natalia Irízar, la hora aproximada en la que se presentarían en su domicilio).

Lucas Rivas, quien en los últimos años, una vez superada la crisis del ladrillo que había estado a punto de llevar al país a la bancarrota, se había convertido en uno de los constructores más relevantes del mercado, con varias obras públicas otorgadas a su empresa, *Rivas Construcciones*, en sendos concursos envueltos en el oscurantismo y la polémica (en uno de ellos, adjudicado a dedo, el juez admitió a trámite la denuncia presentada por el Partido Progresista contra el alcalde de la localidad), residía en un palacete ubicado en una de las calles más tranquilas de Las Acacias, un pueblo que hacía un decenio apenas contaba con un millar de habitantes concentrados casi todos ellos en torno al Ayuntamiento y a la iglesia parroquial de San José, pero que, años después, con la burbuja inmobiliaria en su cénit gracias a la privilegiada ubicación geográfica del municipio (en un valle rodeado de montañas de exuberante vegetación), había sido transformado por un grupo de constructores, imposibilitados de encontrar terrenos edificables en las zonas nobles de Metrópoli, en la primera o segunda residencia de unas cuantas decenas de personajes acaudalados.

En el municipio proliferaban los palacetes, las mansiones, los chalés, los adosados y los pisos de lujo, también los coches de alta gama. Las Acacias, de la noche a la mañana, se había erigido en el pueblo de menos de 40.000 habitantes con más renta per cápita de toda Europa. Al alcalde del Partido Independiente de Las Acacias y a los concejales que conformaban su equipo de gobierno, puntual y generosamente recompensados, no les tembló en su día el pulso a la hora de firmar todos los permisos necesarios con objeto de que fastuosas obras se ejecutaran aquí, allí y allá, sin importar que en el proceso se destruyeran árboles centenarios, edificios históricos, zonas protegidas, parques y monumentos. Y se ejecutaron unas cuantas, no demasiadas, las justas para que los constructores ganaran unas decenas de millones por cabeza sin que se resintiera la calidad de vida de los compradores, multimillonarios casi todos ellos.

La residencia de Lucas Rivas, un edificio de dos plantas de estilo clásico, rematado por un ostentoso gablete de mármol, estaba protegido por un muro de piedra coronado por una valla de alambre y un par de videocámaras de seguridad anunciadas con aparatosos rótulos. En el interior de la propiedad, delante del espacioso pórtico con columnas y capiteles, se extendía una zona ajardinada por la cual discurría longitudinalmente un sendero de piedra que desembocaba en los escalones de acceso a la vivienda, de mármol, claro. Ciruelos, cerezos y limoneros bordeaban el muro que se extendía por el perímetro de la finca sombreando la parcela del jardín en cuyo centro destacaba un cenador.

Tras abrirse la verja de entrada con un zumbido a los pocos instantes de que Pelayo pulsara el timbre, los dos policías fueron saludados desde el pórtico por un hombre de complexión atlética, de unos cuarenta y tantos años, enfundado en un terno azul marino, como si, más que a responder las preguntas de los policías que investigan un doble asesinato, se dispusiera a celebrar en su palacete algún ágape con invitados de postín; a un costado del hombre, sonreía una mujer joven, esbelta y, vista en panorámica, de espectacular belleza, quien, por sus atavíos: vestido rojo muy ceñido y escotado y zapatos de salón, daba la impresión de estar lista para ejercer de anfitriona en el festejo de marras.

—Buenos días. Me llamo Lucas Rivas —dijo el hombre tendiendo la mano a los dos agentes cuando éstos subieron los cuatro escalones que les separaban del pórtico. Rivas desprendía un aroma a mar profunda y su piel lucía un llamativo bronceado, como si, en pleno otoño, el constructor disfrutara de un verano en exclusiva. La tez de la mujer, quien perdía parte de su belleza en la distancia corta, presentaba un aspecto tan dorado o más que el del hombre.

—Buenos días. Somos Cecilia Fresnedo y Pelayo Asensio, miembros de la Brigada contra el Crimen de Metrópoli.

—Encantado. Almudena Lucero, mi mujer desde hace diez días; nos casamos aquí en el Ayuntamiento de Las Acacias y pronto, cuando me libere de unos compromisos profesionales, disfrutaremos de nuestra luna de miel en las Islas Seychelles —dijo el hombre enlazando el talle de la joven y atrayéndola hacia él.

Almudena hizo mención de besar a Cecilia, pero la subinspectora, rápida de reflejos, interpuso el brazo derecho con la mano abierta. Besar a posibles sospechosos no entraba en su estricto protocolo de actuación. No obstante, Fresnedo aprovechó la cercanía de la mujer para contemplarla con descaro. La Lucero, al sentirse mirada, ni se inmutó, como si estuviera habituada a que la escrutaran. Esos pocos segundos fueron suficientes para que Cecilia se percatara de que el cuerpo de la esposa de Rivas, quizá no tan joven como parecía a la media distancia, había sido ligeramente retocado por la pericia de las manos de algún cirujano, sobre todo los rotundos pechos. El maquillaje, poco ostentoso, resaltaba sus agraciados rasgos faciales y sus ojos verdosos.

—Hace fresco para permanecer en el pórtico. Vayamos al salón —sugirió el constructor.

La pieza, decorada al estilo barroco: paredes cubiertas de madera labrada en la mitad inferior, lámpara historiada en forma de araña, estanterías rebosantes de libros de decoración y viajes, varios cuadros paisajísticos y sillones y sofá de cuero, subrayaban el poder económico de la pareja. Por si al visitante le cabía alguna duda sobre este extremo, Almudena hizo vibrar una campana en cuanto los presentes ocuparon los sillones y el sofá; a la llamada acudió solícita una mujer de unos cuarenta años, atractiva pese a su extrema delgadez, de piel blanquísima, si bien la dicción delataba su origen extranjero, probablemente provenía de un país eslavo. Iba embutida en un vestido azul con ribetes blancos, su uniforme de faena.

—¿Desea algo la señora?

—¿Qué les apetece tomar? —Almudena dirigió una mirada inquisitiva a los dos policías.

—Un vaso de agua —dijo Cecilia con intención de proclamar su modestia económica.

—Lo mismo —agregó Pelayo.

—Qué austeridad. Ludmila, traiga dos botellines de agua mineral, dos zumos de naranja naturales y una macedonia de frutos secos.

—Sí, señora.

—Les escuchamos —dijo Lucas Rivas, tras unos segundos de embarazoso silencio, extendiendo los brazos, como si su paciencia, estuviera a punto de agotarse cuando ni siquiera había sido puesta a prueba.

—Iremos al meollo del asunto —dijo Cecilia—, sin rodeos previos; no quiero que pierdan el tiempo, el cual, por lo visto, hoy es escaso para ustedes. Para nosotros, enfrascados en nuestras indagaciones contrarreloj, siempre nos resulta parco. Siempre, no solo hoy.

—A nosotros nos ocurre otro tanto, pero es que hoy, además, estamos invitados a la comida del quinto aniversario de boda de una pareja de amigos. Toda una hazaña en estos tiempos tan dados a la separación y al divorcio 'express' —anunció Lucas Rivas.

—El dinero, por lo visto, en su caso no les regala su bien más valioso: el ocio.

—Nos lo regala a veces. Y pretendemos que pronto nos lo regale siempre —repuso el constructor.

—Si es siempre, es nunca —matizó Cecilia Fresnedo.

Almudena Lucero cruzó las piernas mostrando parcialmente el muslo derecho por la abertura lateral del vestido. Pelayo se sorprendió a sí mismo con los ojos magnetizados alternativamente por el busto y las piernas de la mujer. Reaccionó cuando sintió el fulgurante rodillazo que le propinó Cecilia.

Lucas Rivas amagó con una réplica al comentario de Cecilia sobre "siempre y nunca", pero al final optó por centrarse en el motivo de la visita de los dos policías, quizá porque se dio cuenta a tiempo de que su réplica carecía de fuste.

—Me supongo que, con lo del meollo del asunto, se refiere al asesinato de los abuelos maternos de mi hija.

—¿Usted también cree que fueron asesinados?

—Me he limitado a repetir lo que ustedes han comunicado a la prensa.

Ludmila, la criada, llegó con una bandeja plateada circular, la cual depositó en la mesita de cristal que separaba el sofá de los sillones.

—Gracias, Ludmila, puede retirarse —Almudena despidió a la sirvienta en tono perentorio. Ésta hizo una pequeña reverencia y se marchó. Con el cuello erguido, caminaba con cierto garbo, tal vez en su tierra natal años atrás se ganó la vida como modelo.

—Antes de leer lo que nosotros declaramos a la prensa, ¿qué es lo que pensó usted que había ocurrido en la casa de sus ex suegros?

—Acostumbro a no hacer elucubraciones. Tiendo a basarme en los hechos contrastados, no en las habladurías. Estaba además muy impactado por la noticia, y, con la emoción dislocada, los razonamientos resultan farragosos.

—Pues si no practica la elucubración ni el chascarrillo, he de decirle que es usted una excepción en Metrópoli y en poblaciones aledañas. Por cierto —la expresión más utilizada por la subinspectora, a punto de convertirse en una muletilla—, ¿recuerda dónde estuvo la noche en la que mataron al matrimonio Irízar Puente? En concreto, le pregunto por la noche del martes 2 de noviembre, o, si lo prefiere, las primeras horas del miércoles. Concretaré más; entre la medianoche y las dos de la madrugada.

Lucas Rivas ni parpadeó, como si estuviera aguardando que le plantearan la pregunta.

—Estuve aquí, en el dormitorio ubicado en la primera planta, en la cama, durmiendo. Almudena y yo vimos un par de capítulos de la versión norteamericana de la primera temporada de la teleserie escandinava *El puente*, y luego, a eso de las once y media, nos fuimos a la cama. Apagamos la luz al cabo de unos cuarenta minutos. No resulta extraño que recuerde perfectamente lo que hicimos en ese intervalo horario porque, como me supongo que sabrán, la memoria suele guardar con celo todo lo que precede y sigue a un suceso impactante, y más si este se produce en el propio entorno.

—Y, en cuanto se metieron en la cama, se durmieron.

—Enseguida, no, al cabo de un rato —puntualizó Almudena, con cierta insolencia—, en cuanto hicimos el amor. Lo hacemos muy a menudo, sin proponérnoslo, surge como una cosa natural. El amor te lleva a hacer el amor. Lógico, ¿verdad? —dicho lo cual, Almudena besó a Lucas en los labios, un beso largo e intenso en el que las lenguas se emplearon a fondo.

A la subinspectora le sorprendió el descaro impúdico de la mujer, aunque no debería sorprenderle tanto el comportamiento de una persona que recibía con semejantes escotes a dos policías que investigan el asesinato de los ex suegros de su cónyuge.

Pelayo, apercibiéndose de que Cecilia estaba en apuros, acudió al rescate.

—Consultaron la hora antes de meterse en la cama y navegar por el cielo, ¿no?

—Fue un acto reflejo —respondió Almudena.

—¿Tuvo una buena relación con Jacobo Irízar y Leonor Puente durante el tiempo que permaneció casado con Natalia? —preguntó Cecilia, ya repuesta del sofocón, dirigiéndose a Lucas Rivas.

—Sí, bastante buena hasta que Natalia les anunció nuestra intención de divorciarnos. Me caían muy bien Jacobo y Leonor, que en paz descansen. Y, por lo que yo sé, hasta el momento de la ruptura matrimonial, el afecto era mutuo.

—¿Qué tal se lleva con su ex mujer?

—¿Es pertinente esta pregunta para el trabajo que se traen entre manos?

—Eso ya lo consideraremos nosotros, dependiendo de su respuesta, si es que quiere responder.

—Nos llevamos razonablemente bien. Prima el interés mutuo por nuestra hija en común.

—Pese a que traicionó a Natalia durante su matrimonio —intervino Pelayo de manera inesperada, sin entonar su frase como interrogante, sino como afirmación.

Lucas giró la cabeza con cierta parsimonia hacia el agente, y, al encontrarse con sus ojos, le lanzó una mirada iracunda, la cual no alcanzó su destino, ya que el policía, rápido de reflejos, entornó los párpados.

—Jamás traicioné a Natalia.

—Si usted lo dice…

—Lo digo, sí, porque es la verdad. Ella y yo utilizamos diferentes conceptos para definir la traición.

—Yo también defino la traición a la manera de Natalia —afirmó Cecilia—. Por cierto, ¿qué opina del emparejamiento de la madre de su hija con una colega de la universidad?

—Que haga lo que le venga en gana. Ahora bien, acepto que las cosas sigan como hasta ahora respecto a la custodia de Rocío, siempre y cuando no se produzcan desagradables novedades, porque si las hubiera…

—¿A qué se refiere? ¿Novedades relacionadas con el caso del doble asesinato, o las que conciernen al estado civil de Natalia?

Lucas Rivas, por toda respuesta, se puso en pie y, mirando su reloj de muñeca, un Rolex, anunció que la visita había concluido, ya que el tiempo se les echaba encima. Un aniversario de boda les aguardaba.

Cecilia y Pelayo salieron del palacete del constructor con la sensación de que habían visitado una cueva fría, inhóspita… e impúdica.

## 30

## LOS OBJETOS DE LOS DIFUNTOS

Dos días después del funeral en honor de sus padres, por fin Natalia Irízar Puente reunió el valor suficiente para volver a pisar la casa familiar. Le costó Dios y ayuda cruzar el umbral, como si la inconsolable pena que lastraba su alma le impidiese también mover los pies. Al final, después de hacer ejercicios respiratorios durante un larguísimo minuto y espolearse con las imágenes de sus progenitores, consiguió superar el bloqueo.

En los siguientes minutos, con su voluntad desmelenada, abrió armarios y cajones, examinó álbumes de fotos, palpó vestidos y chaquetas, los olió, los acarició... Objetos y más objetos. ¿A eso quedaba reducida la vida de los seres amados? De camino al salón, se detuvo en el pasillo, justo en el lugar donde se había tropezado con el cadáver de su madre. Pobrecita. Ella, que nunca había hecho deliberadamente daño a nadie en sus setenta y siete años de existencia, había muerto acuchillada por un malhechor en su propia casa. Qué mundo más atroz. ¿En qué pensaría la pobre antes de exhalar el último suspiro? ¿En el hombre que la había asesinado? Natalia desechó de inmediato esa posibilidad. Sólo faltaría que el criminal le hubiese arrebatado a su madre su último pensamiento. No. El último pensamiento de Leonor se lo dedicó a su marido y a sus dos hijos. La conciencia de la propia muerte concentraría su atención en lo más importante. Natalia estaba segura de ello. Confiaba asimismo en que su padre, con una muerte más lenta, más cruel si cabe, sin embargo hubiera podido despedirse a su manera de este mundo, por ejemplo, con una sucesión de fotogramas de lo más granado de la película de su vida, o sea, orgulloso de sí mismo.

En el salón, Natalia abrazó contra el pecho la fotografía enmarcada de la boda de sus progenitores, cuando la felicidad de los novios, que no concibieron a Natalia hasta cinco años después del enlace, cuando se habían resignado a no traer descendencia, acababa de despegar rumbo hacia la cumbre. Todo lo mejor estaba por venir, y vino… antes de lo peor. ¿Quién podría imaginarse entonces que los recién casados morirían decenios después, en la casa familiar, acuchillados por un degenerado? Nadie sabe lo que le deparará la vida… a Dios gracias. Por eso, ignorantes de lo que nos aguarda en el porvenir, podemos en el presente seguir a lo nuestro, enfrascados en amasar recuerdos dignos de ser recordados en el futuro que damos por hecho que nos aguarda en el futuro, porque si conociéramos de antemano las desgracias que el porvenir nos reserva, la existencia mortal sería una pesadilla inmortal en la que menudearían los dramas y las tragedias.

Besó la foto de sus padres, y, entre lágrimas, les dio las gracias por todo lo que habían hecho por ella y Marcos.

"¿Quién os mató?", les preguntó antes de colocar de nuevo la fotografía enmarcada en el rincón de la pared donde siempre había estado colgada.

Le respondió una corazonada que la mujer ahuyentó antes de que cristalizara en su pensamiento.

Cuando se disponía a cerrar la puerta de la calle, Natalia, lanzando una mirada a la penumbra del vestíbulo, corrigió la reflexión que había enunciado minutos antes: "No. La vida humana no quedaba reducida a objetos y más objetos. Los objetos remiten a recuerdos, y éstos, en múltiples ocasiones, nos devuelven la vida vivida con dignidad, cuando gestábamos nuestra propia felicidad sin ser conscientes de ello. Recuerdos que se transmiten de unos a otros, imparablemente, como un legado, para engrandecer la vida de los bienaventurados que los han protagonizado, también la de sus herederos".

## 31

## DIANA VALCÁRCEL EXCULPA A SU MARIDO

A las doce del mediodía del domingo 7 de noviembre, Cecilia y Pelayo, a su regreso de Las Acacias, dejaron el coche en el aparcamiento de la Comisaría Central, y se dirigieron a pie a la cafetería *Cisne blanco*, en la calle de Las Lágrimas, en donde se habían citado con Diana Valcárcel, esposa de Marcos Irízar. La mujer había rechazado la opción de reunirse con los dos policías en la Comisaría Central, tampoco quiso recibirles en su domicilio ni mucho menos al día siguiente en las dependencias de *Zara Home.*

Los dos agentes de la Brigada contra el Crimen de Metrópoli aguardaron la llegada de la mujer sentados a una mesa del fondo de la cafetería, de cara a la puerta de entrada, degustando unas cervezas sin alcohol.

Durante los siguientes quince minutos, y ante el retraso de Diana, los dos policías aprovecharon la coyuntura para comentar la noticia que publicaba el diario *La Primicia Metropolitana* sobre el sorprendente embarazo de la primera autoridad de Metrópoli, Teresa Martos, ¡a los cuarenta y cinco años!

—El amor hace milagros, Cecilia, incluso en las alcaldesas de las grandes urbes.

—Nicolás Arias está radiante. El otro día le di la enhorabuena. Parece un pipiolo. Desde que está con Teresa ha rejuvenecido unos cuantos años.

—Sí, en la Comisaría Central se habla, con asombro, de su increíble transformación, no solo física. Su carácter, en los últimos meses, se ha dulcificado, parece otra persona. Una transformación menos increíble que la de la alcaldesa, antes una devoradora de hombres, y ahora, en el aspecto sentimental, dedicada en cuerpo y alma a Nicolás.

—Sin amor, esta vida sería una monotonía insufrible, acaso un tormento. Por cierto, hablando de milagros, como en los próximos minutos no se presente Diana Valcárcel, la citaremos en la Comisaría, y ni siquiera un milagro podrá librarla de ello porque… —Cecilia dejó la frase inconclusa.

Una mujer muy llamativa acababa de entrar en el establecimiento. Iba enfundada en una cazadora de cuero con cuello de piel de zorro y en unos vaqueros muy ceñidos. Miró a izquierda y a derecha y, en cuanto sus ojos se encontraron con los de Cecilia, se encaminó hacia los dos policías cimbreando ostensiblemente las caderas. Varios parroquianos giraron el cuello para seguir con la vista el taconeo de la mujer.

—Buenas, ¿es usted Cecilia Fresnedo? —la mujer miró a la subinspectora exclusivamente, como si Pelayo fuese invisible.

—Esa soy yo, sí, y quien me acompaña, porque estoy acompañada, es el agente Pelayo Asensio.

La mujer no pareció sentirse concernida por el comentario irónico de la Fresnedo.

—Soy Diana Valcárcel. Mucho gusto —y sus ojos continuaron fijos en la subinspectora.

—Siéntese, por favor. ¿Quiere tomar algo?

—Un café con leche.

Pelayo se incorporó y se dirigió a la barra a pedir el café.

—Tengo una comida familiar, por lo que les rogaría que me preguntaran cuanto antes lo que desean saber de mí —dijo Diana en cuanto Pelayo le trajo el café con leche. Los días festivos en *Cisne Blanco* los clientes que hacían uso de las mesas debían ejercer también de camareros. El precio de las consumiciones no variaba por la falta de personal.

—Empecemos… —Cecilia tomó el mando del interrogatorio—. ¿Su marido acudirá con usted a la comida familiar?

—¿Y qué importancia tiene para el caso que investigan que mi marido me acompañe o no a un almuerzo con la familia?

Cecilia no se achantó por el tono abrupto empleado por la nuera de los Irízar Puente. Todo lo contrario.

—Nosotros decidimos lo que es importante para nuestras pesquisas. Si quiere contestar, hágalo; y si no le apetece, pasaremos a otra cuestión.

—Marcos no vendrá conmigo. No puede, a esa hora estará preparando platos en los fogones de *En su punto*.

—No había caído en ese detalle. Porque, claro, la comida familiar no la celebran en ningún restaurante.

—Pues no. Y si la celebráramos, tampoco sería relevante.

—Lo sería para su marido, porque entiendo que, de ser así, de optar toda la parentela por salir a festejar fuera de casa alguna efeméride, entonces lógicamente habrían acudido a *En su punto*, una manera de alimentar al restaurante de su marido, o sea, al suyo también, el cual, según nuestras noticias, últimamente padece desnutrición.

—El mío relativamente, porque Marcos y yo, cuando nos comprometimos, acordamos regirnos por la separación de bienes. Fue una condición innegociable que me planteó él para casarse conmigo, y yo, como estaba enamorada, no puse pegas. Comeré en la casa de mis padres. Ah, y siguiendo con su metáfora, le diré que *En su punto* está ligeramente desnutrido, pronto se repondrá con el tratamiento vitamínico que le aplicaremos a partir de ahora. ¿Alguna otra cuestión? —la Valcárcel miró su reloj de muñeca, de la marca *Festina,* sin disimular su impaciencia.

—¿Alguna? Unas cuantas. Acabamos de empezar, Diana.

—Insisto. No dispongo de mucho tiempo. Mis padres viven en el otro extremo de la ciudad.

—Pues entonces, váyase; pospondremos nuestra charla para otro día, por ejemplo, mañana, en la Comisaría Central; y si no le seduce la idea de declarar en la Comisaría, nos personaremos en su centro de trabajo, en *Zara Home*, a la hora que a nosotros nos convenga.

—No sea susceptible, subinspectora. Dispongo de unos minutos. Pregunte lo que considere oportuno. Harina de otro costal será que esté en condiciones de responder.

—Preguntaremos —Cecilia, antes de lo previsto, consideró que era el momento propicio para que Pelayo interviniera en la conversación, ya que la mujer, con su actitud prepotente, se estaba haciendo acreedora a un interrogatorio sin concesiones, o sea, con preguntas incisivas y sin que adivinara por dónde le lloverían los golpes dialécticos; así que carraspeó entretanto se llevaba la mano a la barbilla.

Pelayo captó al instante el mensaje gestual de su jefa. Era su turno.

—¿Es usted feliz en su matrimonio?

Diana, que miraba a Cecilia, se vio doblemente sorprendida, por la procedencia de la pregunta y por el contenido de la misma.

—Pero, ¿qué clase de preguntas son estas? Primero se interesan por quién me acompañará a almorzar a la casa de mis padres;

ahora, por la felicidad en mi matrimonio. ¿Me han tomado por un personaje de la farándula? ¿Son ustedes policías de verdad, o humoristas que pretenden tomarme el pelo?

Pelayo ni se inmutó. Cecilia esbozó una sonrisa maliciosa.

—Cuando trabajamos la subinspectora y yo, trabajamos, nunca tomamos el pelo. Es más, no lo hacemos ni siquiera en las fiestas de Carnaval de Metrópoli, donde las chirigotas y las chanzas están a la orden del día. Si somos policías de pega, lo puede usted verificar ahora mismo —Pelayo le mostró sus credenciales a la mujer—. Le formularé de otra manera la pregunta que tanto le ha ofendido: ¿Se halla en trámites de divorcio?

—De acuerdo. Ustedes, en contra de las apariencias, no bromean, y sí, son policías. Lo que no acabo de entender es por qué les interesa tanto mi vida privada.

Cecilia retomó la palabra.

—No se irrite, señora Valcárcel… ¿o prefiere que la llamemos señora de Irízar?

—Prefiero que me llamen por mi nombre: Diana.

—Muy bien, Diana. Nos han informado que su matrimonio discurre por terreno resbaladizo, algunos incluso lo califican de pantanoso. ¿Son correctas esas informaciones?

—Y dale con la matraca.

La subinspectora propinó un puñetazo súbito en la mesa que sobresaltó (y desconcertó) a Diana Valcárcel y a algunos parroquianos del bar, no a Pelayo, que sabía cómo las gastaba su amada cuando estaba en acto de servicio. La mujer tragó saliva mientras actualizaba, a una velocidad de vértigo, el concepto que tenía de "agente de policía"; en efecto, en Metrópoli, había policías bastante perspicaces y también implacables.

—Estoy hasta la coronilla de sus comentarios, Diana. Ha acabado con mi paciencia. O responde a nuestras preguntas por las buenas, o recibirá mañana mismo una citación del juez para que acuda a declarar en calidad de investigada.

—Disculpe. ¿Qué me había preguntado? —La mujer giró el cuello y dedicó a Pelayo un amago de sonrisa.

—¿Es feliz en su matrimonio?

—¿Quién es plenamente feliz en su matrimonio? Marcos y yo atravesamos una pequeña crisis, nada más; la estamos superando.

Diana no se había repuesto de las pintorescas preguntas que le habían planteado los agentes, cuando se vio sacudida por otra más sorprendente todavía.

—¿Dónde estaba usted la noche en la que mataron a sus suegros?

—¿Esta pregunta también va en serio?

—¿Usted qué cree? Responda como si lo fuera.

Diana se quedó pensativa.

—Eso fue el… el…

—La noche que medió entre el martes y el miércoles —precisó Pelayo.

—En casa.

—¿Con su marido?

—Sí.

—Me supongo que en la cama…

En ese momento sonó la melodía de un teléfono móvil (el bolero *Si nos dejan*, en la versión de Rocío Dúrcal). Diana Valcárcel extrajo el aparato del bolso y se aprestó a responder la llamada. Cecilia Fresnedo no se lo permitió.

—¿Qué es lo que va a hacer?

—Pues contestar. ¿Qué otra cosa se hace cuando suena el teléfono?

—Sí, tiene razón. Es lo que se hace normalmente, no cuando alguien habla con nosotros, la Policía. Guarde el teléfono ahora mismo —Diana sonrió, como si pensara que la subinspectora bromeaba—. Si atiende esa llamada, podrá atenderla el tiempo que considere necesario, ya que frente a usted tendrá dos sillas vacías. ¿Acostumbra a dejar a su interlocutor con la palabra en la boca?

—Perdone —Rocío Dúrcal fue *dejada* inmediatamente—. ¿Qué me habían preguntado?

—Nos estaba usted diciendo que la noche de autos se hallaba en la cama con su marido.

—Sí, en la cama, y bien juntitos.

—Si su cónyuge hubiese salido de la habitación, pongamos que poco después de la medianoche, ¿se habría percatado usted?

—Sí, porque a la una estaba mirándole a los ojos.

—¿En la oscuridad?

—En la penumbra. Había encendido la luz tenue de la mesita de noche.

—Se había usted desvelado…

—No precisamente.

—¿Puede ser más explícita?

—Lo seré a petición suya, y si parezco grosera, es su problema, no el mío.

—Adelante. Los policías de Metrópoli, de tanto ver y oír groserías por doquier, estamos vacunados contra ellas. Diga lo que deba decir.

—Tenía el pene de mi marido en la boca.

Ante el comentario sicalíptico de la mujer, Cecilia Fresnedo mantuvo el tipo, y perseveró en su ofensiva. La Diana Valcárcel era un muro… ¿infranqueable?

—Y, en esa pose tan pintoresca, le entró curiosidad por saber la hora que era, ¿no?

—No fue exactamente así. Miré el reloj de la mesita de noche de manera casual unos segundos antes, y faltaban diez minutos para la una. Apagamos la luz un cuarto de hora más tarde, si bien estuvimos de cháchara hasta después de las dos.

Cecilia extrajo una libreta del bolsillo y consultó unos datos por si acaso la memoria le había jugado una mala pasada. No. Había recordado perfectamente que Marcos, el marido de Diana Valcárcel, declaró que había llegado a casa a medianoche, exhausto después de una exigente jornada laboral, y que se durmió en cuanto se acostó.

—Resulta ciertamente curioso lo que nos acaba de decir —intervino la subinspectora.

—¿Qué le resulta curioso? ¿Que se la chupe a mi marido?

—No. Cada uno hace lo que le da la gana en el lecho conyugal, siempre y cuando no se fuerce la voluntad del otro. Lo que me llama la atención es que, antes y después de los chupeteos, estuvieran de cháchara, ya que su marido declaró que esa noche llegó tarde a casa, y que se durmió enseguida. O sea, que no mencionó que se entretuviera unos minutos haciendo juegos sexuales con usted.

—Marcos es muy vergonzoso. Tiene la moral judeocristiana muy arraigada en su conciencia, y se sonroja cuando habla de esos temas, aunque sea en un interrogatorio policial.

—Ah, es eso.

—Pues claro que lo es.

—¿La moral judeocristiana también le impide decir que estuvo hablando con usted hasta casi las dos?

—Una cosa lleva a la otra. Estuvimos de palique porque antes hubo acción, y como a Marcos le daba vergüenza ofrecer detalles del meneo, pues dijo que se durmió.

—El sexo afloja la lengua, sí, y de qué manera a veces tan ridícula. ¿Quién cree usted que mató a sus suegros? —Pelayo tomó de nuevo la iniciativa.

—Si lo supiera, no estaríamos aquí, dado que lo habría puesto de inmediato en conocimiento de ustedes; el asesino se hallaría entre rejas y esta conversación no tendría lugar.

—Hemos concluido. Confiemos en no tener que molestarla más —Cecilia cerró la libreta y se incorporó.

—Pero no lo asegura.

—En el oficio nuestro, señora, lo único que me atrevo a asegurar es que los miembros de la Brigada contra el Crimen de Metrópoli nos esforzamos con todos nuestros medios, materiales y humanos, en perseguir a los canallas que vulneran la ley. Es lo único que depende de nosotros. ¿Molestarla? Tal vez sí, tal vez no. Las circunstancias tendrán la última palabra —Cecilia se incorporó, hizo un gesto imperceptible con la barbilla que Pelayo captó ("Ahora va a plantearle una pregunta que la dejará patidifusa"), rodeó la mesa y bruscamente giró el torso hacia Diana, quien se disponía a marcharse—. Por cierto, permítame una última cuestión, una curiosidad mía. ¿Conoce a Narciso Franco?

Diana Valcárcel sonrió.

—Pues claro que lo conozco. Es el primo hermano de mi marido.

—Me refiero a si lo conoce íntimamente.

La Valcárcel lanzó a la subinspectora una mirada de hielo.

—Haré como si no hubiera oído su grosero comentario.

—Yo, sin embargo, he oído y escuchado lo que usted ha dicho, con palabras y en silencio.

Diana Valcárcel escudriñó los ojos de Cecilia durante unos segundos interminables, luego, sin ni siquiera decir adiós, giró sobre sus talones, y, encaramada sobre los zapatos de salón de altísimos tacones que calzaba, cruzó transversalmente el establecimiento reproduciendo sus peculiares movimientos de cadera.

—¿Te has fijado, Pelayo?

—¿En qué: en sus oscilaciones del culo?

—En que le chifla ser mirada… en las cafeterías y también en la iglesia.

—¿Qué quieres decir?

—En el funeral en honor de los ancianos, Narciso Franco la miró varias veces de reojo, y ella, al sentirse mirada, dio la impresión de recrearse en la mirada del otro, como si estuviera acostumbrada a que los ojos de ese hombre la escrutaran.

—Es una mujer que tiene mucho que ver.

—Sí, ya me he dado cuenta de que tú también la has contemplado con interés.

—Con interés de policía, Cecilia.

—Estaba bromeando, tonto.

—¿Sospechas de ellos, de Narciso y Diana?

—No lo sé… Era ahijado de los difuntos, Jacobo Irízar guardaba sus ahorros en *El Ahorro Seguro* y las joyas en una caja de seguridad; Narciso es el subdirector de ese banco, un hombre con fama de mujeriego y consumidor habitual de cocaína, y

Diana era la nuera de los viejos asesinados, y el asesino abrió los cerrojos de la puerta de los Irízar Puente con sendas llaves…

—Llaves que quizá se las proporcionó Diana a…

—Narciso. Todo encaja, aunque no sé si encaja porque nosotros obligamos a los personajes a desempeñar el papel que nos conviene, o bien porque hemos imaginado justo lo que sucedió.

—El tiempo pondrá las cosas en su sitio.

—Sobre todo, si, mientras tanto, centramos nuestros esfuerzos en la dirección correcta.

## 32

## LA IRRITACIÓN DE GABRIELA HERAS

Borja Castillo y Roberto Lemos se habían citado a las diez y media de la mañana del lunes, 8 de noviembre, con Gabriela Heras, profesora de las asignaturas de *Psicología del Desarrollo* (de primero de carrera) y *Psicología Profunda* (de tercer y cuarto cursos), en los soportales de la Universidad Pública de Metrópoli. Los dos policías, a punto de agotar las últimas existencias de su santa paciencia, aguardaban a la docente desde hacía varios minutos recostados contra la pared, a unos pocos metros de la Biblioteca universitaria.

Gabriela llegó casi un cuarto de hora más tarde de la hora fijada. Borja Castillo, que había examinado imágenes de la docente en la página web de la universidad, le hizo un ademán con la mano en cuanto la vio emerger bajo el dintel de una puerta lateral.

—Disculpen mi retraso. Justo cuando he terminado la clase de *Psicología del Desarrollo,* en el aula magna, me ha llamado a su despacho el decano, y me ha sido imposible liberarme antes.

—No se preocupe.

—Sentémonos ahí —la profesora señaló el banco de piedra adosado a la pared, junto a la entrada de la Biblioteca—, ¿o prefieren que vayamos a la cafetería?

—En el banco está bien.

Gabriela Heras, una mujer espigada que, con los zapatos de tacón que calzaba, medía casi tanto como Borja, quien superaba los 180 centímetros, vestía un traje chaqueta marrón, y su rostro, excepto los labios, pintados de carmín, no mostraba ni un atisbo de maquillaje. Ligeramente delgada, de ojos y cabello oscuros, la mujer, si sus apetencias sexuales no hubieran variado de rumbo, habría seguido triunfando entre los hombres. Según las informaciones que habían recabado los policías, Gabriela, dos veces casada (con varones), se había divorciado por voluntad propia en ambos casos no sin antes vencer la enconada resistencia de sus cónyuges, ya que éstos, enamorados de ella, no estaban dispuestos a separarse por su propia voluntad. Al final, ante la actitud indoblegable de Gabriela, no tuvieron más remedio que claudicar. Por muy enamorado que uno esté, resulta frustrante convivir con una mujer que muestra una frialdad pasmosa ante las reiteradas muestras de cariño que le dispensa el amante.

—Ustedes dirán —Gabriela se sentó en el extremo del banco y giró el tronco hacia los policías—. Dudo mucho de que pueda ayudarles en sus pesquisas.

—Usted y Natalia forman pareja, ¿no? —dijo Borja.

—Sí, aunque cada una vivimos en nuestras respectivas casas.

—Una relación a lo Woody Allen.

—Con un matiz: Woody Allen siempre se ha emparejado con personas del otro sexo.

—Aceptada la matización —Borja sonrió—. ¿Solía usted visitar la vivienda de los padres de Natalia?

—No hubiera sido bien recibida. Católicos y de ideología conservadora, estaban en contra de las relaciones poco convencionales.

—Permítame una pregunta indiscreta, ¿cuál es su salario en la universidad?

—Somos profesoras sin plaza fija, por lo que no llegamos a los mil setecientos euros brutos al mes. Y eso gracias a que impartimos clases de dos asignaturas.

—En esa primera persona del plural incluye también a Natalia, ¿verdad?

—Sí.

—No andan muy sobradas de dinero, entonces.

—¿Usted qué cree? —Gabriela empezaba a evidenciar síntomas de irritación.

Roberto Lemos, con el terreno abonado, irrumpió en el interrogatorio con un comentario muy poco diplomático.

—Lo que son las cosas. La muerte violenta de los padres de Natalia resolverá todos sus problemas económicos, y en el adjetivo posesivo también la incluyo a usted, ya que forma parte de la vida de la hija de los Irízar Puente.

—Tenemos nuestras necesidades básicas cubiertas, y el dinero no compensará de ninguna manera el dolor devastador que arrastra mi querida Natalia desde que sucedió la tragedia. Un dolor que remitirá con el paso del tiempo, pero que nunca desaparecerá. Como me supongo que no están al corriente de las virtudes que engalanan la extraordinaria personalidad de Natalia, les diré que es el mejor ser humano que he conocido en mi vida. Si mataran a una mosca en presencia de Natalia, de una cosa estaría segura: ella habría intentado salvar la vida del insecto volador.

Borja tomó el relevo de su compañero en el interrogatorio.

—Lamento tener que plantearle ahora una pregunta muy delicada.

—¿Otra?

—Otra. Investigamos un doble asesinato. Apelo a su comprensión. No nos queda más remedio que formulársela.

Gabriela Heras esbozó una sonrisa de circunstancias.

—¿Qué hizo usted la noche del martes al miércoles, entre la una y las dos?

—Tratar de cruzar la frontera del mundo onírico, como casi todas las noches; duermo a salto de mata, y rara vez más de una hora ininterrumpida… Y si las dificultades de sueño que padezco me hubiesen llevado a salir a pasear a las tantas de la noche del martes, día 2 de noviembre, por las inmediaciones del número 6 de la calle de la Mansedumbre, sólo habría subido a la vivienda de los padres de los Irízar Puente para socorrerles, en el eventual caso que hubiera sabido que se disponían a matarles. Yo respeto la vida de mis semejantes. La ética, mi ética, guía con mano firme mis actos. Caballeros. Hasta más ver.

Y Gabriela Heras se incorporó y, con paso firme pese a los tacones, se alejó por los soportales. Borja Castillo y Pelayo Asensio la siguieron con los ojos hasta que la mujer desapareció tras una puerta. La profesora de *Psicología Profunda* y *Psicología del Desarrollo*, pese a su tono cortante, les había causado una magnífica impresión. "Es una lástima que a una mujer así, tan fuera de lo común, no le gusten los hombres, porque si no…", se dijo para sus adentros Roberto Lemos, sin novia desde hacía un año, mientras, a efectos de contrarrestar los eventuales estragos del olvido, ahondaba en la huella que Gabriela había dejado en su memoria.

## 33

## EN EL DISPARADERO

Casi seis días después del doble asesinato de los ancianos, Cayetana Gil se interpuso en el camino de Narciso Franco, a la salida de éste de *El Ahorro Seguro*, poco después de las 15 horas. Maquillada con exceso, la mujer iba ataviada con sus mejores galas: vestido encarnado ceñidísimo y chaquetón de lana, abierto por la parte superior seguramente para no sustraer al mirón de turno las bondades que se insinuaban a través del pronunciado escote del vestido; un fular de seda al cuello y unas botas de media caña con plataforma, completaban la vestimenta.

—¿Qué diablos haces por estos lares? Nos puede ver algún empleado del banco.

—¿Te da vergüenza de que nos vean juntos?

—No es eso, pero…

—Necesito hablar contigo.

—Ya pasaré por tu apartamento dentro de unos días; ahora tengo abiertos demasiados frentes para dedicarme al fornicio; además, hoy llevo bastante prisa.

—Lo mío, que es urgente, no tiene nada que ver con el fornicio…, o quizá sí, con el no fornicio. No eres un gran escuchador, Narciso; he dicho que necesito hablar contigo, y tú has entendido que necesito follar contigo. Oyes lo que quieres oír, no lo que el otro te ha dicho.

El hombre escudriñó los ojos de Cayetana, y el panorama que vio no le hizo ni pizca de gracia. Presagiaba tormenta.

—De acuerdo, pero sólo unos pocos minutos. Entremos en ese bar, aquí estamos a la vista de todos.

—¿Y?

—¿Acaso quieres compartir con todo pichichi tus 'urgencias'?

—Disculpa. Tienes razón. Vayamos al bar.

El local, que no ofrecía comidas, estaba a esa hora prácticamente vacío, con un único cliente acodado sobre la barra, junto a una botella de vino tinto medio vacía y un vaso chato y ancho colmado hasta el borde, como si el muy iluso creyera a pies juntillas que el alcohol ahogaría las muchas penas que traslucía su demacrado rostro.

Narciso y Cayetana se sentaron a una mesa del fondo, y pidieron un par de cervezas y unos pinchos de tortilla.

—Tú dirás.

La mujer no se anduvo por las ramas. Sabía lo que tenía que decir y, jugándose el todo por el todo, lo dijo.

—Seré franca y directa. Ya sabes lo que siento por ti, Narciso.

—Lo sé… ¿Y?

—Sólo quería que supieras que, como me abandones, te arrepentirás.

—¿Me estás amenazando, Cayetana?

—Tómalo como quieras. Me prometiste el paraíso al poco de conocerme, no hace mucho; no has necesitado demasiado tiempo para olvidarte de todas tus promesas. ¿Qué ha sucedido para que de la noche a la mañana haya dejado de interesarte?

—Pero, ¿qué estás diciendo, mujer? Cómo va a dejar de interesarme una chorba como tú. El divorcio de Yolanda, que yo presumí que sería un trámite, está siendo más complicado de lo previsto, ya que, después de acordar los términos de la separación, la tía ahora no para de poner pegas y hacerse la remolona, como si no estuviera por la labor. Eso por un lado, y por el otro parece que se te ha olvidado que hace unos días mataron a mis padrinos.

—Como comprobarás enseguida, no se me ha olvidado. Lo tengo muy presente. A ti sí que se te ha olvidado mencionar la razón principal que explica tu desinterés hacia mí. Nada de supuestos inconvenientes en tu proceso de divorcio; lo que explica tu distanciamiento es sencillamente que prefieres estar con otra, la nueva amante que te has echado. Qué pronto te has cansado de mí… y de tus promesas.

Las palabras de la mujer pillaron a Narciso con el cinismo relajado, y le costó reaccionar unos cuantos segundos. Suficientes para que Cayetana confirmase sus sospechas. Había pronunciado al tuntún la frase "la nueva amante que te has echado", guiándose sólo por su intuición, sin disponer de ninguna prueba que avalara su afirmación; pero, vista la reacción del hombre, dedujo que había dado en la diana. Narciso tenía una nueva amante.

—¿Otra amante? Estoy yo ahora para nuevas aventuras… Además, no me apetece. Contigo tengo de sobra —esta vez el hombre no mintió con el arte falaz de otras veces; mintió a lo mostrenco y, por lo tanto, con nula persuasión.

—Dime la verdad, Narciso, o te juro que…

El subdirector de *El Ahorro Seguro*, en un arrebato, perdió los estribos.

—¿O qué? —preguntó elevando el volumen de voz.

—O contaré lo que sé —la mujer dijo lo que no quería decir, al menos no tan pronto. Se maldijo por su falta de aplomo.

Franco sonrió con cierto desdén entretanto digería el mensaje implícito de la escueta frase que acababa de escuchar. ¿Un farol, o una amenaza con fundamento?

—¿Qué vas a contar: que eres mi amante? A mi mujer le importa una higa que tenga una, dos o diez amantes. Ella y yo, en lo que al amor concierne, hemos terminado si es que alguna vez empezamos. Nuestras diferencias ahora estriban en lo ordinario, o sea, en lo material —Narciso recurrió a las medias verdades para ganar tiempo mientras elaboraba a marchas forzadas la estrategia con la que neutralizar la amenaza en la cual, contra todo pronóstico, se había convertido Cayetana Gil.

—No me refiero a lo nuestro; me refiero a lo tuyo, a lo que hiciste a partir de la medianoche del pasado martes —Cayetana, después de su desliz, se dejó de ambigüedades y fue directa al grano, más bien la herida.

Narciso se quedó de una pieza, incapaz de reaccionar con la celeridad que requería la terrible frase pronunciada por Cayetana; al final optó por ganar tiempo.

—¿Qué quieres decir?

—Lo sabes muy bien.

Sí, lo sabía, empezaba a saberlo. Ahora bien, lo que ignoraba era si la mujer había pronunciado sus inquietantes palabras basándose en meras suposiciones, o bien su velada acusación se inspiraba en algo más sólido. ¿Algo? ¿Qué? Nadie lo vio matar a los viejos, pero… ¿Y si Cayetana lo vio entrar o salir del número 6 de la calle de la Mansedumbre? ¿Pasada la medianoche, o de madrugada? Para ello, tendría que estar esperándole en las proximidades del portal de los Irízar Puente, y era imposible que ella supiera que a esas intempestivas horas se dirigiría a la casa de sus tíos. Sólo una mujer estaba al corriente de sus planes. No, definitivamente tendría que tratarse de una mera intuición.

—No tengo ni idea de lo que según tú debo saber. Dímelo y así lo sabré de una puñetera vez, y dímelo pronto, que el tiempo apremia.

Sin calcular el riesgo, con el orgullo herido, Cayetana se lo dijo. Le contó que el martes pasado lo estuvo siguiendo desde que salió de *El Ahorro Seguro* hasta después de las dos de la madrugada.

El rostro de Narciso palideció súbitamente al escuchar la franja horaria que mencionó Cayetana.

—A media tarde, sentada delante de la ventana de la cafetería que hay enfrente de tu portal, estuve a punto de desistir. Llevaba casi dos horas allí y tú seguías sin dar señales de vida, como si hubieras decidido quedarte en casa hasta el día siguiente; pero justo en el momento en que, perdida la paciencia, me disponía a marcharme, apareciste a eso de las siete de la tarde, vestido de manera estrafalaria y con un macuto a la espalda. Al principio, alargaste el paso, como si llegases tarde a alguna cita o quisieras alejarte cuanto antes de la calle de Las Guirnaldas, y pensé que, con la corta longitud de mis zancadas, te perdería de vista enseguida; sin embargo, en cuanto recorriste un par de centenares de metros, moderaste la marcha —Narciso, conforme hablaba Cayetana, fue inclinando el tronco hacia delante con objeto de acercar sus ojos lo máximo posible a la mujer, tal vez con el propósito de intimidarla—, incluso caminabas despacio, como si repasaras mentalmente el plan que te proponías ejecutar en las siguientes horas. Me extrañó que, a los pocos minutos de salir de casa, entraras en un bar de tapas, y me extrañó mucho más que tardaras tanto en salir. Arriesgándome a que me descubrieses, eché un vistazo por la cristalera por si acaso te habías reunido con alguna mujer. No. Estabas solo al fondo del establecimiento, dando cuenta, sin demasiado entusiasmo, de una tapa y una cerveza. Percibí en tu rostro una expresión de seriedad, acaso de preocupación, como si tramaras algo gordo. Lo que nunca imaginé es que en esos momentos estuvieras revisando los detalles de lo que más tarde harías. Sí, Narciso, porque te seguí durante las horas siguientes, incluida la sesión cinematográfica, hasta que entraste en el número 6 de la calle de la Mansedumbre; y, luego, desde un portal del otro lado de la calzada, aguardé tu salida, porque sabía que no tardarías. A esa casa no habías ido a dormir, sino a otra cosa, a saber cuál. Lo hiciste más tarde de lo que imaginaba, después de las dos.

—Baja la voz —la apremió Narciso—. ¿Para qué me cuentas todo esto, y con tanto detalle?

—Imagínatelo.

—No estoy para imaginaciones. No pretenderás chantajearme, ¿verdad?

—No necesito tu dinero. Sólo quiero advertirte de que no permitiré que incumplas la promesa que me hiciste hace unas semanas. Estoy enamorada de ti, Narciso, como nunca lo he estado de ningún hombre. Eres mi principal droga, y no puedo desengancharme. Además, ahora, el destino trágico nos ha unido. Conmigo siempre estarás a salvo, Narciso, lejos de mí, con otra mujer, cualquiera sabe…

Alertado por el peligro que se cernía sobre su libertad, en todas las acepciones del término, Narciso Franco optó por ganar tiempo en tanto decidía qué hacer con Cayetana. Así que recurrió una vez más a su estrategia preferida: las medias verdades pronunciadas en tono embaucador.

—¿Y de dónde has sacado que yo no esté dispuesto a cumplir lo que te prometí? Me pones a mil por hora, Cayetana, ninguna otra mujer me excita como tú. Sería un imbécil si abandonara a una hembra así, y yo seré muchas cosas, pero imbécil sí que no soy.

—Los hechos hablan más alto que las palabras, Narciso. Hasta la visita que me hiciste el otro día, llevabas casi una semana sin pisar mi apartamento, cuando antes venías en días alternos; además, en nuestros últimos encuentros, incluso en las fechas previas a tu incursión nocturna del pasado martes, te noté algo disperso, como si pensaras en otra cosa, probablemente en una mujer, que por supuesto no sería Yolanda, que ya no te pone. Tengo un sexto sentido para percibir cuándo un hombre entra en mí sólo con su polla. La práctica me ha convertido en una especialista en estos menesteres.

—En cuanto pasen unos días, y recupere la calma, todo volverá a ser como antes, Cayetana. Ten paciencia.

—¿Incluida la promesa de que te divorciarás y viviremos juntos?

—El divorcio está en marcha. No te preocupes.

—No te daré unos días sino veinticuatro horas; hoy andas apurado de tiempo, pero mañana seguro que no tendrás tanta prisa; te esperaré en mi apartamento a partir de las cuatro de la tarde. Hemos de hablar sin tanta premura, a solas, sin que nos coarte la presencia de extraños.

—Es posible que a última hora de la tarde de hoy, me libere y pueda dedicarte un par de horas.

—Hasta cerca de las diez como mínimo estaré ocupada. Tengo cita en un hotel con mi principal cliente, colega tuyo de la banca, quien quizá venga acompañado por su secretario particular o su guardaespaldas. No puedo vivir del aire. Desde que te conocí, he reducido los servicios a la mínima expresión; me he quedado sólo con los tres hombres más importantes, los que más pasta me aportan, sólo tres, y unas pocas sesiones al mes. Una prueba más de mi amor por ti. Cuando vivamos juntos, si tú así lo quieres, me buscaré otro trabajo, aunque gane mucho menos dinero. Si estoy contigo, no me importará.

—Mañana, me será difícil acudir a tu apartamento, ya que, en cuanto salga del banco, habré de atender un par de compromisos ineludibles. Estoy bajo presión, Cayetana; las condiciones leoninas que impone Yolanda para divorciarse, la pesada de mi madre que me ha citado en su casa a saber por qué motivo, la Policía que anda husmeando en el entorno de los Irízar Puente… ¿Qué importancia tiene que en vez de mañana vaya otro día más propicio para recrearnos tú y yo en nuestros *asuntos*?

—Vendrás mañana. Te conviene hacerlo, Narciso. Demuéstrame que todavía me deseas convirtiéndome en una prioridad.

Narciso, con la insistencia de la mujer en citarle al día siguiente en su casa, se malició alguna celada.

—Pues claro que te deseo. Te deseo porque te quiero. Si me lo permites, esta misma noche te lo demostraré.

—Mejor mañana, que estaré más descansada. Como te he dicho, el viejo verde del banquero vendrá acompañado; últimamente le 'ponen' los *menage à trois*. No sólo quiero que me eches un polvo de los tuyos, quiero algo más.

—¿Qué? ¿Hablar?

—Hablar, sí.

—¿De qué? Ya estamos hablando ahora.

—Ya te lo explicaré mañana.

Las sospechas de Narciso, en unos segundos, alcanzaron el rango de certeza. "Esta zorra me está preparando una encerrona para mañana. Es capaz de haber alertado a la Policía, o disponerse a hacerlo. Va lista".

—Te llamaré, o te enviaré un *WhatsApp*.

Cuando se despidió de la mujer, de camino a su domicilio, el cerebro de Narciso bullía trazando diversos planes, alguno diabólico. Delante del portal de su casa, en la calle de Las Guirnaldas, en el aparente caos que habían provocado sus agitadas neuronas mientras abrían múltiples senderos en la maraña cerebral, emergió la imagen de una mujer desnuda, despatarrada, superpuesta en el centro de una diana. Era Cayetana Gil.

# 34

## LA VECINA DE CAYETANA

Cuando Gabriela Heras regresó, a media tarde, a su domicilio, en el número 10 de la Avenida de los Valientes, horas después de la conversación mantenida en la universidad con los dos policías de la Brigada contra el Crimen, coincidió en el rellano de la escalera, delante del apartamento segundo A, con su vecina, Cayetana Gil, quien, tras mudarse de ropa y vestirse con la indumentaria que más excitaba al encopetado cliente con el que estaba citada: pantalones de cuero ceñidísimos, jersey entallado de cuello de cisne, cazadora negra y zapatos de salón de altísimos tacones, se disponía a encaminarse al hotel *Lerele*, el centro habitual en el que ejercía su trabajo de 'chica de alterne', ubicado a unos 300 metros aproximadamente.

—¿A qué hora volverás, Cayetana? Me gustaría charlar un rato contigo.

—Hoy me viene fatal; tengo una cita en el hotel *Lerele* con uno de los tres clientes que todavía conservo, el banquero, quien llevará compañía (últimamente le excita más mirar que actuar), quizá porque el cacharro suyo no da más de sí. No regresaré antes de las diez. Si no te importa, dejémoslo para mañana.

Gabriela, quien mantenía una excelente relación con Cayetana, estaba al corriente de las andanzas personales y laborales de su vecina. Así, sabía que, unos años atrás, Cayetana había trabajado como modelo para una multinacional del calzado, y que, luego de prescindir la empresa de sus servicios para 'fichar' a una modelo más joven y huesuda, la Gil, meses más tarde, en la tienda de ropa masculina en la que fue contratada como dependienta por un salario exiguo, la cuarta parte de lo que cobraba como modelo, congenió con un cliente veterano, casi un anciano, quien, a cambio de gozar de su compañía un par de fines de semana en su residencia de vacaciones, en la costa, le hizo unos cuantos regalos: desde un centro de flores a un brazalete de plata pasando por un sobre perfumado con varios billetes de cincuenta euros en su interior. Más tarde, en una nueva invitación de fin de semana, el hombre le ofreció mil euros si, además de los besuqueos de los encuentros precedentes, le desmochaba el prepucio durante unos minutos, los que fuesen necesarios, que no serían muchos. Cayetana, tras pensárselo unos segundos, consintió. Económicamente estaba bajo mínimos. Con el paso del tiempo, el hombre, quien ya ni siquiera con una ración de *Viagra* se ponía a tono, le propuso el doble de gratificación, dos mil euros, si ella copulaba con un amigo mientras él se dedicaba a mirar el espectáculo con ojos nostálgicos, acaso melancólicamente lascivos. El fulano le ofreció cinco mil euros limpios al mes por repetir el estrambótico trío cada dos semanas, eso sí, si el sujeto lo consideraba oportuno, debería permanecer el sábado y el domingo en el chalé de la costa. Cayetana aceptó. Después, se le presentó un tercer cliente, un banquero veterano amigo del anciano bisoño. No le cegó la ambición. Con un par de servicios semanales tenía de sobra para atender sus necesidades básicas, pagarse algunos caprichos, pocos, y ahorrar unos centenares de euros al mes. Suficiente para satisfacer sus modestas ambiciones. Sin embargo, una noche de hacía cuatro meses —5 de julio, jamás se le olvidaría la fecha—, le presentaron a un hombre extremadamente atractivo y varonil en un bar de copas, y toda su vida se puso patas arriba. La pasión que, a sus 33 años, daba por hecho que se había marchitado prematuramente, resurgió con una fuerza incontenible. Un deseo voraz se adueñó de ella, en cuerpo y alma; un deseo que devino pronto en una obsesión. Cuando no estaba con él, pensaba en él; cuando pensaba en él, lo que no era él, el trasfondo, le resultaba insustancial; cuando su amante entraba en ella, el mundo, como por arte de birlibirloque, se transformaba en un estallido de colores, sabores, olores, sensaciones... mientras sobrevolaba las nubes y se zambullía en el paraíso. El sentido común de Cayetana se había estrellado contra la entrepierna de un hombre. Un hombre que, para su desgracia, era un asesino.

Gabriela, en el rellano de la escalera, luego de mirar a izquierda y derecha para cerciorarse de que nadie les oía, le preguntó a Cayetana entre susurros si el sujeto del que le habló, ése por el que había perdido la cabeza, se llamaba Narciso Franco.

—¿Cómo has averiguado su nombre?

—Lo vi por primera vez hace unos días por la mirilla cuando llamaba al timbre de tu casa, y el viernes lo volví a ver en el funeral de los dos ancianos asesinados. Natalia había mencionado a su primo hermano en alguna ocasión; el viernes lo vi por primera vez en la iglesia, antes de que me lo presentaran. No he tenido ninguna duda. Es el mismo hombre que vi por la mirilla.

—Sí, es el sobrino de los joyeros asesinados —de repente a Cayetana empezó a temblarle el labio inferior mientras las palpitaciones del corazón, frenéticas, se traslucían en una vena del cuello.

—¿Qué te sucede? —preguntó Gabriela, angustiada por el temor de que su vecina sufriese un colapso.

Grandes lágrimas brotaban de los ojos de Cayetana trazando surcos en la capa de maquillaje que barnizaba su rostro.

—Ay, Gabriela —se lamentó entre hipidos.

La profesora universitaria abrió la puerta de su casa, pasó el brazo por encima del hombro de Cayetana y la condujo con suavidad al interior.

—Entra y cuéntame lo que te aflige.

—Se me hará tarde. El banquero es muy puntual, y va siempre acompañado por un hombre relativamente joven, un guardaespaldas o su secretario particular, cualquiera sabe. Lo suyo, lo del banquero, es mirar, toquetear a ráfagas y rememorar viejos tiempos.

—Hazme un resumen. No puedes irte así.

En los diez minutos siguientes, a base de palabras, Cayetana aligeró el lastre que la acongojaba. Ahora bien, la mujer advirtió a Gabriela que jamás declararía contra Narciso, y que, por consiguiente, si informaba a la Policía de lo que le acababa de contar, lo negaría todo.

—Mujer, si lo viste salir a esas horas del portal de la casa de sus padrinos, entonces sólo él pudo matarlos, o sea, que hablamos de un asesino que ha matado a sangre fría a sus tíos y padrinos. Es un monstruo.

—No, no lo es; y, si lo fuera, sería mi monstruo. Además, él no es un asesino. Si mató a los dos ancianos, lo cual está por ver, quizá actuó en defensa propia. A saber lo que sus tíos le hicieron.

Y Cayetana pronunció estas palabras sin titubear, convencida del fundamento de lo que decía. Gabriela, con los ecos de un conocido refrán vibrando en su pensamiento: "No hay más ciego que quien no quiere ver", contempló a su vecina con ojos piadosos antes de pugnar por hacerla entrar en razón. Una misión condenada al fracaso.

—¿Defenderse a cuchilladas de una anciana de setenta y muchos años que supuestamente le atacaba con las manos desnudas? ¿Y qué pasó con el marido? Natalia, la hija, lo encontró en su habitación, en pijama, con las venas cortadas, desangrado. Primero mató a la mujer y luego se cargó al hombre. Y no se conformó con matarlos, dispuso el decorado con el fin de que pareciera un nuevo caso de violencia de género. O sea, además de quitarle la vida a su padrino, lo presentó ante la opinión pública como un uxoricida. Una barbaridad así sólo está al alcance de un desalmado.

—¿Qué es un uxoricida?

—Una persona que mata a su cónyuge.

—Quizá Narciso no fue el asesino. Yo sólo lo vi salir del portal de sus tíos a las dos y pico de la madrugada. ¿Y si fue a la casa por alguna urgencia y se encontró con los cadáveres de los dos ancianos? —Cayetana se resistía a admitir que el hombre al que amaba era un criminal inmisericorde.

—¿Qué hacía a esa intempestiva hora en la casa de sus padrinos? —insistió Gabriela—. ¿Una visita de cortesía? A esas horas, sus padrinos ya estaban muertos. ¿Por qué no llamó a la Policía?

—Él entendió que sus tíos no le abrían la puerta porque estaban dormidos profundamente.

—¿Y tardó casi dos horas en darse cuenta de que estaban dormidos? ¿Qué hizo mientras tanto: echar una cabezada en el rellano de la escalera? Además, al día siguiente, sí podría haber informado a la Policía de que él estuvo en la casa de las víctimas a la hora aproximada en que se produjeron los asesinatos, ¿no crees? Y no lo hizo. ¿Por qué?

—Porque… —Cayetana rompió a llorar.

—Es un asesino, Cayetana, y podría volver a actuar. Sólo puede hacer una cosa así quien lleva el diablo suelto en sus entrañas.

—¿Diablo? Él me lleva al paraíso. Jamás volverá a hacer daño a nadie. Estoy segura de que, si mató a sus padrinos, no fue de manera premeditada; las circunstancias lo desbordaron y…

Cayetana percibía la realidad con los ojos de la pasión que ella llamaba amor, la pasión por Narciso Franco y, por lo tanto, era inmune a todo lo que enturbiase su paisaje hormonado.

—A todos los asesinos las circunstancias les desbordan, sus circunstancias. Los hechos son incontrovertibles, Cayetana. Tardó dos horas en salir de la casa de los Irízar Puente, o lo que es lo mismo, no abandonó la vivienda hasta borrar cualquier rastro de su presencia y dejar el decorado dispuesto para que la escabechina pareciese que la había perpetrado Jacobo Irízar. No se conformó con asesinar, se preocupó además de que su padrino, la víctima, a los ojos de la opinión pública fuese el verdugo. La maldad en estado puro.

—Ojalá pudiera gobernar mis sentimientos, Gabriela, pero me es imposible. Estoy enamorada de él. Si lo denunciara, jamás me lo perdonaría —dijo Cayetana entre balbuceos.

—Da igual que ese canalla no te perdone. Harías lo correcto.

—No me lo perdonaría yo, Gabriela.

La profesora miró a Cayetana con el rostro desencajado.

—¿Es que le has dicho a Narciso que lo viste salir de la casa de sus tíos la noche del doble asesinato?

Cayetana, ruborizada, extrajo un pañuelo de su bolso de piel de serpiente, regalo de uno de sus clientes, y se enjugó las lágrimas.

—Sí, esta tarde —respondió con un hilo de voz al cabo de unos segundos.

—¿Qué has hecho? Ahora, ahora… —Gabriela prefirió dejar la frase inconclusa.

—Me quiere. A mí jamás me hará daño.

—¿Te quiere a ti entera, o solo a tu cuerpo?

—A mí y a mi cuerpo… Insisto, no lo traicionaré. Si acudes a la Policía, lo negaré todo. Declararé que te has inventado la historia para incriminar a Narciso. ¿Por qué? Por celos. Eso es lo que diré. Lo siento en el alma, Gabriela.

—Ya veremos lo que hago.

Aunque Gabriela supo al instante lo que tenía que hacer, optó por posponer la llamada a la Policía hasta el día siguiente. Una pésima decisión.

Por la mañana, antes de ir a la universidad, llamó a la Comisaría Central y le refirió a Cecilia Fresnedo, en una formidable síntesis, lo más sustancial de lo que le había contado Cayetana Gil. Demasiado tarde.

## 35

## EL ERROR DE ROBERTO LEMOS

A las diez y media de la noche del lunes, cuando Cayetana salía del hotel *Lerele* —la sesión de exhibicionismo, tocamientos y otras inconfesables cosas se había prolongado más de la cuenta, ya que el banquero y su acompañante estaban más desatados que nunca—, recibió una llamada telefónica de un número no identificado. Estuvo a punto de hacer caso omiso, pero, alertada por una sucesión creciente de pálpitos, decidió responder. Era Narciso, quien por alguna extraña razón le llamaba desde un móvil desechable.

—¿Eres tú, Narciso? ¿Por qué no me has llamado desde tu teléfono móvil?

—Porque me lo han robado —mintió.

—¿Qué quieres? —Cayetana compuso un tono cortante, como si le importunara que él la llamara a tales horas.

—Me gustaría pasar contigo la noche. He intentado aplazar algunos de los compromisos que tengo mañana, menudo día me espera, pero no me ha sido posible. Así que, si no te apetece que vaya hoy, deberemos posponer nuestro encuentro unos cuantos días. Tú verás. Quiero demostrarte con hechos lo mucho que me interesas. Además, deseo contarte con todo detalle lo que sucedió en la casa de mis tíos la madrugada del pasado martes. Las cosas no son lo que parecen, Cayetana.

La mujer fingió pensárselo antes de aceptar. Aparte de la tentación irresistible de entregarse a la virilidad de Narciso, sentía una creciente curiosidad por escuchar, en la versión de su amante, lo que realmente sucedió en la vivienda de los Irízar Puente. ¿Y si, al sorprender al asesino o asesinos con las manos en la masa, Narciso, impelido por el instinto de supervivencia, hubiese huido del lugar, y no llamó a la Policía precisamente por eso, porque temía presentarse al mundo como un cobarde? "¿Y por qué tardó tanto en emerger del portal, Cayetana?", inquirió una voz de ultratumba que provenía de la buhardilla de su conciencia. También para esa pregunta la Cayetana enamorada tenía respuesta: "Porque, sabedor de que el asesino (o asesinos) le perseguiría escaleras abajo, se escondió durante un par de horas en el rellano del piso superior".

—Estoy muy cansada, Narciso. Hazme un hueco mañana en tu agenda.

—No creo que el colega mío, ese adefesio, y su monaguillo te hayan dado demasiado currelo. Seguro que, en cuanto se la has meneado un poco al término de la sesión de estriptís, ha sucumbido a tus encantadoras habilidades, y el otro, al contemplar el espectáculo, tampoco habrá podido resistir. Pasemos la noche juntos, Cayetana; un poco de tute al principio y un reparador descanso a continuación. Eso sí, antes del placer, te aclararé algunas cuestiones que han quedado pendientes. Soñarás con los angelitos. Te lo prometo.

Un hondo suspiro le llegó a Narciso Franco, como si la mujer, por misericordia, se resignara a hacerle un favor.

—De acuerdo. Déjame al menos veinte minutos de margen, acabo de salir del *Lerele.*

Media hora más tarde, Narciso Franco, después de entrar en una cafetería por la puerta delantera y salir por la trasera para despistar al hombre tocado con una gorra que seguía sus pasos, estaba seguro de ello, desde hacía un buen rato, entró en el número 10 de la Avenida de los Valientes.

En esos mismos instantes, a unos centenares de metros, el agente Roberto Lemos llamaba al número de teléfono móvil de Cecilia Fresnedo.

—Lo siento, Cecilia, he perdido el rastro de Narciso Franco. He cometido un error de novato. Le he visto entrar en una cafetería, y, agazapado en la esquina de un edificio próximo, he aguardado un buen rato a que saliera; al cuarto de hora, receloso, me he acercado a la cafetería y entonces me he percatado de que el establecimiento da a dos calles, con sendas puertas de entrada y salida. Para cuando he reaccionado, el sujeto había desaparecido.

—No te preocupes. Se habrá ido a dormir. Ya te diré mañana si proseguimos con la vigilancia. Feliz descanso, Roberto.

En el apartamento segundo A de la Avenida de los Valientes, a las once y media de la noche del día 8 de noviembre, Cayetana, con las manos atadas al cabecero de la cama (la excitaba hallarse a merced de la voluntad de Narciso), sin solución de continuidad, en unos segundos, pasó de los gemidos de placer a la lucha angustiosa e inútil por salvar la vida. En los minutos previos, Narciso se las apañó para que la mujer no reparara en que él llevaba las manos enguantadas. En cuanto la besó con frenesí en las orejas, en el cuello y en la nuca, Cayetana cerró los ojos y se dejó hacer, confiada en que, en los minutos siguientes, como en las otras veces, sus sentidos acariciarían la gloria. Pobre incauta. Su amante y asesino, encima de ella en la cama en la que la mujer dormía todas las noches, mientras la penetraba con vehemencia, aprovechó el instante álgido del orgasmo de ella para, en un movimiento veloz, colocar una almohada sobre su cabeza y presionar con fuerza hasta asfixiarla. Los rodillazos y las patadas decrecientes de Cayetana apenas hicieron mella en los músculos dorsales del asesino. Del placer a la aniquilación, en unos segundos. Qué frágil es la vida humana.

## 36

## LAS PREVENCIONES DE LA OTRA AMANTE

*Había oído hablar excelencias de la profesionalidad y perspicacia de la subinspectora Cecilia Fresnedo, pero no esperaba que fuera tan avispada y que tuviera tanto carácter. Y su compañero tampoco va mal servido de neuronas. Además, se nota que entre los dos hay un buen rollo. Por la forma de mirarse, incluso diría que son amantes, o están en ello y más pronto que tarde lo serán.*

*Por las preguntas punzantes que me han hecho, resulta evidente que Narciso es uno de los principales sospechosos del doble asesinato, quizá el principal. ¿Cómo, después de disponer el escenario para que pareciese un nuevo caso de violencia machista, no se le ocurrió cerrar con las llaves cuando se marchó de la casa? Mis dudas, escasas, se han disipado del todo; hago bien en mandar a hacer puñetas a este tontolaba. No me extrañaría en absoluto que lo arrestasen en cualquier momento. Él afirma que no lo vio nadie entrar o salir de la casa de los Irízar Puente y que no dejó en la vivienda ni una sola pista que pueda conducir a la Policía hasta su persona. Sin embargo, pese a la seguridad que exhibe, presiento que la Fresnedo ha descubierto algo gordo, algo que lo incrimina.*

*Lo que se tercia ahora es apropiarse del dinero y las joyas del robo antes de que se produzca su detención. Mañana sin falta lo llamaré por teléfono a* El Ahorro Seguro *y lo citaré en la habitación de un hotel próximo al banco, por ejemplo, en* Castillos en el Aire.

*Le diré que sólo puedo obviar mis obligaciones en* Zara Home *entre las 15 y las 17 horas. Con la imaginación drogada por el festín que dará por descontado que le aguarda, acudirá como un siervo manso y hambriento. En cuanto nos demos mutuamente candela, y mañana en lo que a mí concierne me esmeraré más que nunca, es de prever que, al igual que en anteriores ocasiones, se quede dormido como un ceporro. Aprovecharé entonces la coyuntura para cogerle el llavero de la bandolera (ahí lleva colgadas las llaves de su casa y también las del apartamento familiar de Laredo), salir sigilosamente de la habitación y dirigirme a una cerrajería a que me hagan una copia. Confío en regresar antes de que se despierte (y si no fuera el caso, le diré que he bajado a la cafetería a tomarme un piscolabis). Así, en el supuesto de que en el futuro inmediato lo enchironasen, lo cual cada día me parece más probable, siempre dispondría de la oportunidad de apropiarme del botín. Para ello solo tendría que desplazarme de inmediato a Laredo, entrar en el apartamento y arramblar con el dinero y las joyas que ha escondido en el ropero, si es verdad que están allí. Aunque me dijo que lo pensaría, es obvio que el muy cabrón no quiere que yo tenga llaves de la vivienda y el portal, señal inequívoca de que no se fía del todo de mí. Donde las dan, las toman.*

*Si se confirmaran mis vaticinios y Narciso declarase ante el juez como presunto autor del doble asesinato, me extrañaría mucho que se comiera él solo todo el marrón. Si me delatase, yo, por supuesto, lo negaría todo. Y, llegados a ese punto, le resultaría imposible aportar una sola prueba en mi contra, bien me cercioré yo en cada uno de nuestros encuentros clandestinos de no dejar ni una sola huella de mi paso por su vida. Además, siempre concerté las citas en el último momento y en diferentes hoteles, precisamente con objeto de imposibilitarle la planificación de alguna jugarreta. En aquellos momentos, aunque físicamente me atraía incluso más que un collar de esmeraldas, recelaba de él por otras razones, eso sí, en ningún momento imaginé que pudiera convertirse en un asesino. Aparte de los recuerdos, no tiene nada tangible para utilizar contra mí. Al menos, eso creo. Porque, claro, el otro día, cuando estuve con él, ya convertido en asesino, tenía el teléfono móvil entre sus manos, y no paró de pasárselo de una mano a otra, como una pelota de tenis. Quizás, ensimismada yo en la narración de sus retorcidas peripecias, no me percaté de que accionaba la cámara de vídeo para grabar la conversación que manteníamos y, así, disponer de un 'argumento' para disuadirme en el eventual caso de que yo pensara delatarle. Si lo hizo, entonces yo también tengo un problema gordo. En fin, lo que sea, será.*

*Seguiré adelante con mis planes; en cuanto me lo folle y se quede sopa, además de cogerle las llaves, hurgaré en su teléfono móvil para descartar la existencia de algún archivo comprometedor. Conozco el patrón que dibuja para desbloquear el chisme... Y si no descartara la existencia de la grabación, sino que la confirmase, entonces dejaría de haber grabación. Tampoco la habrá en el futuro inmediato, como me llamo Diana Valcárcel que no la habrá. La de mañana en el hotel será la última vez que me abriré de piernas para ese degenerado. Ya va siendo hora de que yo también recupere la cordura. Es Tarzán de los polvos, sí, y también una alimaña.*

## 37

## UNA LLAMADA TARDÍA

El martes, día 9 de noviembre, a las nueve y cuarto de la mañana, Cecilia Fresnedo atendió por teléfono a Gabriela Heras, compañera sentimental de Natalia Irízar Puente. A pesar de tratarse de una llamada tempranera, la profesora universitaria la hizo con varias horas de retraso.

En cuanto la subinspectora escuchó el principio del relato de Gabriela *("Mi vecina, Cayetana Gil, amante de Narciso Franco, vio salir a éste del portal de la casa de sus tíos la madrugada del doble asesinato de los Irízar Puente...")*, la interrumpió e instó a que la profesora le contara todo al cabo de unos minutos, cara a cara.

—Es mejor que me amplíe detalles en persona. Así, mirándola a los ojos, la escucharé de verdad.

—¿Quiere que vaya a la Comisaría?

—No. Me desplazaré yo a su casa.

—Apresúrese; a las once de la mañana tengo clase en la universidad. Vivo en el segundo B del número 10 de la Avenida de los Valientes.

—Salgo ahora mismo. Llegaré dentro de unos veinte minutos.

—Aquí la espero.

Gabriela Heras estaba inquieta, dominada por la aprensión. Algo iba mal en su fuero interno, como si el censor personal, el *superyó* freudiano, el mismo del que pensaba hablar esa mañana a sus estudiantes (la clase, a la postre, sería suspendida), le tirase con fuerza de las orejas de la conciencia. O tal vez no fuese el censor y sí el corazón que, en forma de corazonada, le estaba comunicando, pálpito a pálpito, que al otro lado del tabique, el alma de su vecina y amiga se daba de cabezazos contra la pared, consternada por la torpeza de las dos mujeres: una por entregarse tan dócilmente a su verdugo, la otra por no atender a su intuición y retrasar varias horas la llamada a la Policía.

Cuando Gabriela terminó de reformular a Cecilia la narración de los hechos que le había referido Cayetana Gil, la subinspectora supo de inmediato lo que había que hacer.

—Llamemos a su vecina.

—Es muy dormilona. Suele levantarse a media mañana como muy pronto.

—Hoy se levantará un rato antes. Vamos.

Cecilia pulsó cuatro veces el timbre de la casa de Cayetana, con un intervalo de varios segundos. Luego, golpeó con los nudillos y los puños la puerta de madera. Nada. Probó de nuevo con el timbre. En la vivienda no parecía haber nadie, al menos nadie que estuviera vivo.

—Me dejó una llave por si acaso perdía la suya, pero me da un poco de apuro profanar su intimidad —susurró Gabriela—. Seguramente, habrá pernoctado en el hotel en el que se había citado con el cliente.

—¿Cliente?

—Es una chica de alterne muy peculiar. Sólo tiene tres clientes, todos ellos de clase social alta, si entendemos por clase social alta a quien tiene recursos económicos sobrados. Cayetana podría ganar muchísimo dinero en su quehacer, porque, además de guapa, desprende un irresistible magnetismo rebosante de sensualidad;

pero ella no ambiciona riquezas tangibles, se conforma con vivir desahogadamente… y que la amen.

—¿Sabe en qué hotel se citó anoche con el cliente?

—El *Lerele*.

La recepcionista del hotel se negó en principio a facilitar la información que solicitaba por teléfono la Fresnedo. En principio, porque en cuanto la subinspectora desató la caja de los truenos, la empleada del *Lerele* le reveló que Cayetana se marchó la noche anterior, poco después de las diez de la noche.

—¿Cómo lo sabe?

—Porque me lo ha dicho esta mañana Doris, la compañera recepcionista que ha cubierto el turno de noche. Siempre le llaman la atención los clientes que se marchan a las pocas horas de ocupar la habitación. Y Cayetana Gil lo hace a menudo.

—¿Es siempre tan observadora Doris?

—Es un poco cotilla, ¿sabe? Ella cree que esa mujer se dedica a la prostitución de lujo. Nos visita de vez en cuando y siempre se va al cabo de dos o tres horas.

—Felicite a su compañera por su propensión al cotilleo. Personas así son una bendición para nuestro trabajo. Dígaselo de parte de la jefa interina de la Brigada contra el Crimen de Metrópoli.

Gabriela Heras, sin mediar ninguna explicación, en cuanto cruzó la mirada con Cecilia Fresnedo, supo lo que debía hacer.

—Vuelvo enseguida.

La profesora universitaria regresó al cabo de unos segundos con la llave del piso de Cayetana Gil.

En cuanto cruzaron el umbral de la vivienda, ambas mujeres se vieron inmersas en un silencio de mal agüero, de la clase de silencios que suele dejar, a modo de estela, la mensajera del otro mundo, probablemente con objeto de que los mortales sepan lo que les aguarda cuando llegue la hora final: silencio, silencio y más silencio, un silencio sempiterno.

—Me temo lo peor, Gabriela. Espéreme aquí.

—Prefiero acompañarla.

—No toque nada —le ordenó Fresnedo entretanto se enfundaba las manos en los guantes de látex que guardaba en un bolsillo del chaquetón.

Desde el dintel de la puerta de la habitación, Cayetana, en la cama, desnuda, con las piernas abiertas, parecía dormir profundamente, o acaso no lo parecía y, al otro lado de la frontera de los vivos, los difuntos duermen así, tal y como dormían a este otro lado; aunque allí, a diferencia de aquí, duermen a perpetuidad, por los siglos de los siglos, sin despertar nunca jamás.

—Está muerta desde hace al menos seis o siete horas —afirmó Fresnedo cuando se percató del *rigor mortis* que presentaba el cadáver—. Tiene unas marcas leves en las muñecas, como si le hubiesen atado las manos. Probablemente, el asesino se las ató en el protocolo preliminar de otras veces, en el juego sexual que ella pensaba que acrecentaría su placer, y tal vez lo acrecentó… antes de su muerte. Narciso Franco, al sentirse acorralado, ha extraído de sus entrañas toda su crueldad, que por lo visto es infinita. Porque a Cayetana, a diferencia de a sus padrinos, la ha matado con premeditación y alevosía. Se trata de un sujeto extremadamente peligroso. El problema estriba en que de momento carecemos de pruebas contra él, sólo el testimonio de una mujer que está en el otro mundo.

Gabriela dobló el cuello para hurtar la visión de su rostro a la subinspectora, quien hablaba por teléfono con sus compañeros de la Comisaría Central, como avergonzándose de las lágrimas que manaban de sus ojos; pero enseguida se recompuso y miró al frente, pues no tenía nada de qué avergonzarse. La persona que yacía en la cama había sido su vecina y también su amiga, no tenía por qué ocultar el sentimiento de pesar que la embargaba.

—Era mi vecina… y también mi amiga. Ese cabronazo la ha matado después de... Hay que ser muy *hijoputa* para matar a quien se entrega a ti por amor.

—Esperemos que mis compañeros de la Científica detecten algún resto de ADN. En principio no presenta muestras de violencia, si bien yo diría que la han asfixiado; quizás el asesino se sirvió de la almohada cuando estaba encima de ella… haciéndole el amor, la manera más sencilla de cometer un crimen, sin apenas resistencia por parte de la víctima. Cuando ésta quiere darse cuenta de que Romeo es en realidad Satanás, ya ha dejado de pensar… y respirar. ¿Qué mujer está en condiciones de imaginarse que el hombre con quien copula, segundos después le arrebatará la vida? La manera más sencilla de matar, la más cobarde también.

—Ha sido Narciso Franco, no hay duda —concluyó Gabriela reproduciendo una mueca de infinito desprecio—. Cayetana, con todo lo que sabía, se había convertido en una amenaza permanente para él; por eso decidió eliminarla.

Cecilia guardó silencio durante unos instantes con los ojos fijos en la portada de la novela que reposaba sobre la mesita de noche: *24 horas en la vida de una mujer*, de Stefan Zweig. Miraba pero no veía, ya que su atención estaba prendada de lo que bullía en su cerebro.

—Si el criminal ha sido Narciso Franco, me temo que mis colegas de la Científica no hallarán nada. Es un sujeto muy astuto.

—¿Y qué van a hacer entonces, subinspectora? ¿Aguardar a que él mismo se desenmascare, atormentado por los remordimientos de conciencia?

—O tomar la iniciativa para obligarle a que cometa un error.

—¿A qué se refiere?

—Podríamos tenderle una trampa. Se me ha ocurrido un plan… Un plan que requiere su colaboración, Gabriela, también su arrojo y discreción. Lo que le voy a proponer ha de quedar entre nosotras. Ni siquiera Natalia debe saber una palabra.

—Entre nosotras quedará, subinspectora. Se lo prometo.

—Mi idea es ejecutar el plan cuanto antes, no vaya a ser que Narciso se nos escabulla, porque a saber lo que estará tramando en estos momentos. Si mis compañeros hallan huellas o restos impropios en el cadáver de Cayetana, obligaremos a Narciso a someterse a las pruebas de ADN y, si se negase, lo pondríamos de inmediato a disposición judicial. Pero, como lo más probable es que no encuentren nada, no por impericia sino porque no habrá nada que encontrar, ahí es donde precisaré de su cooperación. Si no le importa, Gabriela, pásese esta tarde por la Comisaría Central para que ultimemos los detalles del plan que tengo en mente y el cual perfilaré en las próximas horas. ¿Le viene bien a las seis?

—Allí estaré.

## 38

## EL ÉXTASIS DE NARCISO

Al anochecer del martes 9 de noviembre, el *Toyota Auris* de Narciso Franco se adentró en las catacumbas del garaje del hotel *Castillos en el Aire*, situado en El Dorado, uno de los barrios más elitistas de Metrópoli. En la habitación número 325 le aguardaba la mujer a la que amaba y deseaba: Diana Valcárcel.

En cuanto repiqueteó con los nudillos en la puerta, Diana Valcárcel surgió al otro lado embutida en un camisón rojo de seda que traslucía la exigua combinación que cubría sus partes pudendas. A los dos minutos, Narciso, quien se había atiborrado de cocaína en los baños del vestíbulo del hotel, besaba con frenesí los pechos de la mujer antes de hundir la cabeza entre sus piernas; Diana, preparada mentalmente para el envite, no tuvo que esforzarse en representar ningún papel. Le bastó con poner su voluntad a merced de los acontecimientos. A los tres minutos, ya estaba a punto de llegar al orgasmo; intentó resistirse lo máximo posible a la oleada de placer que inundaba sus sentidos, pero lo máximo se redujo a un minuto más. Solo un minuto. Gimió como nunca antes había gemido; pero como él, transformado en un semental a causa de la droga que crepitaba en sus hormonas, todavía no estaba saciado, ella le dejó hacer todo lo imaginable y más. Cuando se desahogó, al cabo de un cuarto de hora, después de susurrar a la mujer, a partes iguales, procacidades y requiebros, Narciso resopló como un toro que emerge del burladero.

—¡Qué polvazo, Diana!

—El mejor de todos —corroboró ella, exhausta luego de aguantar estoicamente los embates interminables de él… "Y el último", se dijo para sus adentros.

Antes de que Narciso se quedara sopa y pudiese coger las llaves de su bandolera, Diana tanteó el terreno. Así, ensalzó la astucia de la Fresnedo, y le conminó a extremar las precauciones ya que la subinspectora, en su opinión, era una policía intelectualmente muy peligrosa.

—El botín está a salvo en el apartamento de Laredo. Esperaré a que pase una temporada para intentar 'colocar' las joyas.

—No hablaba del botín, sino de…

—No te preocupes, Diana. Si me detuvieran, lo cual dudo que suceda algún día, tú siempre estarás a salvo. Me gustan mucho las mujeres, ya lo sabes, pero a la única que amo es a ti. Jamás diré que el golpe lo planeamos entre los dos y que fuiste tú quien me dio las llaves para entrar en la vivienda de tus suegros, mis padrinos. Te doy mi palabra que eso quedará entre nosotros. En lo que a ti respecta, seré una tumba hasta el final de mis días. Jamás te delataré. No solo te lo prometo, también te lo juro.

¿Podría fiarse de la palabra de un asesino?, se preguntó Diana escrutando el semblante impasible de Franco, y, por inverosímil que parezca, se fio.

## 39

## EL FULGOR AUSENTE

Natalia Irízar, después de recibir el "adelante" preceptivo, entró en el despacho universitario de Gabriela Heras y se arrojó en sus brazos.

—Lo siento mucho, cariño. Me acabo de enterar de la muerte por asesinato de Cayetana Gil. Cuánto malnacido hay en Metrópoli.

—Si sólo fuera en Metrópoli, querida Natalia.

—¿Cómo ha sido?

—Al parecer, un depravado la asfixió mientras le hacía el amor.

—¿Se le fue la mano en alguna sesión sado-masoquista, o la mató porque quería matarla?

—Que yo sepa, Cayetana no practicaba el sexo duro. La Policía considera que no fue un homicidio involuntario; su tesis es que se trató de un crimen premeditado.

—¿Por qué? ¿Por quién?

—Cualquiera sabe. Quizás fue un psicópata que disfruta practicando el sadismo extremo. Aunque… —Gabriela lamentó haber pronunciado esa conjunción adversativa. Conocía lo suficiente a Natalia, excelente escuchadora, para saber que no se conformaría con un silencio a modo de puntos suspensivos.

—Aunque, ¿qué?

—No sé, Natalia. Me huele todo muy raro.

—¿Sospechas de alguien?

—De alguien, sí. Su amante.

—¿Acaso lo conoces?

Gabriela se estaba metiendo en una ratonera dialéctica, una ratonera de la que, con una interlocutora como Natalia, resultaría difícil escabullirse. Y le había prometido a la subinspectora Fresnedo que no diría una palabra sobre el asunto que se traían entre manos.

—De vista.

—¿Y por qué sospechas de él?

—Es una historia larga que uno de estos días te contaré.

—No tienes clase hasta la tarde. ¿Por qué no me la cuentas ahora?

—Mejor otro día, cariño. Ahora no es un buen momento. Gracias por tu comprensión.

Natalia escudriñó los ojos de su novia y no vio el panorama de siempre; sus pupilas carecían del fulgor habitual, como si alguna preocupación no verbalizada apagara la chispa que solía brillar en ellas. Prefirió no insistir y respetar el deseo de Gabriela.

—Como quieras.

## 40

## GABRIELA LO SABE TODO

El plan de Cecilia Fresnedo para atrapar a Narciso Franco consistía en que Gabriela Heras le llamara por teléfono a *El Ahorro Seguro*, a primera hora de la mañana, y le soltase a bocajarro que sabía quién era el autor de la muerte de Cayetana, ya que había visto por la mirilla salir al asesino de la casa de su vecina la noche del pasado lunes —Gabriela, por su parte, de su cosecha, añadiría que, segundos más tarde, le sacó una fotografía desde la ventana de su domicilio, con el teléfono móvil, justo cuando él se alejaba del portal—. Asimismo, Gabriela le diría que estaba al corriente de lo que le hizo a sus padrinos la semana anterior. Luego, sin tiempo para que Franco asimilara las devastadoras palabras de la mujer, ésta le pondría precio a su silencio, dicho con otras palabras, desempeñaría el papel de chantajista. Con la autorización judicial que había solicitado Fresnedo, grabarían la conversación y, si Narciso cometía un desliz, lo detendrían en ese mismo instante. No obstante, la subinspectora daba por hecho que Narciso, por teléfono, se mantendría cauto, sin pronunciar ni una sola palabra que lo comprometiera. Con estas premisas, la subinspectora confiaba en que Franco le propusiese a Gabriela una entrevista para abordar en persona el espinoso asunto.

—Si da ese paso, y vaticino que lo dará, cítalo en una cafetería o en un sitio público, el cual vigilaremos de cerca, con presencia camuflada de algún agente. Aunque te tendremos controlada permanentemente, amén de llevar un micrófono oculto para que podamos escuchar vuestra conversación, bajo ningún concepto aceptes ir al lugar que él te proponga, sobre todo si éste es apartado y solitario, un lugar por tanto en el que resultaría difícil camuflar nuestra presencia. Toda preocupación es poca con ese sujeto.

—¿No se maliciará la celada?

—Tal vez, pero, ante la información que le proporcionarás, que lo viste salir de la casa de Cayetana y que, por su parte, ésta lo había visto en el portal de sus padrinos la noche del doble asesinato, no le quedará más remedio que arriesgarse; y si alberga alguna duda, la disipará en cuanto le amenaces con contar todo a la Policía si no te abona, en un par de días, el dinero en que tases tu silencio.

—Asimismo, he pensado agregar en mi relato que le saqué una foto con el móvil cuando él salía del portal de Cayetana. Este detalle acrecentará aún más su ansiedad.

—Genial. Además, quizá sí dispongamos de alguna imagen. Los agentes Borja Castillo y Roberto Lemos se encuentran en estos momentos en la joyería *Ónice*, ubicada a unos metros del número 10 de la Avenida de los Valientes, tratando de conseguir una copia de la grabación de las imágenes supuestamente captadas por la videocámara situada en la parte exterior del comercio. Es probable que su objetivo abarque también el número 10.

—Él ignora que tú eras vecina de Cayetana, ¿no?

—La única que podría habérselo dicho es Natalia. Ya se lo preguntaré, aunque es casi imposible que lo haya hecho, ya que apenas mantiene contacto con su primo.

—Quedará impactado cuando te escuche.

—¿Qué cantidad de dinero le pido por mi silencio?

—Pongamos que algo menos de la mitad de lo que supuestamente se llevó de la casa de sus padrinos, o sea, unos cincuenta mil euros.

—¿Tanto?

—Tiene que ser una cantidad lo suficientemente elevada para que confiera verosimilitud a tu papel de chantajista codiciosa.

—Entonces, le exigiré a ese desalmado cincuenta mil euros en billetes contantes y sonantes.

—No quiero presionarte, Gabriela. Piénsalo bien. Aunque estarás vigilada en todo momento, enfrente tendrás a un asesino que se ha llevado por delante ya a tres personas. La vida ajena, para él, cuenta muy poco cuando se trata de defender sus intereses. Los hechos cantan. Obviamente, también seguiremos de cerca todos los movimientos que dé. Se me ocurre que un buen sitio para quedar con él sería la cafetería de la universidad.

—Difícilmente aceptará.

—Si pretende hacerse pasar por un hombre inocente, no tendrá motivos para negarse. Contamos a nuestro favor con el factor sorpresa. Se siente muy seguro, por lo que se sorprenderá doblemente: por ser tú quién pretende chantajearlo y por lo mucho que sabes. Me extrañaría muchísimo que no reaccionase ante la amenaza que se cierne sobre él. Es más, lo más probable es que pierda el control y se desenmascare a las primeras de cambio. Piénsatelo bien y dime en las próximas horas si estás dispuesta a citarte con ese desalmado.

—No tengo nada que pensar porque está ya pensado. Ha asesinado a mi amiga y también a los padres de la persona a la que más quiero en el mundo. Yo seré el cebo que él picará.

Cecilia Fresnedo se incorporó, Gabriela hizo lo propio; la

subinspectora bordeó la mesa a la que estaba sentada y, saltándose las reglas no escritas del protocolo policial, se fundió en un abrazo con la profesora universitaria.

—Gracias, Gabriela. Pronto pondremos bajo rejas a ese degenerado.

## 41

## EL DESCUBRIMIENTO DE MARCOS IRÍZAR

Diana Valcárcel, recién llegada a su casa luego de concluir su jornada laboral en *Zara Home*, se había metido en la ducha dejando el bolso sobre la mesa del salón comedor. Marcos Irízar, quien regresó poco después del casino *La Buena Fortuna* arrastrando los pies tras perder más de mil euros en poco más de cinco minutos, al entrar en el salón y ver el bolso de su cónyuge encima de la mesa, entreabierto, no pudo resistir la tentación de hurgar en el teléfono móvil de Diana para verificar que sus propósitos de enmienda iban en serio y no se la estaba pegando con algún nuevo amante. Examinó el bolso y, en el fondo, junto al teléfono móvil, se tropezó con algo más, algo que le estremeció. ¿Por qué Diana tenía las llaves de la casa de sus padres (los de él)? ¿Pretendería ir a la vivienda a recuperar algún objeto provisto de un simbolismo sentimental, o acaso las llevaba ahí desde hacía días y se le había olvidado devolverlas al *guardallaves*? ¿Recuperar un objeto simbólico? ¿Cuál? Nada guardaba ella en la casa de los padres de Marcos, casa, por otra parte, que, dada la poca simpatía que se dispensaban mutuamente suegros y nuera, Diana jamás había visitado por su propia voluntad. Marcos, dominado por un sudor frío, empezó a hilvanar hipótesis, y sólo una tenía visos de verosimilitud.

Con el corazón al galope, se sentó en el sofá y esperó a que Diana saliera de la ducha mientras hacía ejercicios respiratorios para atemperar sus nervios desatados. No tenía prisa. Hoy era su medio día de descanso en el restaurante y se le habían quitado las ganas de resarcirse en *La Buena Fortuna* del varapalo sufrido, y ahora podía hacerlo sin desesperarse demasiado, dado que pronto cobraría la parte que le correspondía del seguro de vida suscrito por su padre y también la parte que resultase de las ventas del piso y el adosado que pronto se ofertarían en el mercado inmobiliario.

Diana irrumpió en el salón cuarenta y cinco minutos después, en bata y con el pelo atiborrado de rulos, despidiendo una fragancia a violetas silvestres. Aun en tales circunstancias, con la sospecha pululando en su pensamiento y el alma desencajada, Marcos sintió unos deseos irrefrenables de abalanzarse sobre su esposa y poseerla allí mismo, encima de la mesa de caoba.

—¿Qué haces ahí, tan pensativo? ¿No cenas? He preparado unos raviolis exquisitos. Pensaba despacharlos sola, pero, si te animas, seguro que llegan para los dos.

La mujer hizo mención de encaminarse a la cocina.

—¿Puedes sentarte, Diana? Me gustaría hablar contigo un minuto.

El instinto de la mujer la alertó del peligro, así que, por si las moscas, recurrió a su arma favorita, la que siempre daba… en la *diana*. Se acomodó en el sillón, frente a Marcos, abrió subrepticiamente los dos botones inferiores de la bata y cruzó la pierna derecha sobre la izquierda, dejando el muslo prácticamente desnudo entretanto, con los dedos del pie, empezaba a oscilar el extremo de la zapatilla, en un vaivén continuo.

—Dime, Marcos.

El hombre se obligó a retirar los ojos de las piernas de la mujer, y sin cruzar la mirada con ella, se desembarazó de la pregunta que hervía en sus entrañas.

—¿Qué hacen las llaves del piso de mis padres en tu bolso?

Diana, con el semblante súbitamente arrebolado, acusó la inesperada pregunta formulada por Marcos mientras se maldecía por lo bajini de su colosal torpeza. “Maldita sea. He olvidado devolverlas al mueble llavero. Si seré estúpida”.

—No tengo ni idea. Seguramente las he cogido por error —mintió para salir del paso.

Una respuesta que ni siquiera satisfizo a Marcos, un hombre que carecía de carácter para imponerse a la mujer que encandilaba a diario sus ojos…y tanto le hacía sufrir.

—Mientes, Diana. El llavero del que cuelgan, el escudo del Metrópoli FC, no se parece en nada al tuyo.

—Si no es por error, entonces las he cogido a propósito. ¿Es eso lo que quieres decir? —Diana cambió la posición de sus piernas, ahora entreabiertas a lo *Instinto básico.*

—Pues sí.

—¿Para qué necesito yo entrar en la casa de tus padres, tontorrón?

Diana se incorporó, y, relamiéndose los labios, avanzó hacia Marcos, apartó con suavidad las manos que éste posaba en el regazo, y se sentó a horcajadas sobre sus muslos.

—¿Para qué? Dímelo tú —ronroneó al tiempo que le acariciaba el rostro.

—Pues…

La mujer agarró las manos del cocinero y las puso sobre sus nalgas desnudas, por debajo de la bata.

—No lo sabes, ¿verdad? —insistió él, al borde de la claudicación.

—Sí que lo sé, las cogí porque quedé con tu madre para hablar de *En su punto*. No te lo dije porque te habría molestado que lo hiciera. Ella estaba preocupada por nuestra situación económica en general y por ti en particular; temía que hubieras vuelto a las andadas de la ludopatía, y mi intención era tranquilizarla. No pude hacerlo porque la víspera un indeseable la mató.

—¿Y necesitabas las llaves? Te hubiera bastado con pulsar el timbre.

—Pues…

Marcos miró a los ojos de su mujer con una expresión de tristeza infinita. Sin embargo, Diana le impidió que siguiera ahondando en la senda de la melancolía. Su mano derecha, en la entrepierna de Marcos, empezó a moverse de arriba abajo unos segundos, suficientes para que el hombre aterrizara abruptamente en el aquí y ahora, en el placer.

—¿Has dicho algo, Marcos?

El cocinero emitía unos sonoros suspiros.

Diana se arrodilló sobre la alfombra, abrió suavemente las piernas de su marido, le bajó la cremallera del pantalón y éste mandó las llaves al fondo del mar, para siempre.

## 42

## TERNURA INCONTENIBLE

*Qué imbécil he sido. En todos estos días, no me he acordado de devolver las llaves de la casa de mis suegros al colgador, y Marcos, infiel a su proverbial prudencia, ha hurgado en mi bolso y las ha descubierto. En principio, no he sabido qué decir, luego he soltado un embuste tan poco convincente que ni siquiera él, tan crédulo, se lo ha tragado. Tras mirarme fijamente durante unos segundos, ha hundido la barbilla en el pecho incapaz de disimular su pesar. Me ha dirigido una expresión de infinita tristeza que me ha llegado al alma. Creo que ha sido la primera vez que Marcos me ha provocado un sentimiento tan incontenible de ternura, inédito en mí, tan poco proclive a estas expansiones sensibleras, tal es así que, en ese momento, me han sobrevenido unas ganas irreprimibles de hacerle el amor, y eso es lo que he hecho después de inundarlo de caricias, y, contra todo pronóstico, he logrado correrme. No, si al final, volveré a querer a este hombre. Espero que no elucubre mucho sobre las dichosas llaves, y se obligue a creerse la segunda trola que le he soltado. Es una buena persona, y estoy decidida a continuar con él, sobre todo ahora que nuestros problemas económicos se resolverán de un plumazo con la inminente venta de las dos casas de sus padres, el dinero que todavía queda de la herencia y el cobro de lo que corresponde al increíble seguro de vida que su padre había suscrito en secreto hace unos cuantos años. Eso sí, como vuelva a caer en la ludopatía, lo mandaré a la porra, no sin antes, bajo la amenaza de montar un escándalo de proporciones mayúsculas, pedirle el oro y el moro como compensación.*

## 43

## EL CHANTAJE

El miércoles, 10 de noviembre, amaneció en Metrópoli un día gélido y de cielo plomizo, como si los meteoros se alinearan con los siniestros instintos que se desperezaban en unos cuantos metropolitanos. Gabriela Heras, que había dormido menos de lo normal a causa de la mezcla de ansiedad y pesar que embargaba su ánimo, desayunó frugalmente: un café cargado y un plátano, mientras lanzaba constantes miradas al reloj de pared. Ardía en deseos de que llegase la hora de desprenderse de la indignación que la exasperaba y, también, de comprobar si era capaz de mantener el tipo ante un sujeto de la calaña de Narciso Franco. Intuía que, si desempeñaba bien su papel de chantajista, el asesino caería en la trampa. A las nueve y cinco, Gabriela Heras, espoleada por la ira que galvanizaba su sentimiento justiciero, llamó a Narciso Franco a *El Ahorro Seguro*. Comenzaban las siete horas frenéticas en las que la mujer viviría las peripecias más emocionantes de toda su vida… y las más peligrosas.

Después de ser derivada por una voz enlatada a dos extensiones diferentes y aguardar pacientemente más de dos minutos, la telefonista de carne y hueso que la atendió le dio largas.

—Está en una reunión e ignoro a qué hora terminará. ¿Quién es usted?

Gabriela le dijo que era un familiar y que llamaba por un asunto muy urgente. A los pocos segundos, la voz grave de Narciso fustigó su oído.

—Narciso Franco al aparato. ¿Con quién hablo?

Gabriela se presentó.

—¿Qué asunto familiar es ese tan importante para llamarme al trabajo? ¿Ha ocurrido alguna nueva desgracia en la familia?

—Es posible.

—Las desgracias no son eventuales, o son o no son. Dime lo que deseas, rápido, he abandonado una importante reunión para atender tu llamada.

—Te aconsejo que te armes de un poco de paciencia, Narciso. Te conviene.

Al oír estas palabras, aunque la faz del hombre, experto en cultivar la hipocresía y el cinismo, aparentemente mantuvo la calma, su corazón empezó latir a una velocidad vertiginosa, la manera habitual de advertir del peligro que se cierne sobre el cuerpo que lo alberga.

En los siguientes dos minutos, Gabriela, haciendo gala de una frialdad asombrosa, refirió concisamente a Narciso Franco lo que sabía sobre sus andanzas criminales y más, mucho más, ya que incluso, como tenía previsto, mintiéndole, le llegó a decir que le había sacado una fotografía, en la que figuraban el día y la hora, justo en el instante en el cual él salía del portal número 10 de la Avenida de los Valientes, el lunes, a últimas horas de la noche.

—Después de que, en su apartamento, al lado del mío, en su propia cama, a mi amiga Cayetana un cobarde hijo de la gran puta le hubiese arrebatado la vida.

El subdirector de *El Ahorro Seguro* y triple asesino, al otro lado del teléfono, tragó saliva varias veces. La historia que le había resumido la lesbiana de marras sobre lo que supuestamente le había contado Cayetana acerca de la muerte violenta de los padrinos de Narciso, no tendría ningún recorrido ante el juez, ya que sería la palabra de una difunta contra la de él; en cambio, la fotografía que la novia de su prima decía poseer lo cambiaba todo. Ahora bien, ¿existiría esa fotografía, o se trataría de un farol? Sólo había una manera de averiguarlo.

—Es cierto que estuve en el apartamento de tu vecina; era mi amante, pero te doy mi palabra de honor que Cayetana me despidió en el vestíbulo con un largo beso en los labios. Estaba más que viva, irradiaba felicidad. Si tú supieras lo mucho que estoy sufriendo la pérdida de Cayetana…

—Eres un farsante, Narciso. Es probable que la besaras en los labios y en otras partes de su cuerpo y también que Cayetana irradiase felicidad… antes de que la asfixiaran, de que tú la asfixiaras.

—No estoy dispuesto a continuar escuchando tus infamias. Además, he de volver a la reunión que he abandonado para atender tu llamada. Si quieres, quedamos a tomar algo y te respondo a las preguntas que se te ocurran; seguro que resuelvo todas tus dudas.

—No son dudas las que albergo, sino certezas. Veámonos, sí, tengo una propuesta que hacerte. ¿Qué te parece hoy, a las cuatro de la tarde, en la cafetería de la universidad?

—¿En la universidad, con estudiantes y profesores por todos lados?

—Por algunos lados, no todos. No está lejos de tu centro de trabajo.

—Allí siempre hay demasiado barullo. Busquemos un lugar más tranquilo.

Gabriela, rápida de reflejos, no esperó a que él le sugiriese otro emplazamiento.

—Entonces, veámonos en la cafetería del hotel *Lerele*. Me coge cerca de mi domicilio.

—De acuerdo. ¿A las cuatro te parece bien?

—A las cuatro. Ah, se me olvidaba. Ven con cincuenta mil euros en efectivo. No te será difícil conseguirlos. Sólo necesitas meter la mano en el dinero que te llevaste de la casa de tus tíos.

—¿Qué has dicho?

—Lo que has oído.

—¿Esa es la proposición que tenías que hacerme?

—Esa. Si no traes los cincuenta mil euros, iré directamente a la Policía a contar lo que sé y a entregarles lo que tengo. ¿Por qué creías que te he llamado? ¿Para avisarte del peligro que corres? Qué engreído eres.

—¿Qué es lo que sabes?

—¿Te lo repito?

—Sí, por favor.

—Sé todo. Y puedo demostrarlo. Tengo en mi poder la fotografía tuya saliendo del portal número 10 de la Avenida de los Valientes y también grabé la conversación en la que Cayetana me habló de ti. Entre otras jugosas confidencias, me contó con pelos y señales cómo te siguió el martes, día 2, desde primeras horas de la tarde hasta la medianoche, cuando se quedó pasmada al verte entrar en la casa de los Irízar Puente; luego, desde un portal vecino, esperó a que salieras… dos horas y pico después. Al día siguiente, al leer la prensa, no se quedó pasmada, sino horrorizada.

—Si es verdad que Cayetana te contó eso, entonces te coló una sarta de patrañas, cualquiera sabe con qué intenciones, quizá solo pretendía tomarte el pelo o acaso vengarse de lo que le acababa de decir: que estaba enamorado de otra. Te harás una idea cabal de lo que te estoy diciendo en cuanto veas los mensajes por *WhatsApp* que tu vecina me envió. Nos vemos en el *Lerele.*

—No vengas sin el dinero, Narciso.

—Ja.

"Qué cabrón. No ha dicho ni una sola palabra que lo comprometa. Veremos lo que sucede esta tarde", se dijo Gabriela mientras marcaba el número de Cecilia Fresnedo.

## 44

## NARCISO PICA EL ANZUELO

Después de dar las clases que le correspondían en la Universidad Metropolitana, Gabriela Heras, a quien no perdían de vista un hombre y una mujer (policías) que simulaban ser una pareja de testigos de Jehová, se desplazó a su domicilio, en donde, minutos después de las dos y media, recibió la visita de Cecilia Fresnedo, Pelayo Asensio y Alejandra Marín, esta última integrante de la Unidad Central de Apoyo Operativo.

—Dentro de la cafetería del hotel *Lerele* estará Borja Castillo —le explicó Cecilia a la profesora mientras Alejandra Marín le colocaba un micrófono diminuto debajo del sostén—, caracterizado de guiri, con una cámara de fotos al pecho y tocado con una gorra de marinero. En uno de los sillones de recepción, sin perder de vista la cafetería, Roberto Lemos, trajeado, leerá un periódico como si fuera un cliente del hotel que aguarda a que su chica termine de acicalarse. Pelayo Asensio y yo, enlazados de la mano como una pareja de enamorados —Cecilia guiñó el ojo a su prometido—, le seguiremos los pasos discretamente durante los trescientos metros que separan el número 10 de la Avenida de los Valientes del hotel *Lerele*. ¿Alguna pregunta?

Gabriela denegó con la cabeza.

—Recuerde, no acepte irse con él a ningún sitio que le proponga. Insista en que le abone el dinero que pide por su silencio y la fotografía, y si él aceptara con un mero gesto, opción improbable, procure mencionar alguna palabra que le obligue a decir algo que le comprometa.

—¿Y si exige ver la foto que supuestamente le saqué la otra noche en el portal número 10 de la Avenida de los Valientes?

—Se niega y aprovecha la coyuntura para exigirle que le enseñe el dinero. Si se lo muestra, ese sería el momento en el que nos lanzaríamos sobre él para esposarle y acusarle allí mismo de los tres asesinatos.

—De acuerdo, Cecilia.

—No abra a nadie la puerta de casa hasta que salga hacia el hotel. Nosotros estaremos en todo momento muy cerca de usted. Si necesitáramos ponernos en contacto, la llamaríamos desde este número. Anótelo. O mejor, haré ahora mismo una llamada perdida, y así lo tiene grabado. Tranquilidad y confianza, Gabriela. Todo saldrá bien. La pieza picará el anzuelo. Al asesino de los Irízar Puente y de su amiga le quedan muy pocas horas en libertad —Cecilia posó la mano en el brazo de la docente y presionó los dedos levemente mientras le guiñaba el ojo.

Narciso, en su despacho, se mostraba inquieto, sin dar pie con bola en su actividad laboral. La llamada de Gabriela había desbaratado la sorprendente calma que mantenía desde que su vida dio un vuelco en las primeras horas del miércoles, 3 de noviembre. En los últimos ocho días había matado a tres personas sin ni siquiera pestañear, como si llevara ejerciendo el oficio de matarife desde tiempos seculares. Estaba convencido de que sobre la muerte de sus padrinos la lesbiana sólo sabía lo que Cayetana le había referido, sin disponer de ningún documento sonoro que certificase sus palabras; lo que en realidad le preocupaba era el incidente con Cayetana —"incidente", así lo llamaba Narciso en sus divagaciones—; quería creer que no existía la fotografía porque la profesora mentía al asegurar que lo había visto salir del número 10 de la Avenida de los Valientes. Sin embargo, algo en su interior le advertía que la amenaza de Gabriela iba en serio, o sea, que la mujer tenía argumentos sobrados para arruinarle la vida. Y, por lo tanto, ese mismo algo, el de su interior, le impelía a actuar. Y actuar obviamente no consistía en transigir con el chantaje, ya que la amenaza siempre seguiría ahí, con la capacidad de destrucción intacta mientras la persona que lo amenazaba continuara viva; no había más remedio que eliminar a Gabriela. ¿Cómo? Y, entonces, observando el haz de luz solar que iluminaba la estancia, se le ocurrió la manera de hacerlo. El *Lerele* se encontraba a unos pocos centenares de metros del número 10 de la Avenida de los Valientes, por lo que lógicamente Gabriela iría a pie a la cita. Se trataría de esperarla al volante de un coche, en las inmediaciones del inmueble, aunque fuese estacionando en doble fila y activando las luces de emergencia, seguirla luego a poca velocidad como si estuviese buscando un aparcamiento, desde que saliera del portal hasta que cruzara alguno de los tres pasos de cebra que, de memoria, contó que había en el trayecto hasta el *Lerele*; ese sería el momento de acelerar, llevársela por delante y huir a toda velocidad, siempre y cuando Gabriela no cruzase la calzada mezclada con otros peatones, ya que lo último que pretendía Franco era arrollar a varias personas inocentes (Gabriela no era inocente; Gabriela quería chantajearle), lo cual además entorpecería o incluso impediría la fuga. Si las circunstancias no fuesen las propicias, pasaría de largo y se presentaría en la cita del hotel *Lerele,* eso sí, sin decir durante la charla ni una sola frase que le comprometiera, por si acaso la tipeja llevaba algún micrófono oculto. Para el intento de atropello, utilizaría el vetusto *Seat Toledo* de su padre, el automóvil que se hubiese deteriorado irreversiblemente en el garaje familiar si él no lo habría sacado a pasear de vez en cuando para insuflarle un hálito de vida. En previsión de que alguien pudiese fotografiar o memorizar la matrícula, transformaría con un pincel los dos ceros del número en sendos ochos. Después del atropello, si todo salía conforme a lo previsto, aparcaría el *Seat Toledo* en alguna callejuela siniestra del barrio de la Misericordia, y lo dejaría allí *secula seculorum*, abandonado a su suerte. Si llamaba algún día la atención de la Policía, no resultaría descabellada la tesis del robo. La familia no había denunciado la sustracción porque rara vez usaban el coche. Era un plan muy arriesgado, pero no tanto como cruzarse de brazos y confiar en que las amenazas de Gabriela carecieran de fundamento y sólo se inspiraran en meras sospechas y especulaciones. En una situación desesperada, no cabe otra opción que reaccionar desesperadamente.

## 45

## PELAYO, EL SALVADOR

Cecilia Fresnedo y Pelayo Asensio, que habían almorzado unas pizzas en la casa de Gabriela, a las tres y cuarto bajaron a la calle y se dirigieron a la cafetería *Rufi*, al otro lado de la calzada, justo enfrente del domicilio de la profesora, desde donde disponían de una amplia cobertura visual de la Avenida de los Valientes. Un agente les había informado que Narciso Franco acababa de introducirse en un portal de la calle de la Mansedumbre, el cual, tras posterior comprobación, había averiguado que correspondía al domicilio de la madre del sospechoso. Cecilia se temió que Narciso no acudiera a la cita con Gabriela.

A los pocos minutos de tomar asiento a una mesa de la cafetería *Rufi*, a la subinspectora le llamó la atención el *Seat Toledo* blanco que se detuvo delante de la entrada del garaje situado a la altura del número 4, a una treintena de metros del número 10. El conductor iba tocado con una gorra y llevaba los ojos velados por unas gafas de sol, pese a que el cielo, encapotado, amenazaba lluvia.

—Ese coche me resulta sospechoso, Pelayo. Desde aquí no podemos distinguir la matrícula. Sal y aproxímate lo suficiente para anotarla: luego, llama a la central a ver si se trata de un vehículo robado.

Pelayo hizo lo que le ordenaba Cecilia, ahora su superior, no su enamorada. Regresó a los tres minutos.

—No figura entre los coches robados. Pero los dos ochos de la matrícula tienen un aspecto raro, como si los hubieran manipulado.

—Según mis noticias, el coche de Narciso es un *Toyota Auris.* Además, lo lógico sería que acudiera a la cita para cerciorarse de las pruebas que tiene Gabriela para incriminarle. Quizá el tipo del *Seat Toledo* sea un automovilista que aguarda a que se libere un sitio para aparcar.

—¿Y si fuese un sicario contratado por Narciso?

—No ha dispuesto de tiempo suficiente para contactar con un matón. Además, Gabriela caminará por la acera, y el asiento del conductor, a la izquierda, pilla al otro lado. No obstante, salgamos y situémonos sigilosamente detrás del coche. Si el hombre de la gorra se apea en cuanto aparezca Gabriela, nos abalanzamos sobre él y lo encañonamos.

A las cuatro menos cuarto, Gabriela salió del portal y tomó la dirección de la derecha. El *Seat Toledo* se puso en marcha de inmediato avanzando lentamente en el mismo sentido que la mujer. A la hora de la sobremesa y con el cielo amenazando lluvia, había pocos transeúntes en la calle.

—Corre, Pelayo.

Veinticinco metros más adelante, Gabriela se aprestaba a cruzar un paso de peatones.

El *Seat Toledo* aceleró.

Pelayo Asensio corrió como un poseo —jamás había corrido a esa velocidad— hacia Gabriela y logró enlazarla por la cintura y desplazarla un par de metros justo a tiempo de evitar la embestida del *Seat Toledo*. Narciso, sorprendido por la irrupción del hombre, dio un volantazo instintivo y se llevó por delante a un ciclista antes de estamparse contra la parte lateral del autobús urbano que circulaba por la calle que atravesaba en perpendicular la Avenida de los Valientes.

El ciclista, con casco, sólo sufrió unas heridas superficiales en la pierna derecha.

Narciso Franco quedó aturdido durante unos segundos, con la cabeza contra el volante. Para cuando quiso reaccionar y emprender la fuga, el cañón de una pistola lo apuntaba a través de la ventanilla del *Seat Toledo*. La pistola que empuñaba Cecilia Fresnedo, la subinspectora de la Brigada contra el Crimen de Metrópoli.

## 46

## TELMO Y ALMA REGRESAN A METRÓPOLI

El *Boeing 787* en el que volaban Telmo Corrales y Alma Serra sólo llegó con dos minutos de retraso al aeropuerto de Metrópoli. Cecilia Fresnedo, Pelayo Asensio, Roberto Lemos, Borja Castillo, Miguel Ramón y Felipe Castaños, con gesto expectante, aguardaban a la pareja detrás de la cinta colocada frente a la puerta por la que salían los pasajeros. No tuvieron que esperar mucho. Cinco minutos después del aterrizaje, Telmo Corrales, tocado con una gorra que elevaba unos centímetros su estratosférica altura, 1,96, y Alma Serra, enfundada en un abrigo de lana y un pantalón vaquero, repartían abrazos, besos y caricias verbales entre sus amigos.

—Os pido disculpas por presentarme de esta guisa —Telmo señaló la gorra—. Como sabéis, me abrieron la parte superior del cráneo para poder hurgar en la zona de la masa encefálica donde se había agazapado el tumor que, nunca mejor dicho, me traía de cabeza. Me ha quedado como recuerdo una cicatriz muy llamativa. El pelo sólo la cubre de manera parcial, ya que el cabello, debido a todos los mejunjes que estoy tomando, me ha empezado a clarear —Telmo se destocó e inclinó levemente el tronco hacia delante para que sus amigos pudiesen contemplar de cerca la cicatriz que recorría el perímetro de su cabeza.

A Cecilia le invadió una oleada de ternura; a los hombres les impresionó ver los vestigios de la lucha de Telmo por la supervivencia. Nos creemos el ombligo del mundo, cuando en realidad somos unas criaturas extremadamente endebles. Hoy estás aquí, tan campante, deteniendo criminales por la mañana y dispensando alegrías entre tus seres queridos por la tarde, y al día siguiente quizá te encuentres en la mesa de operaciones de un quirófano, con el cerebro a la intemperie, o, ay, acaso bajo tierra, en el cementerio de la ciudad en la que, en otro escenario más prometedor, no mucho tiempo atrás, tus familiares festejaban tu venida al mundo.

Los ojos de Alma, mientras tanto, emitían destellos cada vez que la mujer miraba a Telmo, y lo miraba continuamente. Cecilia, que no perdía ojo de la actriz, tras la ternura, acogió la serenidad. Su querido Telmo estaba en las mejores manos, las del amor.

Pelayo, por su parte, por primera vez desde que conocía a Cecilia, no sintió ni un atisbo de celos cuando vio a su amada rendir pleitesía a Telmo. Una sensación placentera le recorrió la columna vertebral de arriba abajo, de abajo arriba. El hombre, sumergido en un aura de cuento de hadas, supo con certeza que su amor por Cecilia siempre sería correspondido. Cecilia quería a Telmo pero no de la forma que lo quería a él, su inminente cónyuge. Y el agente de la Brigada contra el Crimen, en un lugar tan poco romántico como el aeropuerto de Metrópoli, sintió que la felicidad no resultaba una quimera, tampoco una abstracción, la felicidad era lo que acariciaba en esos momentos —enlazaba la cintura de la subinspectora con su brazo izquierdo—. La felicidad se llamaba Cecilia Fresnedo.

Antes de salir del aeropuerto, un hombre de mediana edad se aproximó a Telmo Corrales y se fundió en un formidable abrazo con el ex inspector jefe de la Brigada contra el Crimen.

—Os presento a Klaus S. Neumann. Teníamos asientos

contiguos en el avión. Es un escritor alemán, muy amante de la cultura española, autor de lúcidos monólogos de humor.

Klaus, mirando de reojo a Cecilia, su amor platónico, inclinó el tronco hacia delante e hizo una reverencia a los presentes.

—Además de escribir, es un gran lector… Hasta pronto, Klaus. Te llamaremos para tomar un café uno de los próximos días.

—Será un placer, Telmo, Alma.

Regresarían al centro de Metrópoli repartidos en dos coches. Roberto Lemos, Pelayo Asensio, Miguel Ramón y Borja Castillo, en el *Skoda Octavia* que conducía éste, y Felipe Castaños, Cecilia Fresnedo, Telmo Corrales y Alma Serra, en el *Peugeot 508*, el taxi del primero.

Antes de que los circunstantes se introdujeran en los automóviles, Telmo, después de felicitar a los miembros de la Brigada contra el Crimen por la resolución de los casos del asesinato de los dos ancianos y de la chica de alterne (Telmo daba por supuesto que Narciso Franco, al día siguiente, aceptaría ser interrogado por Cecilia Fresnedo y Pelayo Asensio sin presencia de su abogado, y albergaba esperanzas de que su prepotencia le hiciese caer en la trampa dialéctica que le tendería la subinspectora), citó a todos ellos, incluidos Miguel Ramón y Felipe Castaños, al día siguiente, a las dos de la tarde, en el restaurante que le había sugerido Cecilia: *En su punto*, en la Avenida del Buen Ladrón. La subinspectora no renunciaba a identificar a la persona que le facilitó a Narciso Franco las llaves con las que accedió a la vivienda de los Irízar Puente —estaba convencida de que había una cómplice, a quien seguramente Narciso en principio no delataría—, e intuía que el restaurante de Marcos Irízar era el sitio idóneo para obtener esa información.

—Obviamente, la invitación incluye a vuestras respectivas parejas. He reservado mesa para veinte comensales... Será almuerzo porque Cecilia y Pelayo necesitan disponer de unas horas para preparar la boda del sábado, sobre todo teniendo en cuenta que por la mañana interrogarán a Narciso Franco... Miguel, trae a tu hermana Amparo, eso sí, esta vez tendrá que venir sin sus insuperables empanadillas.

—¿Dónde les llevo, don Telmo? —preguntó Felipe Castaños.

—Al número 5 de la calle del Aire, por supuesto. Había pensado en alojarnos en un hotel, pero Alma ha preferido que nos instalemos en el piso en el que he vivido los últimos años en Metrópoli. El gran Miguel Ramón se ha encargado de ventilarlo durante todo este tiempo. Ya veremos dónde residimos cuando regresemos definitivamente aquí. Alma debe volver, dentro de dos semanas, a Los Ángeles a rodar una película de intriga, de esas que ahora los críticos llaman 'thrillers'. Yo, claro, la acompañaré.

—Después del rodaje, me retiraré una temporada. Hemos decidido traer un hijo al mundo, tal vez lo mejore un poquito —agregó la actriz, desbordante de dicha.

—Qué maravillosos padres seréis —auguró Cecilia.

—Y nuestra idea es que el bebé nazca en Metrópoli.

—¿Estás ya embarazada?

—Todavía, no, pero lo estaré... muy pronto —y los ojos relampagueantes de Alma ratificaron su profecía.

—El mundo necesita savia nueva... y de la buena —apuntó Felipe Castaños.

Telmo preguntó a Cecilia por el estado de salud de Santiago Marrodán, el ex comisario jefe, quien batallaba contra una leucemia desde hacía más de un año.

—Le están administrando otra tanda de quimioterapia, pero parece que poco a poco está venciendo al *bicho*. Iba a venir al aeropuerto, pero precisamente hoy ha tenido sesión en el hospital, y no se encontraba sobrado de fuerzas.

—Mañana, antes de la cuchipanda, iremos Alma y yo a visitarle, y, si está en condiciones, lo llevaremos al restaurante.

—¿Cómo va tu novela? —preguntó Cecilia.

—Ya llevo escritas cien páginas.

—Qué ganas tengo de leer ese libro —dijo Felipe.

—Y yo —añadió Cecilia.

—Todos anhelamos leerlo —completó Alma.

—¿De qué trata? —inquirió la subinspectora.

—Obviamente es una novela de intriga psicológica. Me centro en las rivalidades existentes en el seno de una multinacional, rivalidades de todo tipo, amorosas también.

—¿Con asesinatos incluidos? —preguntó Felipe.

—De momento, con un asesinato y otro intento fallido. La protagonista de la historia es una mujer policía, el *alter ego* de Cecilia Fresnedo.

—¿En serio? —Cecilia no cabía en sí de gozo.

—Y su compañero es un agente que guarda un gran parecido con Pelayo.

—Telmo escribe de maravilla. Estoy convencida de que triunfará a lo grande como escritor —profetizó Alma Serra enlazando la mano de su hombre.

—¿Y el trabajo de inspector jefe? —preguntó Cecilia con un deje melancólico.

—Ya veremos cómo transcurren las cosas en los próximos meses. La memoria a corto y medio plazo me juega malas pasadas, confiemos en que se trate de un trastorno temporal —respondió Telmo arrugando el entrecejo.

Delante del portal número 5 de la calle del Aire, en donde el coche de Borja Castillo había dejado dos minutos antes a Pelayo Asensio y Miguel Ramón (éste había esperado delante del portal la llegada del taxi de Castaños), un par de mujeres, una rubia y otra de pelo castaño, de mediana edad, que caminaban por la acera, al percatarse de la presencia del hombre de la gorra, se acercaron al grupo.

—Disculpen nuestra intromisión. ¿Es usted Telmo Corrales? —preguntó la rubia.

—Sí, lo soy.

—Ni con gorra pasa usted inadvertido. Seguimos en la prensa las peripecias de los dos últimos casos que usted investigó: el del delantero centro que se negaba a jugar y el del político progresista al que le tendieron una trampa para desbancarle del poder… ¿Le importaría? —La mujer, exhibiendo una sonrisa natural y por lo tanto contagiosa, extrajo un cuaderno del bolso y le pidió a Telmo un autógrafo.

—Señora, sólo soy un policía y un aprendiz de escritor.

—Un excelso policía. ¿Le parece poco?

—¿Qué nombre pongo?

—Mar Guirao. Soy una gran admiradora suya. Es usted un personaje de leyenda.

La mujer de cabello castaño se mantenía en un segundo plano, como si la timidez le impidiera darse a conocer.

Telmo Corrales, el inspector jefe, con una sonrisa radiante, tendió la mano a la mujer; ésta, en un instante, recuperó el aplomo.

—Yolanda Sánchez Salazar, encantada. Yo, como Mar, también he seguido por la prensa sus legendarias andanzas. Le admiramos.

—Le corrijo, señora. Mis legendarias andanzas, no; las legendarias andanzas de la Brigada contra el Crimen de Metrópoli. Alma Serra, mi novia.

—Su mujer —matizó Alma—. No estamos casados, pero como si lo estuviéramos.

—Y, junto a mi mujer, y a Miguel Ramón, mi vecino y amigo, el prototipo de la bondad, tres de los miembros de la Brigada contra el Crimen: la subinspectora Cecilia Fresnedo, el agente Pelayo Asensio y nuestro colaborador Felipe Castaños.

Felipe, al oír su nombre incluido una vez más en el equipo de la Brigada, sintiendo una dicha inefable, tuvo que presionar con fuerza las plantas de los pies contra el suelo para evitar salir volando rumbo a las estrellas. Jamás olvidaría la noche del día 11 de noviembre.

Yolanda Sánchez Salazar saludó a Miguel Ramón, a los policías y al taxista. Cuando besó a Cecilia, le dijo que a ella también la conocía y la admiraba.

Mar Guirao participó asimismo en los intercambios efusivos. Antes de despedirse, las dos mujeres agradecieron a los policías la magnífica labor que estaban realizando en Metrópoli.

—Desde que ustedes disuaden y persiguen a los malvados, esta ciudad es más habitable. Muchísimas gracias.

Un sentimiento de satisfacción embargó a Telmo Corrales al escuchar las palabras de agradecimiento pronunciadas por las dos mujeres. El trabajo honrado de un policía, en general ayuno en recompensas sociales, sí que es valorado en silencio por la gente de bien. Excepcionalmente, además, algunas bienaventuradas conciudadanas expresan su gratitud en público.

## 47

## LOS PERROS DE CECILIA

Narciso Franco, vigilado permanentemente por dos agentes, aunque en principio sólo presentaba contusiones superficiales en la frente y el mentón, fue sometido en el Hospital La Esperanza a diversas pruebas médicas para descartar la presencia de algún traumatismo interno. Por la mañana temprano, se le condujo en un furgón policial a la Comisaría Central de Policía, en donde en la sala de interrogatorios, sentados a una mesa metálica, le aguardaban Cecilia Fresnedo y Pelayo Asensio.

—Ya está informado de los gravísimos delitos que se le imputan, señor Franco. Le vamos a hacer unas cuantas preguntas. Está en su derecho de llamar a su abogado si así lo desea. Si se niega a responder, lo encerraremos en el calabozo y, cuando se cumpla el plazo pertinente, las setenta y dos horas, lo pondremos a disposición judicial.

—No necesito ningún picapleitos. ¿Para qué? —Franco sostuvo la mirada de la subinspectora con gesto altanero—. Pregunten lo que quieran, tal vez responda. No tienen nada consistente contra mí; no pueden tenerlo porque soy inocente.

—Ha intentado atropellar a Gabriela Heras delante de varios testigos. ¿Le parece poco?

—¿Atropellarla? Iba a reunirme con ella en el hotel *Lerele* para desmontar todas las acusaciones falaces que me había hecho por teléfono y advertirle de que, como fuera contando patrañas por ahí, presentaría una querella por difamaciones.

—Ha sido ella entonces la que se ha lanzado contra el coche suyo, ¿verdad?

—No. Me he despistado. Reconozco que la culpa la he tenido yo. Un error involuntario.

—Y ha dado la casualidad de que el error involuntario se ha producido justo cuando Gabriela cruzaba la calle por el paso de cebra, ¿a que sí?

—En efecto.

—¿Y los números falsificados de la matrícula del *Seat Toledo*?

—No tengo ni idea de lo que me habla.

Cecilia Fresnedo se levantó bruscamente de la silla al mismo tiempo que elevaba el volumen de voz:

—¿Nos toma usted por imbéciles?

—No. Simplemente no sé a lo que se refieren.

La subinspectora, de nuevo sentada, reanudó su ofensiva. Pelayo, mientras tanto, con los brazos cruzados, como una estatua, escudriñaba el rostro pétreo de Narciso Franco.

—¿Estuvo usted la noche del pasado lunes en el apartamento de Cayetana Gil?

Cecilia Fresnedo y Pelayo Asensio, una hora antes, habían visionado la grabación realizada por la videocámara de la joyería *Ónice*. En ella, se distinguía claramente a Narciso Franco entrar a las diez y media de la noche en el número 10 de la Avenida de los Valientes, y, casi noventa minutos después, salir del mismo portal, tan campante, como si en vez de haber asfixiado a Cayetana le hubiese regalado un trozo memorable de vida. Lo tenían cogido por el gaznate de las evidencias en lo que concernía al asesinato de la chica de alterne. El problema radicaba en el caso de los joyeros, con muchas pruebas circunstanciales, pero no lo suficientemente contundentes para asegurar un veredicto de culpabilidad en un eventual juicio con jurado popular. A Cecilia se le había metido entre ceja y ceja arrancar una confesión del asesino, aunque tuviera que recurrir a las medias verdades o incluso a alguna que otra mentira. El medio, mentir, en este caso sí que justificaba el fin: encerrar casi de por vida a una alimaña que aparentemente pertenecía a la especie humana.

—No.

—Se lo vuelvo a preguntar. ¿Estuvo usted la noche del lunes en la vivienda de Cayetana Gil?

—No.

—¿Conocía a Cayetana?

—Sí, era una de mis amantes. Gusto mucho a las mujeres y, como usted comprenderá, no voy a ser tan idiota como para desaprovechar el potencial viril que poseo, sobre todo ahora, que mi matrimonio da síntomas de agotamiento. En la vida, demasiado corta, los sufrimientos están garantizados, así que no debemos despreciar los placeres que se nos brindan.

El semblante de Cecilia Fresnedo, hasta el momento impasible, se contrajo con un rictus de desagrado.

—Y, claro, el lunes por la noche no se citó con Cayetana en el segundo A del número 10 de la Avenida de los Valientes…

—No.

—Muy bien. Le informo de que disponemos de unas imágenes que demuestran lo contrario. Sí, porque usted, para fortuna nuestra, se ha comportado desde el principio como un asesino despiadado, y también necio. Por ejemplo, en el asesinato de Cayetana Gil no se percató de que, a unos metros del portal número 10 de la Avenida de los Valientes, en diagonal, se halla la joyería *Ónice*, un comercio que dispone de una videocámara de seguridad en la parte superior de la fachada del local.

Narciso se limitó a sonreír. Había jugado muchas veces al póquer para saber percibir en los ojos de su interlocutor el sello inconfundible del farol. ¿Una joyería con videocámara en las cercanías del número 10 de la Avenida de los Valientes? Él no había visto ninguna… Claro, tampoco se había fijado mucho en los estímulos circundantes. Cuantas veces visitó el número 10 de la Avenida de los Valientes, exceptuando la última, lo había hecho con una imagen colonizando su pensamiento: Cayetana Gil tendida en la cama, con un camisón transparente y con la punta de la lengua desfilando por sus labios color cereza.

—Pronto se le helará la sonrisa. Vayamos ahora con el doble asesinato de sus padrinos.

—¿También me los quieren encasquetar?

—También. ¿Sabe por qué? Porque es el único al que podemos acusar.

—Le acaba de traicionar el subconsciente, subinspectora. Están perdidos, y yo soy su tabla de salvación. Vaya policías del tres al cuarto.

—¡Cállese y escuche! —bramó Pelayo sobresaltando al triple asesino.

—Patrañas. ¿Eso quieren que escuche?

—No da usted ni una, señor Franco —repuso con suavidad la Fresnedo—. Es al único que podemos acusar porque es el culpable de los asesinatos. Lo sabemos. Entró en la vivienda de sus padrinos después de medianoche con las llaves que alguien le facilitó, tal vez una amante que estaba al corriente de lo que usted se proponía hacer, o sea, robar el dinero y las joyas que su tío había retirado horas antes del *banco El Ahorro Seguro*, quizá en su presencia. Lo de los asesinatos fue cosa suya exclusivamente, sin amante de por medio. Seguramente, no tenía previsto matar ni siquiera herir a nadie, pero su plan se desbarató a causa de la incontinencia urinaria de su tía o quizá porque a la mujer la despertó algún ruido extraño. Por una y otra razón, el caso es que Leonor Puente le sorprendió en plena faena ladrona, y usted recurrió a lo más destructivo de su persona para solventar el contratiempo.

La cara de Narciso reprodujo una mueca despectiva, aunque su mirada se había ensombrecido de repente. La subinspectora parecía haber sido una testigo privilegiada de los hechos que acontecieron en la casa de sus padrinos. Hasta había acertado en atribuir a la incontinencia urinaria de su tía el detonante de la tragedia. Ya le había advertido Diana: ojo con la Fresnedo. Maldita sea su estampa.

—Yo quería a mis padrinos, ¿por qué los iba a matar?

—Los quería tanto que la madrugada del día 3 entró en su casa con la intención de desvalijarles. Los miles de euros que los Irízar Puente iban a repartir entre sus dos hijos, a usted le venían de perlas para sufragar sus crecientes gastos en vicios y en regalos para sus amantes, incluida Cayetana Gil. Es probable que no pensara matarlos, pero no tuvo más remedio que hacerlo cuando su tía Leonor le sorprendió con las manos en la masa y arremetió contra usted.

—Matar a mis padrinos por dinero... Pero, ¿por quién me toman?

—Por lo que es: un malvado sin escrúpulos..., estúpido también, y una basura de persona —Narciso Franco se removió en el asiento; empezaba a perder la calma a la que tanto había invocado en las horas previas—. Permítame una expresión políticamente incorrecta: Puede que sea un ciclón en la cama, pero como asesino no da usted la talla. Si todos los criminales actuaran tan chapuceramente como usted, no se nos escaparía ni uno.

Narciso, con el orgullo herido, dirigió una mirada desdeñosa a la subinspectora.

—Claro que no doy la talla. Como jugador de béisbol tampoco la daría. Jamás he jugado al béisbol. Tendrán que demostrar que soy un asesino, algo que les resultará imposible porque no lo soy.

—No resultará complicado hacerlo después de sus abundantes desatinos. Su amante, Cayetana Gil, horas antes de que usted la asfixiara, relató todo lo que había visto la noche de autos, entre el martes 2 y el miércoles 3 de noviembre, a su vecina Gabriela, quien grabó su descripción de los hechos en un teléfono móvil. Se marchó de la casa de sus padrinos sin cerrar la puerta con llave, además el arma del crimen la depositó junto a la mano derecha de su tío, y este era zurdo. —El rostro de Franco, sin que él pudiera impedirlo, empalidecía imparablemente.

—Si Cayetana contó eso, que no lo creo, se lo inventó, quizá dolida porque poco antes le dije que la dejaba por otra. Además, ella, que en paz descanse, no podrá corroborar que dijo lo que Gabriela dice que dijo.

Cecilia Fresnedo, ajena a las palabras de Narciso, continuó a lo suyo.

—Un asesino al que los dos perros de la vecina del piso inferior de sus padrinos olfatearon en la escalera, antes de que emprendiese la fuga.

Al otro lado del cristal, Nicolás Arias, el comisario jefe, otros responsables policiales y los agentes Borja Castillo y Roberto Lemos estaban perplejos y admirados por el implacable y astuto interrogatorio al que estaba sometiendo al acusado la subinspectora, secundada a la perfección por Pelayo. Una vez más, las mentiras, dichas en el momento oportuno con la entonación apropiada, podrían extraer la verdad de los labios del criminal, sobre todo si éste era un sujeto gobernado por la altanería. Hay mentiras negras, mentiras blancas y mentiras arcoíris. Cecilia Fresnedo era una experta en servirse de estas últimas, las que en los pagos policiales se denominaban mentiras justicieras.

—¡Qué imaginación la suya! Seguro que se le da bien escribir cuentos fantásticos.

Cecilia, imperturbable, no se desvió ni una letra del guion que las neuronas escribían en su pensamiento.

—Sí, los dos perros que estuvieron a punto de morderle y usted los espantó a patadas. A uno de ellos, por cierto, la dueña lo tuvo que llevar al día siguiente al veterinario, ya que tenía una pata dislocada.

—¿Morderme? ¿Patadas?

—Cuando se vio acogotado por esas dos fieras —Cecilia elevó el volumen de voz—, en las escaleras, a unos metros del lugar donde había asesinado a los dos ancianos, sus padrinos, no tuvo más remedio que defenderse como pudo, y lo hizo a puntapiés, como un vulgar ratero.

—Sólo ladraron, ni siquiera se acercaron a mí…

La suerte estaba echada. Narciso enmudeció de repente mientras intentaba tragar saliva. No pudo. Tenía la boca seca. Cecilia Fresnedo lo había noqueado dialécticamente.

Al día siguiente, Franco, asistido por su abogado, ante el juez Domingo Prados, se declaró inocente de los triples cargos de asesinato que se le imputaban y se desdijo de lo que había manifestado ante la subinspectora, alegando que ésta, aprovechándose de su cansancio para abrumarle con preguntas capciosas, le hizo decir lo que ella quería oír. El juez Prados, impasible, después de que Franco respondiera con evasivas, embustes, contradicciones y balbuceos a las preguntas capitales que le formuló, luego de acusarle de los asesinatos de Jacobo Irízar y Leonor Puente y más tarde de Cayetana Gil y del intento de atropello a Gabriela Heras, determinó su ingreso sin fianza en la Prisión Regional de Los Arcos.

Narciso Franco no delató a Diana Valcárcel.

Por su parte, Marcos Irízar no refirió a nadie que había hallado las llaves de la casa de sus padres en el bolso de su mujer, las llaves que él sospechaba que Diana había entregado a Narciso para que éste entrase en el domicilio de sus progenitores la noche del doble crimen. Acalló su conciencia con el convencimiento de que ella proporcionó las llaves a Narciso para que éste sustrajese el dinero que le permitiera sufragarse sus gastos en cocaína o enjugar sus deudas, nunca para matar a los dos ancianos. Las cosas no salieron como estaban previstas. Eso fue todo. Además, Diana, en un cambio espectacular de comportamiento propiciado por las nuevas circunstancias, estaba dispuesta a redimirse por amor, por amor a su marido. Al menos eso es lo que confesó, entre lágrimas y arrumacos, a Marcos Irízar cuando éste la acusó de haber colaborado imprudentemente en el asesinato de sus padres.

# 48

## UNA BODA MEMORABLE

La boda de Cecilia Fresnedo y Pelayo Asensio, se celebró a las 13 horas del sábado, 13 de noviembre, en la iglesia parroquial del Carmelo, ubicada en Los Corazones, el barrio de Metrópoli donde había nacido y crecido el novio, con presencia de varios centenares de personas, entre familiares y amigos de la pareja y muchísimos curiosos. Atraídos por la presencia del conocido inspector jefe Telmo Corrales y por la celebérrima actriz Alma Serra, también menudearon por las inmediaciones de la iglesia varios periodistas capitaneados por la omnipresente Paula Casado.

Al término de la ceremonia, luego de las correspondientes rociadas de arroz y confeti a los venturosos novios, un joven de ojos claros se acercó a Telmo Corrales, quien, con su imponente altura acrecentada por la gorra que llevaba y enfundado en un traje de lana de color gris, parecía un modelo de alta costura. El joven se presentó como un amante de la literatura, en su doble vertiente, la de lector y escritor.

—Disculpe que le moleste, señor Corrales. Me llamo Oroel Calvo García, y soy un gran admirador suyo. Quería decirle que estoy escribiendo un cuento policíaco protagonizado por un detective, Damián Rivero, que está inspirado en usted, al menos en lo que leí en la prensa sobre usted. No obstante, considero que un inspector jefe de su talla se merecería protagonizar una saga novelesca, digamos que una trilogía.

—Me abrumas, Oroel, con tus desproporcionados elogios.

—Sinceros elogios, señor Corrales. Permítame hacerle una última pregunta antes de dejar de importunarle.

—Adelante, Oroel.

—¿Es cierto que se va a dedicar a la literatura?

—Cierto a medias, porque ya me estoy dedicando. Estoy escribiendo una novela del género negro-criminal.

El rostro del joven se iluminó con una sonrisa de colores.

—¡Qué ilusión! Gracias, por dignificar el oficio de policía, señor Corrales. Oroel Calvo García, un futuro lector suyo y admirador de antes, ahora y siempre. Le deseo un pronto restablecimiento.

Telmo Corrales, con los ojos fijos en los ojos claros que lo contemplaban embelesados, estrechó durante varios segundos la mano de tan singular amante de la literatura.

Una docena de fotógrafos, amigos o conocidos de los novios: Eva Acha Arechaga, Dionisio López Ramos, Iñaki Alonso Hierro, Marga Ramírez Soler, Ramón Bodegón, Alazne Vergara, Juan 'Mundo Aséptico', Maibi Marisa Bilbao, Sebastián RobCov, Juan Manzano, Hugo Lázaro Jiménez y Juan Canto, tomaron posiciones delante de los novios —de pie en un banco, en cuclillas, sosteniendo las cámaras por encima de sus cabezas— para perpetuar el inolvidable acontecimiento. Algunas de las instantáneas y las imágenes de posado que sacaron, por su calidad, podrían haber sido incluidas tranquilamente en una exposición de obras maestras del arte fotográfico.

El ágape nupcial se celebró en el restaurante *Los Buenos Deseos*, en las afueras de Metrópoli. Uno de los comensales, Antonio Hidalgo, amigo de Telmo Corrales, con un humor desbordante, contó varias ocurrencias de su cosecha que provocaron las carcajadas hilarantes de los oyentes que se sentaban en sus cercanías. Las actuaciones musicales corrieron a cargo de Jesús Acebedo, al piano, que interpretó dos temas compuestos por él: "Telmo Corrales" y "Cecilia Fresnedo"; los tres grupos predilectos de los novios: *Nafi Reverb*, de rock, *Sister Moon*, de música pop, y *Blueroomess* (con Juanma, el guitarrista, como genial compositor), de folk, country y jazz. Las respectivas vocalistas de las tres bandas, Ibone Gómez Tobarra, Nafi Díaz y Paola Graziano, eran muy buenas amigas de Cecilia Fresnedo, Pelayo Asensio y Telmo Corrales.

Durante el banquete, en uno de los salones de *Los Buenos Deseos*, atendiendo la petición de Cecilia Fresnedo, Telmo Corrales, que no se destocó durante toda la celebración, se levantó a los postres para pronunciar unas emotivas palabras:

—Es un honor para mí haber asistido a la boda de una de las personas a las que más quiero de este planeta, a quien considero como una hermana: la extraordinaria Cecilia Fresnedo —los ojos sombreados de la novia empezaron a derramar unas cuantas lágrimas cascabeleras—. Una mujer como ella tenía que hacerse acompañar en su aventura conyugal, la aventura de las aventuras, por un hombre de una categoría humana excepcional: Pelayo Asensio, una apuesta segura para afrontar las vicisitudes existenciales. La mayoría de los matrimonios de este país, según las estadísticas, terminan como el rosario de la aurora pocos años después de festejar a lo grande su enlace. Los matrimonios en general, no el de Cecilia Fresnedo y Pelayo Asensio. El amor que se profesa esta singular pareja perdurará por los siglos de los siglos. Creedme. Durante un minuto, me he convertido en profeta. Es un privilegio para nosotros —Telmo extendió el brazo en dirección a

Alma Serra; la actriz se incorporó e hizo una reverencia a Cecilia y Pelayo— estar aquí, junto a los recién casados. Os deseo de todo corazón lo que realmente os merecéis. Termino: mientras la salud me lo permita, siempre dispondréis de Telmo para lo que necesitéis… Y, sí, Cecilia, cuando concibáis una criatura, que al parecer será pronto, Alma y yo aceptaremos encantados vuestro ofrecimiento: seremos sus padrinos".

Y los asistentes, entretanto Alma besaba a Telmo, antes de que Cecilia y Pelayo abrazasen al inspector jefe, prorrumpieron en una ovación que se prolongó durante más de un minuto.

Más tarde, en el lecho conyugal recién estrenado, Cecilia Fresnedo y Pelayo Asensio consumaron lo que tanto tiempo habían postergado. El deseo, ahíto de deseo del otro, estalló en múltiples colores y sensaciones. Cecilia y Pelayo se habían adentrado el uno en el otro en el mejor momento, en el momento en que el amor mutuo había coronado la cumbre del Amor. Desde allí, además, se divisaba un panorama paradisíaco: el de la esperanza de un futuro dichosamente compartido.

Qué boda la boda de Cecilia Fresnedo y Pelayo Asensio.

Los malvados de Metrópoli (alguno ignoraba en esos momentos la maldad que sería capaz de desarrollar tiempo después), mientras tanto, dormían la siesta. Por desgracia, pronto despertarían.

Bilbao, 1 de septiembre de 2018

**AGRADECIMIENTOS**

A Mariaje López y Marta Abad, por sus sabias recomendaciones.

A Miguel Ramón, la generosidad encarnada en un hombre; Isabel Alonso y Josefina Isabel Cervantes Alonso, por dignarse a formar parte, como personajes, de *Una voz en la noche.*

A Oroel Calvo García, Mar Guirao, Yolanda Sánchez Salazar, Fátima Díez, Antonio Hidalgo, Jesús Acebedo, Paola Graziano, Nafi Díaz, Ibone Gómez Tobarra y Mariaje López, por sus 'cameos'.

A los fotoartistas Eva Acha Arechaga, Maibi Marisa Bilbao, Marga Ramírez Soler, Iñaki Alonso Hierro, Dionisio López Ramos, Juan 'Mundo Aséptico', Sebastián RobCov, Ramón Bodegón, Alazne Vergara, Juan Canto, Hugo Lázaro Jiménez y Juan Manzano, por engrandecer con sus trabajos artísticos mis textos en redes sociales, también por sus apariciones fugaces en esta novela.

A los grupos de música 'Nafi Reverb', 'Sister Moon' y 'Blueroomess', por sus 'cameos' en *Una voz en la noche* y por ofrecer desinteresadamente su música en varias presentaciones literarias de Salvador Robles Miras.